作者简介

刘水清，1964年1月出生，著名散文家、小说家，中国散文学会理事、烟台市作家协会副主席，现任职于山东省海阳市政协，2010～2012年度烟台重点创作专家。曾获全国第一、三届冰心散文奖，中国大众文学百花奖（散文），《飞天》十年文学奖（短篇小说），烟台第十、十一届文艺创作奖（短篇小说），烟台第十三届文艺创作奖（长篇小说），海阳第二届宣传文化艺术精品奖（短篇小说）。作品多发于《人民日报》《上海文学》《北京文学》《山东文学》《北方文学》《福建文学》《边疆文学》《大家》《山花》《雨花》《飞天》《天涯》《西部》《作品》《红豆》《阳光》《清明》《百花洲》《鸭绿江》《青海湖》《新丝路》《小小说月刊》《故事大观》《少年文艺》《儿童文学》

《当代校园文学》《中华散文》《美文》《散文百家》等，多次多部多篇被《作家文摘》《中外书摘》《小说月报》《读者》《散文选刊》《大众阅读报》等报刊及百度、网易、腾讯、当当等网站转载，入选《中国散文大系》《全国首届冰心散文奖获奖作家作品集》《21世纪年度散文选》《感动中学生的100篇散文》《我最喜爱的中国散文100篇》《散文经典》《时文经典》《中学生综合阅读》《新黑马阅读》《新课程报语文导刊》《中学语文》《标点符号运用艺术》《虚构》《飞天60年典藏》等100余种选刊、选本、教材、教辅和考卷，有的被译介到海外，成为海外400多处孔子学院的教材教辅。已出版散文集《山风海韵》《一个人的船》，长篇小说《金沙滩的女人和男人》。

漂 向
阿拉斯加湾 的
船

PIAOXIANG

ALASIJIAWAN DE

CHUAN

刘水清 著

百花洲文艺出版社

BAIHUAZHOU LITERATURE AND ART PRESS

图书在版编目（CIP）数据

漂向阿拉斯加湾的船 / 刘水清著. -- 南昌：
百花洲文艺出版社, 2019.8
ISBN 978-7-5500-3331-3

Ⅰ. ①漂… Ⅱ. ①刘… Ⅲ. ①短篇小说 – 小说集 – 中国 – 当代 Ⅳ. ①I247.7

中国版本图书馆CIP数据核字（2019）第152263号

漂向阿拉斯加湾的船

刘水清　著

责任编辑	刘　云	
书籍设计	彭　威	
制　　作	何　丹	
出版发行	百花洲文艺出版社	
社　　址	南昌市红谷滩世贸路898号博能中心一期A座20楼	
邮　　编	330038	
经　　销	全国新华书店	
印　　刷	江西千叶彩印有限公司	
开　　本	720mm×1000mm　1/16　印张　17.5	
版　　次	2019年8月第1版第1次印刷	
字　　数	220千字	
书　　号	ISBN 978-7-5500-3331-3	
定　　价	39.00元	

赣版权登字　05-2019-174

邮购联系　0791-86895108
网　　址　http://www.bhzwy.com
图书若有印装错误，影响阅读，可向承印厂联系调换。

停不下来（代序）

鸟在天上飞，狗在地上跑，鱼在水中游，停不下来。

飞机、轮船、汽车、火车，讲的都是速度，停不下来。

冲出宇宙速度，还是停不下来。

一切都在动，一切都在飞，重力加速度，停不下来。

楼在一层一层加高，土地在一天一天减少，都往城里挤，都往高处去，停不下来。

高处不胜寒，停不下来。

写作的人，从短篇到中篇到长篇，几万字，几十万字，几百万字，停不下来。网络写手动辄倚马千言，几百万字，几千万字，洋洋洒洒，停不下来。

好像有一位名人，说过这样一句话：慢慢走，欣赏啊！

谁能驻足欣赏？来也匆匆，去也匆匆。

高速度，并不代表高质量，历史让我们吃过多少这样的亏了？

人们钟爱速度，对速度过于痴迷敏感。因为速度风驰电掣，从卫星到飞船，扶摇上日月，别处风光美。速度就是美，速度就是惊险，速度就是效益。追求速度是人类的共性，热爱美也是人类的天性。采风、探险、飙车、登山、游泳，一切都在围着速度转。人类一切蛰伏的欲望，都可用速度的火花点燃。

有人笑嘲，中国的封建社会，小脚女人，走了两千多年，太慢。

可四大发明是谁弄的？慢工出细活，没有四大发明，西方的现代史从哪掀开？

慢有她的好处，关键是想慢慢不下来，一泻千里，不可遏止，刹车失灵，太可怕了。

都在奔跑，都在冲刺，谁也不想掉队。打何时起，人心不足蛇吞象，得了锅台想上炕。欲壑难填，欲罢不能。

想想曹雪芹，究其终生，仅一部《红楼梦》，还未写完。字斟句酌，皓首穷经，耐得寂寞，咬得菜根，这才是真正的大师风范、工匠精神。要速度，欲速则不达；要排场，落得门庭冷落。多少企业，曾经飞黄腾达，红极一时，产值利润连年翻番，要的就是数字，惊回首，从前的辉煌如残虹夕照，下岗裁员，萧条极处是满园荒烟。

诚然，人在路上，谁不奔走，为生计为名利。

然而，行到水尽时，方见云起处。白驹过隙，光阴如梭，应该停下来，慢慢欣赏啊！

人们为了将车的速度降下来，所有的车辆都设有制动装置。动与静是矛盾的统一体，只有慢下来，才能调整姿态，调整坐标，以期更高的角逐，更高的辉煌。

人类在欧洲文艺复兴时期，出了那么多能工巧匠，绝非偶然。想想达·芬奇画蛋时的枯燥无聊，想想爱迪生发明灯丝时的九曲回肠，想想门捷列夫排列元素周期表时的探幽发微，想想居里夫人提炼镭时的沙里淘金，他们都在慢中出奇迹，创伟业，前无古人后无来者。法布尔在研究昆虫时，竟然将家里的钟摆都停了，因为钟摆的声音，太吵太闹。

安静，简慢，慢下来，静下来，有时是为了弓弦拉满，下一次发力。

从快到慢，是速度转换，是换挡期，坐在车里的人急刹车时，向前俯冲一下，这是惯性，并不可怕。调速期，人要有心里预期，将安全带系好，防患于未然。调速期，并非停滞期。慢下来，是为了韬光养晦；慢下来，是为了咀嚼反刍。

人类的一切制动和发力，都是为了螺旋式的上升。学几何和物理的人知道，斜面省力。

在宽阔的草原上停下来，人类学会在斜坡上爬行，是由猿到人的巨大转换。

人类又学会使用弹弓和弓箭，把速度提起来，向高空和远处发力。

但人类更学会使用拐杖，有了三个着力点，走路更加平稳安全，纵然残疾人也不会掉队落伍。

人类将速度降下来，是为了照顾大多数。

慢慢走，静静欣赏啊！一个都不能落伍。

目 录 MULU

漂向阿拉斯加湾的船

　　酒、水、油、菜装进前舱，又放了几袋盐，所有这一切清点好后，伙夫一个箭步上了船。船长络腮胡子，古铜脸，脸上有一颗黑痣，胳膊小梧桐一样粗，说话粗声大嗓，瓮声瓮气。他对乌鱼唧说："载上好了吗？"乌鱼唧流利地回答："上好了，船长，开船吧？"于是船由陆地慢慢向海里漂去。这是一个响晴的好天，白云朵朵，如花似绢。湛蓝的海面，旷古千秋，一如历史的册页。浪花一页页翻过去，把船载到了从未有过的昏暗里。开始，天是一点点地暗下去。那种暗，就像孩子放学后，走在黄黄的小胡同里，西山墙上还有一抹夕阳，有的是一种暖融融的光景。后来，天的暗逐渐下沉，好比一口幽深的井。开始，井口只盖上一半锅，留下一些缝隙，那种昏暗并不透彻，轻悄悄的就像影子。可是当整口锅全部扣上，这种昏暗仿佛有了重量，恶狠狠的，如包公的脸。渔船就像压在暗礁下面的螃蟹，又像在伸手不见五指的夜里行走。乌鱼唧在船舷上消了一泡便，一面默默欣赏这陡然暗起来的海面，一面回首对船长说："真怪了，咱们出了几十年的海，没见过这么暗的天。"船长努了一下嘴，那意思让他住嘴。守海不谈天，这好像是渔夫们不成文的规定。乌鱼唧缄默着，一缕缕头发像马鬃一样垂在肩上，两颗犹疑不定的小眼睛，像两点萤火虫。他凡事都喜欢问个为什么，这可能深受其祖父的影响。二战时，祖父在一条犹太人的船上当工程师。他很小的时候，家里随处放着很多罗盘、海图和一架圆圆的地球仪。他整天摆弄来摆弄去，学着祖父的样子，笨拙地在纸上画海图。祖父很少回来，差不多一年回来一趟，他就缠着祖父讲那些异国他乡海盗的故事。毋庸细说，他是这条船上懂航海知识最多的渔夫了。凡事，他都喜欢从理论上研究，用数学手段加以解决。他用皮尺和圆规计算出了船上装五千公斤、八千公斤、一万公斤、两万公斤不同的吃水线。他整整鼓捣了三天，终于算出这船在吃水线离甲板三十公分时，能装鱼一万公斤，这是它的最大载货量。这一惊世骇俗的理论，立刻遭到伙夫的攻击。伙夫是一个结巴，他结结巴巴地说："你给我……留出……前舱……了吗？"伙夫最关心前舱，前舱装满了食物。自那一年出海饿了七天之后，伙夫就对食物有了非同一般的挚爱，那种爱就像基督徒看见十字架和耶稣像。他整日吃睡在前舱里，在酒缸和水缸旁，他的呼噜震天价响，放出的屁，随着瓶瓶罐罐坛坛碗碗，转了一圈又一圈。船长说："你到卧铺和我们一起睡吧？""不，在这……这……正好。"他要看着那些粮食，仿佛食物全都长了翅膀似的。

　　船在黑暗中像一口棺材漂在洋面上，乌鱼唧又出来撒尿了。扒皮狼出来说："乌鱼唧？这几天，我做梦怎么老梦见我的女人在家胡搞。"乌鱼唧说："和谁胡搞？""和对门的二光棍。""那好啊！光棍好打秋风，没什么，忍着点儿。""说什么？站着说话不腰疼，这事能忍吗？""在镇上，你看好谁了，你就梦别的女人呗，这不就两讫了。""我看好你的女人了。""那就和她搞呗，下雨天打孩子，闲着也是闲着。"这个乌鱼唧，对任何事都这般洒脱，仿佛有点大人不计小人过。可一谈到他的爷爷，绿豆一样的小眼睛，就在乱麻一样的头发丛里闪烁不已。这全因爷爷跟犹太人干过工程师呀，屈指算算镇上能有几个像爷爷潇洒走五洲、懂六个国家语言的？远的且不说，就扒皮狼他爹出海两年才生下他，说不清道不明。刚生下来，那皮肤呀，就像一层绿莹莹的漆一样刷在身上，三角眼，吊梢眉，狼鱼鼻，乌鸦嘴，怎么看都像刚打上来的扒皮狼鱼。从出生那天起，扒皮狼身上就散发出一股浓郁的盐腥味。有人说时间一长，他老婆身上也有这种味道，孩子身上也有。扒皮狼老婆那个俊呀，听说当时她就看好扒皮狼身上这层绿格莹莹的光，并亲口对乌鱼唧的老婆讲，晚上更美。这么俊的老婆，晚上如让二光棍拾掇了，他可是丧气到家了。于是他天天催着船长撒网，最好一网满载而归。船长知道他在想老婆，也想着赶快撒网，可是要不天在下雨，要不浪高千丈，狂风大作，渔船像扇水瓢一样，上不着天，下不着地。别说经验丰富的船长不敢撒，就是胆大包天、力大如牛的扒皮狼也不敢撒。

天稍微有些稳定，就下起了雾。雾就像长在宇宙这个庞然大物身上的汗毛，密密麻麻的，看不清渔具，找不到渔网。船上整天点着灯，伙夫一天一禀报："煤油快用完了，节约点儿。"浓浓的大雾沉甸甸的，像牛乳，似蚊帐，撒在海面上。船就像在网里攒动的鱼，一头头的，走得很慢，不知漂向何处。扒皮狼又想起二光棍，他满身是汗。这时乌鱼唧走到船舷上撒尿，只见隐隐约约的一团影子，毛刺刺的，既看不见人，也看不到尿线。那影子团团地过来，轻轻团放在对面。扒皮狼死鱼样的眼睛使劲瞪圆，这才看到乌鱼唧的脸上生了绿绿的霉苔。那苔像菜花一样绽放，那脸愈发显得狰狞、凄楚，比乌鱼还乌鱼。一向大胆的扒皮狼，看都不敢看了。他摸索着来到船舱里，问船长："老大，下网吧？"船长摇了摇头。他又向左舵请求："老二，下网吧？"老二说："问老大去。"就这样，老二推老大，阴差阳错，驶离了渔场。

天仿佛有些好转，雾没了，但仍混混沌沌，就像熬在锅里的米粥，稠得搅不动。乌鱼唧穿在身上的衣服，愈来愈紧，就像一把剑插在生锈的鞘里。他也算出事态的严重，与其旷日持久，驴年马月才能打上一条鱼，毋宁赶快向船长请战。船长一向最佩服老谋深算的乌鱼唧，脸对着他："你算好了？""算好了，船长，今天可试网了。"于是全体船员出舱了，各就各位。这时，一看伙夫没了，就派左舵下前舱查看。伙夫鼓着腮帮子，满嘴咕嘟不停，一看左舵下来，立马两腮绷紧不动，就像一个偷吃花生的孩子忽然看见大人。左舵翻身上了甲板："船长，那家伙没救了，只剩吃了。""别管他，赶快下网！"扒皮狼愤愤地说。右舵仿佛看到了什么："哎，船长，船长，不能下呀，好像到了鬼见愁。鬼见愁，鬼见愁，人人见了都害愁。这时下网，可要冒很大风险呀！想当年，爷爷说鬼见愁这地方，船只来往多，好多网下去，都被货轮豁开。"船长愁眉紧锁："可也是，我怎么糊涂了呢？""不行，船长，这里鱼多，再走鱼越来越少了。""鱼多怎么了，打得再多，可……不能占……占我的前舱！"这时伙夫皮球样挪动身子滚出前舱。伙夫身体各种器官都在急剧退化，唯两只耳朵比驴耳还灵。平素，伙计们局促在舱里，不是甩扑克，就是谈女人，伙夫就伛偻在前舱里，一会吃一会睡。自从那次饿着了，他算是一朝被蛇咬，十年怕井绳了。蛇钻的窟窿蛇知道，他认为女人算个啥呀，一人吃饱天下太平。他拍着扒皮狼说："别忘了，山高皇帝远的，鞭子再长抽不到驴，二光棍姘上你的媳妇，急……急也……也没用。"扒皮狼顺手抄起一根破篙："我操你祖宗！"伙夫像球一样灵活，靠着滑动摩擦力滑进前舱。

　　家有千口，主事一人，船长开口了："不打了，收网！"足智多谋的乌鱼唧安慰扒皮狼："听船长的，不打了，攒足劲回家睡老婆去。""那你……说……我老婆没被二光棍睡了？""说哪话，你不是做了一个梦吗？谁说睡了？咱们又没看见。""权当没睡。"船长向乌鱼唧挤了一下眼。这时左舵走过来："你老婆有什么好的，让你这样惦念？""她臀大腰细。"

"那不像条鳗鱼吗？"右舵插言："扒皮狼配鳗鱼正好。"船长看着扒皮狼冷冷地说："公鸡在田里，母鸡会把蛋生到别的窝里。过去跑老洋的去法国、印度、俄罗斯的，就在那里泡妞儿，娶妻生孩子，谁还记挂着家里的女人。看样你不像你的父亲，不是真正的渔夫！"船长寥寥几句话，把伙计们逗乐了？伙计们乐不可支地下了舱。"胖子，饭做好了吗？酒壮英雄胆，拿酒来！"船长说。乌鱼唧啥也没拿，却拿出一张纸，几笔就勾出一个女人，递给扒皮狼："你瞧，晚上睡觉垫在身子底下，多喧腾。"扒皮狼一脸喜出望外，起身把它贴到头顶的舱壁上。

又起雾了。一个难眠之夜，云遮雾罩。人们的心里升起绿绿的铁锈。左舵懵懵懂懂地问船长："走了几天了？""将近半月吧。"乌鱼唧插话。这时隔壁又传来伙夫的鼾声。那声气，哗哗啦啦，墙倒屋塌，像一百个人吵吵嚷嚷赶去救火，又像扑扑噜噜一大窝公鸡。有时这一声刚刚高上去，高上去，细细的，细细的，就像放足的风筝线要断了，不知怎么像过一个浪尖，又降落安稳下来。乌鱼唧被刺激得神经吊上去，又掉下来，突然一闷棍把他打入睡谷，神经断了……

夜黑得太缜密了。在这种夜里，鬼都得要碰鼻子拐弯，猫会恨它的一嘴好胡子当不了昆虫的触须。挂在桅杆上的灯，像瞌睡人的眼，从远处看，好像从黑暗的心脏挖空一块。此时此刻宛如燧人氏未出生以前的世界。

狂风裹着云雾，雪又来了。船长睡不着，踱到甲板上，眯细着双眼，看着铺天盖地的雪，心事重重。鹅毛大雪，纷纷扬扬，落到前舱，落到后舱，落在老家瓦檐上，落在母亲的老坟上。船长的眼睛湿润了。兀自漂泊在洋面的船，像在举行一场葬礼，世界抽抽搐搐披上缟素。

冻醒的伙夫瑟缩在舱里，已经越来越像一只肥蟹。扒皮狼对着船上那张画自我陶醉。他最恨二光棍那淫邪的眼神，他想回去一定把他掐死。乌鱼唧梦中都在一页纸上不停地算呀写呀。船长下进舱里，带来一股嗖嗖冷气，刮走舱里的睡眠。船长悄悄对乌鱼唧说："咱们明天下网吧？这地方鱼多而肥，可能一网就够了。""船长，我算过，如一网打两万公斤，咱小船承受得起吗？"左舵右舵都在使眼色，不让扒皮狼听见，那意思是说不能打，船沉了怎么办？船上最忌讳的是"沉""翻"等字眼，甚至"下饺子"也不能说，"包饺子"就更不能提了。他们在传递这些字眼时，用的只能是眼神和暗语。

船漂啊漂，就像小鸟从北半球到南半球，无所谓时间和空间，总不能入宝山空手而回吧，人们在期待着一个共同目标，打上鱼来，赶快返航。

这一天，真的天晴了，船儿就像从阴曹地府一下上了天堂。天蓝蓝，海碧碧，桅杆一溜直指苍穹，饱满的风帆如黄海岸上女人蓬勃的身子，扯满了，绷紧了，没有半点褶皱和残缺。再见船体，已遍体鳞伤，斑痕累累。扒皮狼战战兢兢低头望了一下海，又蓝又深，乌沉沉的令人毛骨悚然："这哪是咱们的海，快转舵吧！"这时海面汽笛尖啸，划破长空，一艘白色邮轮神话般地泊在洋面。甲板上站着一个亚洲模样的人，向这边直挥手，吐噜吐噜吐着洋文，听不懂，这人又改口了："你们是中国人吗？你们到了阿拉斯加湾了。""阿拉斯加湾"，有这名字！全船的人几乎以同一种动作钻进舱里，口里不停地喊着同一个声音："阿拉斯加湾，阿拉斯加湾"，又都同时伸出手去抢一张海图，结果海图被撕成三块，又急煎煎地对在一起，左找右找，就是不见"阿拉斯加湾"，原来那"阿拉斯加湾"早在这张残缺的地图上残缺掉了。乌鱼唧哆嗦着嘴唇："我爷爷去过这地方。"扒皮狼说："你赶快算呀，你算——算——咱在哪儿？"伙夫说："还……还……工程师呢。"船长略微镇静一下，仿佛意识到问题的严重性，就命令左右舵手：

"调头开船!"左右舵手几乎用同一个机械的动作去看那罗盘,结果指针失灵,不知所措。事不宜迟,船长飞身跳进舵舱里,凭直觉拨转了方向。海面起风了,天渐渐黑下来。白色的邮轮倏忽不见踪影,阿拉斯加湾也海市蜃楼一样消遁了。

洋面风高浪骤,浪涛堆起一个个雪堆,又狠狠地摔在甲板上,就像甩来一座山,六个人压在风、浪、黑暗三座大山下面。刚来时,天空只是昏暗,而这时又像在昏暗的稿纸上倾倒一瓶黑墨水,黑得天衣无缝。这黑比暗还难受,人人身上都压着一盘石磨。尿频尿急的乌鱼唧来时撒尿时尚能看看洋面,消停几分钟,现在一分钟都嫌长,甚至脱下裤子就尿在舱里。船长不说一句话,左右舵手泥塑木雕一般。扒皮狼整天念叨的一句话就是:"什么时候才能回去?"整整几天没注意伙夫了,找他仍到前舱,只见他腮帮子比以前更鼓更圆了。有时伙夫一人突然来到前舱,比方说扒皮狼进舱舀瓢水喝,他那鼓起的腮帮子一下就瘪了,不用一点唾液。人人都不愿说话,没什么好说的,也没有说话的力气,这里成了哑巴世界。

船长有时脱得一丝不挂,袒露着胸毛,在身上找虱子,仿佛还能听到"咯嘣咯嘣"的声音,他在吃虱子吗?有时也示意让大胆的扒皮狼上甲板看看,结果一个浪涛就把他打发了回来,落汤鸡一般!扒皮狼也脱得一丝不挂,蜷进又潮又冷的被窝里。瞭望楼上传来左舵的声音:"罗盘好使了。"一如雪中送炭,船长挣扎起身子,立足未稳,一浪把船掼进深渊,他一个趔趄就倒在舱里。舱里传出尿臊味、屎臭味、精液味、虾酱味、鱼腥味,搅和到一起,就像生人闯进二光棍家里闻到的那股味道。

走着走着,船仿佛被什么颠了一下,速度加快。已在海上漂了半辈子的船长连这最细微的变化也觉察到了。他把这秘密吞进肚里。只见乌鱼唧那迷惘的眼神在紧盯着他,仿佛船长是全船的救命恩人。一个从面缸里爬出的白胡老鼠钻到乌鱼唧那棕色的头发里，搔首弄姿。虎落平阳被犬欺，龙游浅水遭虾戏。一向斯文的乌鱼唧何时受到过这等胯下之辱。他忍着义愤，把老鼠对他的爱抚铸成归家之剑、复仇之剑。

像来时一样，没有日落，不见远山，风停了，雾就来了，雾去了，黑暗就彻底压下来，把船压扁压沉，压成一叶扁舟，含在浪花的牙缝里，咬着，挤着。船长清晰地觉察到，船如疾风劲草，脱笼之兔，有什么东西不停地推着。他把这秘密一直缝在心窝，就像把船梭子一样穿进浪里。船长打五岁跟着父亲出海以来，从未见过这永不放晴的昏暗。扒皮狼贴在船壁上的画儿，早被狂风卷起。他仍在向船长提起的一句话是："哎——船长——啥时——到家呀？"渔夫的家在小巷，在三棵松，在五里铺，在日暮里，在天净沙，多诗意的名字，这是他们朝思暮想的一个个村名呀！这些村名都是祖辈起的。祖上自小出海打鱼，有的跑远洋，家里只剩老婆孩子和老人，非常思念故里，于是回来都能诗兴大发，给生他养他的村子起一个好听的名字。

瞭望楼里突然传来左舵和右舵那几近疯狂的声音："看见岸了！"舱里的人全都爬出来，打摆子一样站到甲板上。海面渐渐放晴了，越来越晴，万里空阔，一碧如洗。海岸线越来越分明。"那是五里铺！"乌鱼唧的头发更乱更长了，两眼比乌鱼还忧郁。"那是三棵松！"扒皮狼望穿秋水。他甚至看到穿红衣绿袄正在三棵松拾草的媳妇，当然没看见二光棍。船长袒露着满布猪毛一样的胸毛的胸膛，但两臂比以前更细更长了。他看到了那个五岁时就跟着父亲走出的村庄天净沙，它是爷爷起的名字。沙滩浏亮，比糖还细，那里一字排着他的祖辈用过的船，其残骸有的早已埋入黄沙。

"那是什么？"仿佛从前舱里传来一个声音。大家忽地转头一看，只见伙夫那肥胖的脑袋墨黑一闪，倏地钻进舱里。渔人们看到小船后面跟着一个小山一样的东西，莫不是那邮轮跟来了？这时海面渐渐暗下来，小山更高更黑了。天上乌云加速下沉，海岸线模糊一片。船长下令减速，可速度来得更快更猛，船就像树叶一样被浪涛身不由己地推着。尽管海岸线迫近了，但是乌鱼唧到底没算出泊在哪里。一向老成持重的船长也无可奈何。全船一片哗然，除了伙夫，五人两腿抖得就像狂风中的梧桐。船进入了一个魑魅魍魉的世界。伙夫钻进船舱的一个麻袋里，身上所有的布兜都装满食物，他在默默地等着奇迹出现。

从层层的雾中射来一个尖尖的声音："你们下来吧，船靠岸了——"这声音唯扒皮狼听起来最熟悉，使劲辨别一下，才听出是他媳妇的声音，对，三棵松里的媳妇在叫他。伙夫的身体虽在前舱里，但耳朵却长在舱外面，喊声无疑被他听到了。那像狗熊一样吃得很肥很圆的身体，蹿了几下，也没蹿出舱外。这时船上已传来女人们嘻嘻哈哈的笑声。她们有的站在甲板上，有的爬到后面耸立的小山上，五双眼睛全都直勾勾的，像一个模子打造，朝一个方向射去。扒皮狼被女人叫了几声，才终于回过神来。女人说："看你直勾勾的，怎么愈来愈像条扒皮狼哟——"扒皮狼身上的血，像惊蛰的蛇一样忽地热了起来，一把揽过女人："二光棍——他——"乌鱼唧的女人羞答答色迷迷地钻进乌鱼唧乱发披拂的头里，吧唧吧唧吃着乌鱼唧的触须。这时天愈来愈晴，传来一个苍老的声音："船后面好像拖着一条鲨鱼吧？"这才朦朦胧胧地看到所有的女人都站在鲨鱼上，有的用手还扯着天上一缕云彩。一个女人说："都四十天了。"这声音仿佛从云端飘下，话音未落，天渐渐亮了起来。站在岸上的孩子低声说："是条大鲨鱼。"苍老的声音说："是条鲨鱼，你们拖回来一条大鲨鱼！"船长这才辨别出是他父亲的声音，他老婆已死两年了，唯一来迎接他的亲人是85岁的父亲。船长一下子把父亲拽上船来。这时天光大亮，蓝莹莹一个水洗世界。85岁的老人摸着船长那长满青苔的清癯的面颊说："孩子，你瘦了，你们有福呀，是这条鲨鱼把你们送上岸的。"老人又对船长说："你用篙撬开它的嘴看看？"儿子拿了几次篙都没拿起来。强壮的老人一篙把鲨鱼的嘴撬开。鲨鱼的牙齿很美很整齐，尖细得像一枚枚放大几百倍的向日葵籽，又白又亮。只见一缕细细的只有几毫米的网线勒进它那细细的牙缝里。老人说："鲨鱼很爱惜自己的牙齿，一旦网线勒进去，它就不动了，船走到哪儿，它就跟到哪儿，直到死亡。"老人命令儿子们向鲨鱼磕头，并打发人进村买香和纸去。五个人全都来到船尾，一看缺了伙夫。伙夫的老婆声嘶力竭地呼喊："我的老头子哪？"这才看到一个墨黑的头正在前舱蠕动。那老婆一个箭步过去，就把伙夫擒了上来。伙夫像一碟猪皮冻一样瘫在船尾，磕头不起。越看伙夫越像一只肥蟹，比肥蟹还霸道贪婪，所有的举止都是横爬竖抓。

　　碧空万里，艳阳高照，是一个明媚的早晨。一个女人说："从侧面看来，你们的船还不及鲨鱼三角形脑袋的三分之一大，多好的鲨鱼呀！"女人叹息道。

　　这时的阿拉斯加湾大抵已入夜了。

谁在敲钟

"一个民族有一群仰望星空的人，这个民族才有希望。"

——黑格尔

三叔告诉我，有一个孩子曾迷失在村东边的芦苇荡里，长达三年之久。

我说的这个三叔，就是手拿望远镜的三叔，喜看宇宙奥妙的三叔。

芦苇荡很深很密，密密匝匝，神秘莫测，一到夏天，浓郁得就像宇宙黑洞。那时我村跑南方的船很多，日日如梭织布，在黄海里星罗棋布，在繁忙的海上丝绸之路上，将渔港演绎得如诗如画。

我村大户人家多。明时开埠较早，日里夜里，南腔北调，朱元璋设的大嵩卫也在这里，专门用来抵御倭寇，保护黄海这条黄金水道。这是明时海上丝绸之路的重要通道。

三叔说的这个孩子，就是在大户人家的如烟往事中消失的。记不清这天是大户人家的第几个孩子结婚，也记不清这孩子具体是哪个娘娘生的，反正是在夏末秋初的日子里，这孩子趁家人婚宴忙乱中，悄悄走失了。有人看见，他急匆匆去了东边的芦苇荡，一抽身不见踪影，像一条鱼游进大海里。

　　夏天的芦苇荡，一望无际，密不透风，尤其到了晚上，繁星闪烁，海天寥廓，各种生物藏匿了它们的叫声，散漫的月光铺天盖地叮叮当当落下，天似穹庐，笼罩四野。孩子是趁月光好的时候游上岛的。岛上的芦苇蓊蓊郁郁，直撅撅，碧森森，如鬼的故事。但孩子不害怕，他害怕的是人间，有人群的地方，人多嘴杂的地方。传说他可能是七姨妈生的，自那天晚上，他看到七姨妈在一条迷宫一样的深巷中，与一个小个南方人偷偷摸摸接吻，这孩子就有了离家出走的念头。他记不清自己的父亲长得什么模样，只记得父亲整日住在一条船上，来去匆匆，家里的女人闲着，就搬是弄非，惹是生非，想入非非。那时家里藏书无数，有三本书是他的最爱，一本是《金瓶梅》，一本是《红楼梦》，一本是《聊斋志异》，当然唐诗宋词和一些现代诗也是他的最爱，浸淫吟咏多年，倒背如流。他最爱看的还是《红楼梦》，打识字起，就反复看过数遍，看着看着，他就把这个七姨妈看成是"王熙凤"，因而他把《红楼梦》偷出来带到这座岛上。他是个熟谙各种游姿的孩子，站游，仰游，蛙游，样样都会。上了这座岛，除了衣服他需要回去拿外，其他食物，可随手取用。

　　岛上有一座庙，整日香雾缭绕，隔天就有人摇着一条小船，来上贡。上贡的人，叫伍老大，无家无后，是这个大家族的长工，被娘娘们呼来唤去。不过这人除有一个偷看娘娘们洗澡的毛病外，其他方面都不错，与孩子也算过得去。上贡的东西，很多很多，尽是吃食之物。孩子上岛的第二天，饿得慌，就蹑手蹑脚来到庙里。里面阒寂，静得一根针掉下来，都能听到声音。庙里的台阶，有扫帚扫过的痕迹，可能是伍老大干的。伍老大刚来过，祭台上新蒸的糕还冒着腾腾的热气。孩子伸出手，先仰头看看海神爷，仍是那么慈祥，温婉可人。孩子刚要伸手拿糕，就听到有一东西，仿佛从那一搂搂不过的粗梁上掉下来。粗梁上挂着冗长的蛛网，吊儿郎当。孩子机警地把手又缩了回来。看看海神爷，海神爷仍是那么慈祥和蔼地看着他。一切归于平静后，他又把手伸出去，却蓦地从海神爷的身后看到两只大大的猫眼，鸡蛋一样滚圆，瞪着他，却是一只花狸猫，体重足有二十斤。这猫，孩子认识它，猫年轻的时候，他曾在古宅古巷见过，也拱手玩过。可如今这猫老气横秋，老当益壮，仿佛天外来客，可真把孩子吓了一跳。猫看他，他看猫，似曾相识，久别重逢，惺惺相惜，同是天涯沦落人。孩子又把手重伸出来，仍要拿糕，猫又发出古怪的"喵喵"的怪叫，孩子的手又缩了回去。

这时的庙里，就不是落下一根针，简直像绷紧一张弓，弓开如满月。"当当——"，传来撞钟的声音，孩子知道是伍老大在撞钟。这钟是警钟，警钟长鸣，既是祭海神，也是防海盗、御倭寇的。钟声清越，钟鸣鼎食，他仿佛又回到大户人家的早晨。娘娘们晨妆梳罢，丫鬟们给他穿衣戴帽，牵手问安，吃一顿早餐，没有个把钟头，不算完事，这些繁文缛节，让他烦透了。他知道，伍老大撞完钟，就会摇船走了。伍老大隔一天的营生，就是来岛撞钟送祭品，不来那天，就守着码头看船，一捉到机会，就看娘娘们洗澡。家里很多娘娘都会游泳，在大海游，伍老大就负责给她们看衣服。所以表面看伍老大是个闲人，但细看，他又忙得慌。

钟声响过，朝阳从海水中冉冉升起，这是黄海的朝阳，鲜格灵灵的朝阳，从碧蓝的海水中，轻轻托出朝阳，如花似玉的朝阳。孩子从大敞的庙门看到伍老大，从庙门外走远，逐级而下，还穿着那件蓑衣。

钟声掠过海面，激起海水层层涟漪，引得野鸭们扯着嗓门喊朝阳。朝阳初升，世间万物仿佛一下活了，活灵活现，活在绿中，活在诗里。

孩子从三岁时就会背诗，他觉着诗人必须与环境相融洽，才能朗诵出美感和乐感。他喜欢在海边背诗，他喜欢看着日出背诗，看着日落背诗。"日出江花红胜火，春来江水绿如蓝。"他家的娘娘妈妈们都会背诗作诗，有的还会画画弹琴，附庸风雅。没有人告诉过他从哪里来，应到哪里去。他觉着他就应到海上去，到岛上住。从家里出逃时，他忘光了一切，就拿一架望远镜，小型的。望远镜能让他看到身外的世界，遥不可及的世界，远离尘嚣的世界，桃花源里的世界。他觉着桃花源不应该在陶渊明那里，我们这里到处都是。凡是一只鸟儿，都比人过得愉快，都在岛上住，看遍人间春色，日日枝头吟唱，快乐着呢。

逃离有时能带来暂时的愉悦和快感，让人一夜就可长大。

钟声远了，咿呀的橹声去了。迅雷不及掩耳，孩子攫取到一块还有些温热的糕，温凉似热的糕。他狼吞虎咽，一糕咥尽，又一糕，糕糕不断，伍老大把糕垒成小山。老猫看孩子吃得那样狂欢，就悻悻然、飘飘然，不知其所以然，愣头愣脑逃了。原来这猫是大户人家豢养的，用来看岛上老鼠的。可这猫整日游手好闲，大腹便便，在岛上做一天和尚撞一天钟，像伍老大一样混日子，即便猫哭老鼠假惺惺的，也无伤大雅。

孩子觉着，有猫陪着他，也算一个伴。有一只猫在庙里横冲直撞，胡搅蛮缠，呼风唤雨，"喵喵"直叫，这庙就活了，有了生机。何况庙给孩子提供了一个睡觉的好去处，特别到了晚上，夜深人静，涛声呢喃，猫打的"呼噜"有板有眼，有腔有调。老猫伴着，孩子手拿望远镜看星星，观月上柳梢头，静谧，安闲，世间哪得几回闻，唯有岛上日月长。

望星空，观沧海，是孩子做梦都想着的超然物外的享受。岛上传来稚嫩的童声——

> 远远的街灯明了，
>
> 好像闪着无数的明星。
>
> 天上的明星现了，
>
> 好像点着无数的街灯。

我想那缥缈的空中，

定然有美丽的街市。

街市上陈列的一些物品，

定然是世上没有的珍奇。

你看，那浅浅的天河，

定然是不甚宽广。

那隔河的牛郎织女，

定能骑着牛儿来往。

我想他们此刻，

定然在天街闲游。

不信，请看那朵流星，

是他们提着灯笼在走。

下半夜，七八个星天外，两三点雨山前，孩子睡了……

大雾弥漫，伍老大已是几日不能上岛，孩子只好生食野鸟蛋，急吸蛤蜊肉，就是不愿归。越是"风声鹤唳，草木皆兵"的夜晚，他越能想入非非。庙里有一铺小炕，炕上有一床多年没洗的破被，有伍老大偶尔下不来岛时留下的痕迹。孩子不嫌弃，寒冷的夜晚拥衾而眠，不知东方之既白。那些华衣美食，那些花容月貌，娘娘们浑圆的璀璨的叫声朦朦胧胧昏昏沉沉，与大海的涛声一起淹没，淹没在时间的浪潮里，淹没在浑浑圆圆的饱满里。

夜晚风大时，芦苇荡乌云卷墨从深海刮来。苇梢摇空绿，苇穗夜深沉。天上云遮雾罩，没有星光，没有月光，伸手不见五指，这时的望远镜不起任何作用。孩子只好龟缩在破庙里，一首首地回忆那些古诗，看看哪首能与今天的光景契合。今天的光景船入港，网收舱，伍老大不知哪去了。

孩子抱着破庙里的被，视觉不行，听觉却格外灵敏。他终于知道什么叫秋虫鸣阶，什么叫花香四溢。密实沉静的夜，把秋虫的叫声渲染拉长，分外凄恻。花的香气汹涌澎湃，比春潮撞击沙滩都响，这些香气像有灵性一样打着滚钻入孩子的鼻孔。孩子孤单，触觉和嗅觉加深了他的想象力，知事达理的老猫过来伴着他。时间走得很慢。"三三，你在哪里？回家吧——"声音渺茫，拖得老长，是七娘的声音。胡不归，田园将芜？他不愿归，秋夜正长，漫无边际。他翻一下身，让她们喊吧，没过一刻，他和老猫步调一致打起呼噜。其实这个世界有呼噜的地方太多，不绝如缕的涛声也是呼噜，大海的呼噜。秋光正老，孩子酣睡，老猫昏睡。密密匝匝的苇荡里，鸟儿全都噤声，步调一致进入深睡。伍老大哪去了，他怎么还不给老庙上香进贡，孩子明天的早餐在哪里？梦中孩子都在喊着伍老大。梦中他被家人抓回三次，他又出逃三次。逃离是人类的梦魇。结婚是逃离，逃离父母的卵翼，结了婚想离婚，离了婚想复婚。少年是逃离，逃离家庭，逃离暧昧，逃离孤独。嫦娥奔月是逃离，逃离地球，远离家园，脱离世俗。迢遥天河之上，牛郎会织女，是另一种逃离，远离人间的奔跑。人类发明望远镜，也是逃离，眼睛的逃离，视觉的盛宴。悠远的钟声是逃离，耳朵的逃离，听觉的延宕。大海之上，孤帆远影，也是一种逃离，凌波欲仙天际外的逃离。人长大，求学、漂泊、择业，就是为了逃离，逃离父母，逃脱市井，远离积习。晨钟暮鼓，青灯黄卷，了此一生，也是逃离，一种宗教涅槃般的逃遁。

　　三年里，孩子唯有的两个宝贝，就是这架望远镜，还有这只老猫。望远镜装满了日月星辰，老猫的呼噜伴着孩子的酣睡，陪着他度过了每一个险象环生的夜晚。

　　这个三三，是三叔吗？他喜欢望远镜。

　　敬畏天上的星辰，就像敬畏人间的道德律令，三叔知昧。

　　那岛还在，芦苇还在，比过去更苍绿，更凄迷；星空还在，比过去更高远，更清澈；但三叔不见了，连同那架消失的望远镜。

童年不见了，只有涛声依旧，小岛依然，野猫施施然，伍老大摇橹的小船悠悠然。

面对一座扑朔迷离的岛，谁不迷茫？谁不惆怅？谁不感到人生苦短，岁月悠长，时间之外还有时间，逃离是无法逃避的，人不能同时两次踏入同一条河流。

岸上这个大家族依旧逍遥自在，伍老大在那条倒扣的破船里依旧想入非非。可突然从岛上传来"当——当——"的敲钟声，声音不紧不慢，不急不速，掠过黄海，悠悠荡荡，像一只鸟儿飞到岸上，海浪一样鼓荡着伍老大这条倒扣的老船。此刻正值大家族丰盛的早宴，听到钟声，几个娘娘慌了，伍老大不是还在破船里吗？他没上岛，谁在敲钟？晨钟响彻芦苇荡。

那只猫在大钟的钟锤下荡秋千，自娱自乐。

自鸣钟

我们所经历的最美妙的事情就是神秘。它是人的主要情感，是真正的艺术和科学的起源。因为如果不再感到奇怪，不再表示惊讶，那就和死了一样，和一只掐灭的蜡烛没有什么不同。

——爱因斯坦

我们那个村子，有不少的贝壳坟。我小的时候，每每在坟边拾草，总能捡到一枚枚锈迹斑斑的小箭头，爷爷告诉我那是古代的钱。我想钱怎么能乱扔在坟堆边，古人们也太奢华了。于是，我常想祖先的坟里，到底埋着怎样一些古人？这个答案，终于在1974年的初冬揭开谜底。那时，爷爷不在了，父亲跑着回家告诉了奶奶："妈，刘七缸的坟被起开了！""什么？"话音未落，奶奶就昏过去了。刘七缸是我们村的先祖。听父亲说，坟里除了埋了一坛坛的箭头，就是一罐罐的洋钱，钱上面刻着洋文，就像我刚上学学的字母。最令人称奇的是里面有一挂钟，出土后擦拭一新，大队长给它上了弦，放在我们的小学校里。从此每过一小时，钟就开始报时，我们称它自鸣钟。它的钟声十分清越，隔着我们门前空旷的海面，传出很远。

奶奶在不停地诅咒掘坟的那伙王八羔子，说是掘了先人的坟，就是惊了地脉，会报应的。奶奶的话真准，那年秋天，两个掘坟人就先后倒在了干活的田中，无疾而终；后来又有一个瞎了眼；那个偷偷卖箭头的大队会计，家里的房子突然塌了。从此，刘七缸的故事在我们村里传开，我们这些学生娃们，觉得有这么一位老祖宗，真是长了我们的志气，灭了他人的威风。我们经常对别村的孩子吹嘘："你们看，我们村的刘七缸，那才是真正的英雄，邱少云算个啥！"

奶奶告诉我，刘七缸来我们村时，是一个阴霾弥天的午后，只见远远的黄海边，几口大缸在水里漂来漂去，细心的人一数，是七口。后来七口缸漂上了岸，一口缸里钻出了刘七缸。一会工夫，七口缸化作七只肥得流油的白羊。刘七缸赶着羊，哼着赶海小调来我们村驻扎。几年的工夫，七缸娶了七房老婆。他身强力壮，人高马大，一顿能吃半只羊，一个晚上可不歇气地睡七个老婆。几年里他生了十个儿子，一个女儿。女儿排行老七，叫七嫚。七嫚尽管体格魁梧，却表现出女性的温柔。她的容颜是那么漂亮，她的双手保养得那么细嫩，她的魅力又是那么令人难以招架。她光着大脚板走路，丰厚的脚背像蒸熟的包子，小腿肚子紧绷滚圆，像喷香的年糕，皮肤细得就像水豆腐，白得就像大理石。她自己缝制了一件粗麻布一样的衣服，就那么直挺挺地套在身上，里面一丝不挂。她身上终日散发出一种艾蒿味，那味道缠绵绵的，走到哪里就在哪里扫下一条痕迹。有时吃饭时，稍微一热，她就在六个哥哥面前晃出了白亮的大腿。看儿子们眼睛直勾勾的，那位人称七妈妈的朝鲜母亲就温婉地说："看你们，眼又直了，别看花了眼，弄出些事来，生出兔尾巴儿子。"七嫚对大海一往情深，不管刮风下雨、中午晚上，她都脱得一丝不挂，钻进大海的肚子里。有时，她在一块大岩石上晒着太阳，海豹也赶来凑热闹。高天滚滚，白日炽炽，她就和海豹在礁石上一起睡着了。她身上的艾蒿味，藕断丝连，海豹一见她来了，就乖巧地上了岸，偎在她身边，像在围着一位油光水亮的仙女。她有时晚上三更起床。一天四哥终于发现了妹妹的秘密。那晚四哥起来小便，听伙房有响动，就凑到窗前一瞧，见妹妹赤身裸体，正在啃一只生鱼头。那日满月，月亮如金似银镀在妹妹身上，四哥看得清楚，浑身一阵燥热，爬上了床，床板吱吱嘎嘎响了一宿，第二天四哥不见了。

一到冬天和春天，这个叫日暮里的村子就寂寂的，无声无响，只有黄海拘谨的涛声勉强弄出些呢喃。

这时的七嫚，总要在暮色苍茫中等一个人，一个月一回，和日落一般规律。这人大致停留一晚，有时候则最多待一天一夜。他就是驮着货物满街叫卖的小贩苍鹭先生。苍鹭先生的脖子很细，头很小，就像一根竹竿擎着一颗糖球，在街上卖货。

平常他住在黄海的一个小岛上，那里离韩国很近。好天的时候，他就坐船上岸，担着货物走遍山中的小径。他的货物全是从韩国和日本的舶来品。通常七嫚知道他出现的日子，所以当狗儿们一开始吠叫，七嫚和七娘就会跑下小径迎接他。她们帮他把背包扛到海草倾斜的屋子里。七娘点上蜡烛，就和苍鹭嘀嘀咕咕说着鸟语，用刘七缸的话说是高丽语。

苍鹭先生差不多已经活了一个世纪那么久了，甚至更长。他留着一撮长长的山羊胡，身上穿着一件黑外套，一顶黑的圆形无边小帽，轻轻地覆在他后脑上。娘娘们通常会跟苍鹭买些线头。两小卷线和一大卷线的价钱一样，都是五分钱。偶尔她们还买一点扣子，有一次七娘还挑了一块有花在上头的大红布。苍鹭的背包里什么东西都有：五颜六色的丝带、花花绿绿的布和袜子、顶针和绣花针，还有闪闪发光的小工具。当他把背包打开时，七嫚就目不转睛地蹲在旁边看。他把东西一样一样从里头拿出来，并且告诉七嫚它们是什么。苍鹭说，他住的岛子很小，小得大概只能住几只鸟，大雾天看不见，只有在晴天白日下，你才能欣赏它的芳容。

日暮里平时很少人来，来的就是苍鹭，而苍鹭总是和七娘絮絮叨叨说着听不懂的鸟语。多亏苍鹭，刘七缸的七个女人，才有了娴熟的针线女红。七娘本想着给七嫚缝件兜肚，七嫚执拗不要，仍然赤条条地裹在一件粗布麻衫里，来去自由，无牵无挂。无奈，七娘只好自己穿着。

刘七缸率领九个儿子，发誓要打造一条大船。他们使用苍鹭货担上驮来的锛和斧，就在村南的沙滩上铿铿锵锵地造了起来。那船整整造了一个春天一个夏天。船大得很，九个儿子加上刘七缸都抬不动，于是又找来五里铺和三棵松村里人帮忙，足足有百十口人，才把那船搬进海里，还挣断了三根屋梁粗的缰绳，累死了一头牛。

夏末秋初，雪白的帆在船上云彩一样升起来了，桅杆高耸，丫杈冲天。几个儿子粗腿大膀，像海贼一样站在船上。看着自己亲手造就的产品，刘七缸咧开大嘴笑了，他只选了五个儿子上船，其余全留在陆地上。

四哥走了，苍鹭也有些日子不见踪影，七嫚整日失魂落魄。几个哥哥除四哥之外，她最喜欢的是六哥。于是她跳到船上对六哥千叮咛万嘱咐，让他们早早回来，以防她在家里憋久了要寻短见的。六哥是六娘所生，十二分精明，生母六娘是四川人。六娘身材较矮，柔若无骨，楚楚动人，刘七缸十分喜欢。当年六娘刚刚十七八岁，随父逃难来到日暮里。刘七缸给她父亲两条二十斤的鲅鱼、四条十斤的大刀鱼，就把川女留下了，来年就生了六哥。六哥从小就在六娘的羽翼下长大，视若掌上明珠。六娘识文懂礼，让儿子少与他几个粗野的哥哥交往，很小的时候就教了他不少汉字。六哥长得眉清目秀，特别那两条颀长的腿，腿上那层毛茸茸的黑毛，让七嫚什么时候看到都春心悸动。六哥满肚子故事，他告诉她中国最早有个皇帝叫秦始皇，曾来过

咱们日暮里，寻找长生不老药，并弯弓射杀了一条大鱼。六哥腾云驾雾，想
入非非，和七妹远远看着那些忽隐忽现的小岛，就想到长生不老，想到那些
岛上过一种神仙样散淡的生活。可是这些美梦，常常被父亲几声呵斥，就化
为乌有。一次六哥逗弄七妹，"你跟我上那些小岛吧？""不敢去，但是我
七娘去过一次。那是一个可爱的小岛，岛上很有趣，可是太遥远了，去一趟
要晕五天船。"

　　大船就像鸿鹏展翅一样，忽忽悠悠地向海里飞去。七嫚在岸边傻愣愣地
站着，看着他的哥哥和父亲迤逦远去，心中就像这些海水一样忐忑不安，愁
肠百结。她的空虚就像一间空关着的、长满乱蓬蓬艾蒿的白粉墙小房间，而
且是阴天的小房间——七嫚在思想上是无家可归的、头脑简单的人，活在一
个并不简单的世界里，没有背景，没有传统，有的只是雾一样的岛和大智若
愚的海。

　　忽然身后刮来一阵旋风，只见一块白亮的东西从空中落下，像青松一样
傲立滩头。七嫚惊得三魂丢了两魂半，原来是朝思暮想的四哥。四哥唇红齿
白，脸庞饱满，站如松，坐如钟，行如风，温文尔雅，彬彬有礼。他抱着妹
妹在沙滩上转了几圈，像风车一样。七嫚抚摸着四哥那身雪白的纺绸，冰凉
滑爽，"哟——世上还有这样的衣服？""七妹，外面的世界真好，跟哥哥
出去逛逛吧，来，我还给你带了一件，换上。"七嫚两只乌溜溜的大眼睛，
像含露的葡萄一样。"沧海月明珠有泪"，看着四哥，她拿起那件衣服跑到
一片松树丛里换上。四哥说："想不到我的七妹也知道害羞了。""四哥，
看你——"葱绿的松林中，浑圆的膀子一闪，就飞出一个活蹦乱跳、漂漂亮
亮的白鸽，七妹像换了一个人一样，娉娉婷婷，倾城倾国。"蓝田日暖玉生
烟"，四哥又闻到了那股强烈的艾蒿味，他的心中就像呼呼飞动一面旗帜，
火辣辣的。忽地一声，像风一样，四哥不见了。原来四哥闯荡江湖四年，学

会了轻功。夏末秋初季节，四哥和七嫂说着话儿，就蹿到麦垛上，麦垛安好如初，草刺不滑下一根。四哥在南厢房开了拳场，走的是八卦掌，日日吼声不断，响遍行云。晚上他领着一帮徒弟在马莲场上练，东西两庄都来观看。那时天上一轮皓月，地上一片马莲，日久天长，马莲场夷为平地，寸草不生；再过些时日，马莲场成了一块盆地。七嫂觉着世界上所有的美味，不如她的生鱼头，所有的衣衫，不如她的粗麻布长筒装，她依旧把个光溜溜的身子，像粽子一样裹在里面，五冬六夏，海鳗一样款款摆动。

月黑头里，马莲场上只见几个影子乱舞，舞一会，四哥就和徒弟们捉起迷藏，足有五六十号人。七嫂光着脚板，跟着这些半大小子乱跑，过了一条胡同，又来到一条死胡同。村里就三条胡同，唯这条死静死静，"嗖嗖"的阴风从里面刮来，刮来几只野猫瓷白的眼睛。七嫂的心提到喉咙里，因为这胡同的八角屋里放着父亲和大娘、二娘的三口棺材。朦朦胧胧中七嫂知道棺材是装死人的，将来的父亲、大娘、二娘死后都要装在里面，埋入地下。那时的日暮里，还没有一座坟，七嫂不知死人是个啥滋味，大致就像睡觉做梦吧。这时的八角屋里，门缝"吱吱"响了，猛然蹿进一个后生，又蹿进一个后生，碰了几鼻灰，也没找着四哥。刚要蹿出来时，四哥笔挺地站在八角屋的门口。众人问他："你趴在哪里？""棺材里面，我在里面睡了一会，挺舒服。""那棺材一点动静没有呀？"这就是四哥的轻功。四哥绘声绘色告诉那帮后生们，他师傅武艺精绝，弯弓可射雕，徒手可擒狼，脚生风，掌生雷，平地激起三尺浪。或飞檐走壁如履平地，或掌开山门蜻蜓点水，拳脚横扫武林，功夫南北盖世。师傅死前，让他们师兄师妹四人把他抬到一床毛毯上，每人用二指捏着一角，把师傅凌空抬起，直至截气。可是四哥终于没坚持到最后，就松了手，师傅掉在地上跌死了。四哥是那一帮师兄师弟中最差的一位，只掌握了轻功。掌握轻功的四哥，在七妹眼里，比秦始皇还秦始皇。这些日子，七嫂白天帮着四哥在山上砍树，晚上就在月光下削木头，制造刀枪剑戟，以御倭寇。那时日暮里和三棵松、五里铺沿海一带盗寇倭寇蜂起，一条小船晚上还在，早上就没有了。几天后，找到时已横在田横岛。圈里的猪，栏里的羊，夜里不是被倭寇绑走，就是被狼叼去。

秋渐渐深了，月亮悬挂在空中，宛如一瓣小心剥净的橘子，尽管表面稍有点儿损伤。再过数小时，它也许就会变成一弯铮铮金钩。一颗可怜的小星星孤零零地蜷缩其后，独自去陪伴着这弯寂寞的冷月。然而，月亮更富有勇气，一面保护着自己的朋友，一面向前进，仿佛手持势不可挡的武器，高擎着东方的象征，挥动着自己那把奇妙的金钩大刀。七妹在四哥的身旁睡了。他又闻到那股浓烈的艾香，如阵阵海涛袭来，幽远绵长。

就在这时，海滩上传来几声寥落的声音，"卸载啦——""卸载啦——"七位妈妈和岸上的几位儿子纷纷向海滩赶去，四哥叫醒了七嫂，也一块去了。

一条大鲨鱼，足有几吨重，像一截码头一样横在滩上，几个女人惊呆了。它的头像一块伸在水中的三角形暗礁，身上满是交错不直的大皱结。这条大鲨鱼过于肥腻，所以，人们比较轻视大鲨，不把它作人类的主食，它本来就像大海里的公牛，肉非常肥，不是那么有口感的。看着它那高高的脊梁，如果那里装满的不是全部像金字塔一样牢固的脂肪，那它就成了和水牛鱼背同样的美食了。可是对这条几吨重的大鲨鱼而言，虽然它的身子看上去那么柔滑、浓腻，就像一只已长了三个多月的椰子肉一样明亮、白嫩而且有点胶性，但是，如果人们把它当作机器用的黄油，却仍然嫌它太油腻。多年来，日暮里一直把它的脑髓当作一种上等菜，来招待像苍鹭一样的远方客人。刘七缸找来一把斧子，把它那结构严密的脑壳劈开，露出两片肥肥的脑髓。这些脑髓如和上面粉，就可以煮成一种最让人垂涎欲滴的食品，味道美得就和小牛脑差不多。趁着鲨鱼的尸体还未完全僵硬，七八条汉子手拿苍鹭带来的锋利的刀子，切下鲨鱼的翅，七位婆娘轮换往家里挑。六哥熟练地用刀割着鲨鱼的皮，"沙沙沙"，就和最薄的云母片差不多。肚子底下的皮就像缎子一样，摸起来又柔又软，在把它晾干前，它不但没收缩和变厚，而且也没变硬和变脆。在一般生物中，鲨鱼的尾巴可算巨大的，它结实浑圆的尾根，伸展成两块阔大、坚硬、平坦的大巴掌，具有雅致鲜明的曲线美。哎呀，使人觉得非常遗憾的是，这条可怜的大鲨，竟然长着一张兔唇，双唇的空隙有一尺宽。

　　夜色从男人的刀子女人的肩膀上静悄悄地流走，不知不觉太阳从大海里升起。越来越清澈的光线，射进鲨鱼嘴里，就像射进一扇黑魆魆的门洞里。会轻功的四哥，蹑手蹑脚地跨进这道门槛般光滑的嘴唇，走进大鲨的嘴中。这里就像他家海草盖顶的倾斜的小屋，屋顶高五六尺，斜斜地显出锐角形状，仿佛被一棵整齐的栋梁支撑着。鲨鱼有无数颗牙齿，就像七娘的梳子一样细密。四哥把鲨鱼的肝脏从里面一块块割了出来，鲨鱼肝光莹莹的，就像琥珀。最惊奇的是鲨鱼的胃，它可在很短的时间腐蚀掉所有的甲壳类动物，当然金属除外。四哥在鲨鱼胃里发现一把三爪海锚和一柄四齿鱼叉。整整鼓捣了三天，三里五村的人推着车子来割鲨鱼肉，刘七缸砍下一块鲨鱼翅就拱手送给邻村的一个朋友。第四天，鲨鱼只剩下一具骨架，人们把它抬到岸上，苫上海草，里面就可以住人了。七嫂不知从哪里搞到几节尾骨，放在地上就成了光滑的凳子，可坐在上面吃饭。第五天，刘家摆上八仙桌，招待四海宾客。鲨鱼肝、鲨鱼胃、鲨鱼心、鲨鱼翅、鲨鱼腮，全都上了桌面，整整喝掉了半缸酒。是晚，全村的人睡不着觉，眼睛雪亮，邻村的人，也睡不着，都像狗一样在四野闲逛，眼睛瞪得像铃铛一样，唯恐掉在地上的东西找不着。刘七缸一晚上七房太太轮着伺候，还是睡不着。平常天天上酸水的那些人们，吃了鲨鱼胃都治好了自己的破胃。刘七缸抱着铺盖进了鲨鱼房，打起呼噜。刘七缸睡着了，下半夜溜达够的人们也回来睡着了。

最糟糕的是六娘，自从吃了鲨鱼脑，她就瘫在炕上说不出话。六哥是一个孝顺儿子，看到自己的生母日日躺在炕上，水米不进，心急如焚。可刘七缸却安之若素，进东家出西家，黑了南方有北方，把个六娘扔在炕上，只眼不瞅。救母心切，六哥想起了秦始皇，他要到海里去找长生不老药。他跟着父亲的船儿出海，见了岛子他就上去。一次他在攀山岩时，不慎掉进海里，几个弟兄找他时，早已让浪冲走了。后来是七嫂晚上洗澡时，在海边找到了她的六哥，已气息奄奄，手中还死命地抓着一把仙缕草，据说这就是秦始皇当年要寻找的长生不老药——仙草。六哥被七嫂背回家时，六娘看着儿子手中的仙缕草，张了几下嘴，就咽了气，日暮里从此有了第一座坟。

六哥在几个娘娘的精心护理下，身体强壮了起来，但仙缕草却枯萎了。这是一个细雨霏霏之夜，七嫂陪着六哥看海。一个亮闪划破夜空，他们突然看到远处的岛屿，六哥说，那上面有仙缕草，秦始皇要找的草。小岛就像一个美丽的光环悬在七嫂头上，她思绪飞扬，春情勃发，一浪高似一浪。六哥终于说服了父亲，带着七嫂出海了。刚开始几天，她晕得天南地北，呕得天翻地覆。细心的四哥，只让她喝点淡水维持生命。七天之后，七嫂不晕了，但瘦了一圈，这更显出她的窈窕与绰约。她要到甲板上站站，四哥说："小六在上面拉屎。"但七嫂还是趁四哥不注意，偷偷上了甲板。

船儿终于在七天之后，靠近了一个名叫螃蟹岛的小岛。夜晚来临，岛上突然出现一些奇怪的强光，红光闪烁，触目惊心，令人怔忡不安。这些光从哪里来的呢？刘七缸和儿子们终生未解。在这个孤零零的海岛上，滋生着各种蚊子，纵然在白天，它们也成群结队地袭击动物和人。刘七缸叫儿子们带上艾蒿卷成的又粗又长的蚊香，点燃后来驱散这些可怕的蚊子。老四说，七嫂就不用拿蚊香，她身上就有这种气味，蚊子不敢靠身的。

岛的四周，全是密实的胶泥，气味恶臭。胶泥深厚、柔软、肥沃，刘七缸命令儿子们先脱掉衣服，迅速地匍匐前进，绝不能停留在一个地方，否则会深陷泥潭，不能自拔。四哥说："你们都在这里等着，我会轻功，脚不沾地。"于是转眼间，他就捕到了一两千只大螃蟹。这时天上银盆满月，地上清辉泻地。岛上出现最动人的一幕——螃蟹的"恋爱舞会"。螃蟹交尾有固定的时日，它们总是选在满月时。交尾仪式一开始，雌雄双方先是翩翩起舞，数不清的螃蟹在月光下一起踏着整齐的舞步，气氛十分热烈。此时"舞会"上尽管没有欢声笑语，可是观看者却能感到这里"歌舞正酣"。众螃蟹交尾后，便纷纷钻进洞内，消失在厚厚的胶泥中。六个儿子全都不错眼珠地看着螃蟹打洞回府，七嫂也半天回不过神来。

夏天即将逝去，季末的最后一点艳阳慵懒地拖着它的裙摆缓缓走下舞台。阳光开始变化。原来散发出白热生命力量的艳阳，不知不觉消失了光彩，只剩下午后昏黄朦胧的一片，把夏日一点一点推向了死亡。七娘说，太阳已经准备妥当，要好好休息一阵子了，苍鹭先生又要随着大雁来了。

这是苍鹭最后的一趟行程了。当七嫂和七娘搀着他跨进脚踏木，爬上门廊前的台阶时，她们都还没发现这个征兆，不过他自己似乎觉察了。吃晚饭的时候，当家里掌起了灯，他轻声地告诉刘七缸，他的家全都留在大海的那一端，而唯一可以让他和他们团聚的方法，就是每天睡前点根蜡烛，而对岸的家人们也在这个时候点起蜡烛，这样他们的心灵就能借着烛光相会了。

第二天一早，七嫂和父亲忙着把松树干和粗树枝从山边拖到院子里。父亲起落的斧头反射着熹微的晨光，劈柴声在山谷中此起彼伏地回响。他们把劈好的木柴搬到厨房的贮藏室里，然后把烧炉子用的木柴一块块靠着墙边放好。就在这时练功的四哥背着一个人来了，放下一看是苍鹭，但嘴已不能说话，眼睛紧闭，他死了。苍鹭是天不亮就走的，四哥发现他时，已倒在山边的石径上。七娘放声大哭，声嘶力竭地呼喊："我的爷爷——"这时她说的不是鸟语。刘七缸以惊愕的眼神问她："这是你爷爷？"七娘泪水涟涟点头称是。从此，苍鹭葬在刘家的坟地，但他不是刘家的人，是七缸的老丈人，七娘的爷爷，所以坟上镶嵌了雪白的贝壳。

　　苍鹭死后，七嫂六神无主，唯一与外界联结的一条丝线也被无情的海风吹断了。奔赴海上仙山，成了她一块心病。她日日坐在海边看海，春潮荡漾，浮想联翩，海上有仙岛，那里住着怎样的人儿？

　　七嫂又一次缠着父亲和六哥，把她带上了船。整整四天四夜，船停靠到一个小岛上，那就是六哥摘仙缕草的小岛，仍是一个无名岛。未等将锚抛好，就看岸边站着一个人，那人毛手毛脚，高鼻深眼窝，说一口半熟不生的汉语，费了好大的劲，才弄明白他是德国人。四哥曾跟着师傅见过德国人，就这样。德国人把他们引到一个山洞里，那里藏着珠宝。洞外的山根有几间石头房子，几个毛手毛脚的人，在那里走来走去，仿佛也有一些本地人。德国人从洞里拿出一个古怪的东西，六哥认出上面写着一些数码。那人用手指指天上的太阳，又指指地，六哥终于明白了这东西就像中国古代的沙漏，能计时报更。德国人就教着六哥使用它，只见那针每跳一大格，那家伙就发出响声。德国人很吃力地告诉他们，这是一挂自鸣钟，又歪着头问刘七缸："喜欢……吗？喜欢……就……送给你……"刘七缸蠕动着嘴唇："喜欢，放在船上太好了。"另有所图的德国人紧盯着七嫂，唯恐她跑了似的。"不过……有个条件……你得把她……给我。"开始七嫂有些惊恐，后来她决绝地跑到德国人怀里，附在耳边说："我跟你，咬死你这个老毛。"说得飞快，德国人听不懂她在说什么。她含情脉脉地对父亲和哥哥们说："放心吧，我跟了他，咱们会享福的，你们没看见他满洞的珠宝？"刘七缸说："我们常来看你。"四哥在德国人面前挥舞着拳头:"只要父亲和妹妹同意了,我们不管,但你小子可别欺负我妹妹,免得我不客气。"这时七嫂清楚地看出六哥眼里溢出两颗清泪,他的仙山梦破灭了。走前,德国人又将一些肉罐头装进了船舱。六哥在想,德国人的毛很硬的,不能扎破妹妹那身水嫩的皮肤,过些日子,我一定过来看看。他们在岸边找船时,只觉着大船离开原泊位很远,小岛似乎在不停地旋转。

船返航后,就足足刮了两个月的大风。七娘很想念自己的女儿,一直催着刘七缸赶快出海看看他们的女儿,顺便也把那个德国毛子带上岸来瞅瞅。刘七缸也很想念自己唯一的女儿,他觉着这是他一生中办得最草率的一件事,为了一挂钟,老天都不作美。英雄一世,糊涂一时。

天稍微好转,他就和那些发疯了一般的儿子扬帆起航了,整整在海里漂了半个月,再没找到那个小岛。干粮吃尽,淡水用光,他们只好悻悻地回来。船上那架自鸣钟孤独地响着,单调,恓惶。前不见古人,后不见来者,六哥纵身跳入海中,转瞬没了踪影。可自鸣钟仍在响着,漫过大海的波涛,漫过空间和时间,响着。

天还未黑时,七娘就点上了蜡烛。日暮里罩在一片凄迷的烛光中,"凄凄去亲爱,泛泛入烟雾",钟声响着。

指南针

"小说被认为是一个民族的秘史。"

——巴尔扎克

在中世纪，即使是一个普通人，他对天空中星星的分布，也比现代人了解得更多。那个时代无法提供现代人所拥有的印刷年历和日历，所以他们不得不掌握这些知识。当时稍有知识的船长都能借助星星来识别方位，也能根据北极星和其他星座的方位来制定航线。但在北方，天空经常乌云密布，看星星的方法有时就行不通了。如果到13世纪下半叶那件中国发明还没有传入欧洲，欧洲航海还将继续它那代价高昂的痛苦历程，完全依靠运气和猜测战战兢兢惶恐前行。而指南针的起源和发展，给全世界航海者送来了指路明星。特别是野蛮的欧洲人，自从见到这个神来之物，如获至宝，竟然至今都忘了付专利费。13世纪上半叶，一个东起黄海，西至波罗的海，一直到1480年还统治着俄罗斯广阔疆域的大帝国在欧亚大陆产生了。一个五短身材、眼睛斜视的蒙古人——成吉思汗就是这个帝国的统治者。当他横穿亚洲中部的茫茫荒漠，前往欧洲征战讨伐、寻欢作乐时，手中就是执着这件神秘利器——指南针。地中海水手们第一次看到指南针到底是在什么时候？我们今天很难说得明白，但是，我们可以肯定，地中海的船队很快就在这种被教会称为"魔鬼撒旦亵渎上帝的发明"的带领下，到这个世界的天涯海角扩张侵略去了。

想想当时的世界是怎样中了魔法的，伟大古国的旷世发明指南针，就是今天的导航卫星，统领整个世界的进程。当时去巴基斯坦的雅法或塞浦路斯的人在返回欧洲时也带回了一个指南针。他是从波斯商人那儿买到手的，而波斯商人则是从一个刚从印度返回的商人手中得来的。在港口的啤酒屋里，这个消息很快就传开了，对这个被撒旦施了魔法的奇妙小针，人们都想一睹为快。据说，无论你走到什么地方，这小针总能告诉你哪儿朝北。当然，人们不敢相信这是真的。可是不管怎样，很多人还是托朋友下次去东方时也给自己捎一个指南针回来，而且还先付了定金呢。于是半年之后，这些人也有了一个指南针。撒旦的魔力果真灵得很呢！从此，每个人都想有一个指南针，他们急盼大马士革和伊兹密尔港的商人从东方购回更多的指南针。于是，威尼斯和热那亚的仪表制造商也考虑制造这玩意儿了。

我的先祖从一个威尼斯商人手中得到这玩意儿，就好比把北极星从天上摘下来，从此开始了驰骋黄海的伟大壮举。繁忙的海上丝绸之路也从我们那里开始了。我家兴盛时有60条船、100余匹马、200余头驴和300亩盐场。到我三爷接管时，这笔家产已徐娘半老，但仍风韵犹存。那时盐田浩渺，船队庞大，马拉车驴驮盐，声势浩荡，熙来攘往，响遏行云。家中的100头驴，是我三奶奶的陪嫁嫁妆。三奶奶经常骑在那些眉清目秀的小毛驴身上检查她的盐田。盐场的风车兀自转着，就像张牙舞爪的恐龙一样，槽沟的海水，就像清澈的玻璃，哗啦哗啦整日流淌。盐田外那一望无际的海滩，也是我家的。海滩上一律长着红色的草，红铜丝一样，锈红艳丽，海风刮来，像在不停地奔跑，一直跑到天边儿，跑进海里。我的三奶奶，净梳头，光洗面，一条大辫子，油光水滑，像瀑布一样流畅，从头往下看，风流往下跑，从脚往上看，风流往上流。她这辈子最喜欢的事就是看盐民迤逦往驴身上担盐，看毛驴踏着细碎的小步翼翼往船上驮盐。毛驴大都温顺娇羞，羞答答的，从不惹主人生气。为了满足三奶奶这一重大嗜好，三爷就从四川、广东、陕西贩来大批毛驴。于是我家的驴就有勤劳的四川驴、精明的广东驴、安分的陕西驴、装神弄鬼的江西驴、卖弄风情的东北驴、聪明绝伦的安徽驴、兢兢业业的河南驴、见驴上树也不笑总是板着驴脸的河北驴。我三奶奶是五里铺林老秤家的大女儿。林老秤开了一个烧肉铺，他的三个女儿林疏星、林朗月、林淡云，如三朵娇艳欲滴的花儿，喷香粉嫩，就像她们家自酿的黄酒一样待价而沽。那日三爷那厮，从船上脱了货，赚了几麻袋洋钱，就偏着身子进了五里铺林老秤的烧肉铺。三爷面若重枣、目似朗星，就像一扇门板一样戳在林家铺子，一声雄性呐喊："拿酒来！"把林家三个雌性的女儿嘘得差点掉了魂。大小姐林疏星，温婉细腻，声音细细的，甜甜的，就像春风一样吹在三爷身上，要多温馨有多温馨，要多媚人有多媚人。清冽的酒斟满了，三爷一饮而尽，又斟满了，三爷又一饮而尽。林疏星斟酒时，那酥手，那嫩藕样的凝脂白臂，就露了一截，被三爷的眼珠蝎子一样蜇上了。三爷跟着祖爷闯荡江湖二十年，进过广州，下过扬州，去过贵州，什么样的妞儿他都见过，也曾摸过，捏过，亲过，弄过。今日一见林疏星，就像看见空谷幽兰，山下白雪，林梢疏星，倍觉耳目一新，为之一振。林家的林老秤是个颇有心计的人，早盯上了刘家这个大家族，今日看到三爷与女儿眉来眼去，有些意思，就烧了一把火："不知哪阵风儿把三爷刮来了，真是贵客、稀客，失迎、失迎，赏光、赏光……"于是就与三爷杯来盏去，过从甚密。林疏星是林家的掌上明珠，五岁的时候林老秤就教着她打算盘，六岁的时候教她称秤。不到十五岁时，林疏星就把算盘珠子，弄得炒豆子一样滚瓜乱响，左右开弓，不差分毫。刘家家大业大，林疏星这个聪慧的女人时有耳闻，今日一见雄性十足的三爷，满眼欢喜。林疏星是那种让人一见就永远记住的女人。她那副脸儿虽然非常生动活泼，欢悦愉快，而在她脸上，在她全身上，依依暖暖地，却有一股宁静恬适——一种安详、幽娴、雅静的神态。尽管三爷已有三个女人，但都人老珠黄，眼下他急需这样一位嘴上一份、面上一份、手上一份的管家，他那个家太大了，已把他累得够呛。几杯酒下肚，心潮逐浪高，三爷终于从林老秤的口中得知他的大女儿喜欢驴。林家铺子前有一片草地，那些草似乎比任何地方的草都绿，那些树似乎比任何地方的树都高。林疏星喜欢驴打滚，在青青的草地上。三爷就投其所好，牵来自家三十头东西南北的驴，在那片草地上滚了起来。那些驴闹嚷得最厉害的时候，就令人想到牛或熊让一千条狗又咬又逗的情景，那种乱法足以把下议院的议长弄得头晕目眩。驴声咴咴，青天如涧，几盘石碾在绿草地上安之若素，几棵高大的榆树在绿草地边神采奕奕。大小姐把手捧在脸上笑弯了腰。三天后，刘家又多了一个新媳妇林疏星。林疏星的到来，给刘家撑起了一片熠熠的星空。

我记事的时候，三爷住在海边的一个山洞里，每日我都去给他送饭，就从洞口递进去。他虬髯飘雪，仙风道骨。他吃着饭，就啦啦呱呱地告诉我一些故事。我见窗台上放着一本发黄的书，上有"欧几里得几何"字样，还有一张海图。三爷告诉我，海图是五爷从俄国女郎手中得到的。我三爷自始至终就对外国有一种本能的惧怕和敬畏，他是心里揣着小兔子与外国人做买卖，所以三爷发誓这辈子不找外国人做老婆。但我三奶奶和五爷却不以为然。那时三爷的船儿每从广州回来，都带来一些外国人，大抵到了青岛下了船就作鸟兽散了。三爷就把整船的指南针卸在山洞，囤积居奇。可是那日去扬州的五爷却带来一个俄罗斯马戏团。五爷高鼻深眼窝，长得就像一个外国人，是我已故老爷爷从海参崴带来的，来时已有十多岁，人说是我老爷爷与俄罗斯小婆所生，众说纷纭，莫衷一是。五爷的头发是卷曲棕黄的，但眼睛却黑沉沉的，像地中海的夜。

五爷带来的马戏团遭到三爷的最大抵制，但却得到家事大权在握的三奶奶的首肯，于是也就作罢。三奶奶利用这个马戏团，把这个钟鸣鼎食之家又推到烈火烹油的地步。马戏团一到，三奶奶就在五里铺门前的青草地上支起戏棚，盐场、船上的400余名伙计，放了三天长假。家里所有奶奶、妈妈、丫鬟、佣人，忙着做饭蒸糕，杀鸡宰羊。锣鼓响器，铺天盖地，俄国小号，语音嘹亮，不绝如缕。三奶奶要的就是这种自大自尊、富贵大气和热闹排场，这也许是我们这个老大帝国的祖传痼习和通病吧。五爷从俄国女郎手里弄来一架望远镜讨好三爷。

三里五村的人都来看俄罗斯的马戏，与其说是看马戏，不如说是看俄罗斯女人的大腿，就像白桦林一样齐刷刷地颀长爽丽。

那一晚上，五爷就领着俄国女郎私奔了。五爷这辈子就是敢爱敢恨，他身上流动的血液，泛滥着洋人的基因。三爷在洞里张着耗子样的嘴毫不掩饰地传播五爷的绯闻时，我觉着空前自豪，引以为荣。

五爷是连夜领着女郎逃走的。第二天一早三爷发现了五爷偷走的那条船。五爷逃到黄海的一个名叫鸭蛋岛的小岛上，在那里以渔猎为生。这是一个雾岛，有太阳没太阳都雾气沉沉。那雾厚而黏稠，五爷的子弹穿过浓雾射出去，显得声音细小，绵远，惆怅，湿漉漉的，就像裹在厚厚的棉絮里，寂静无声。五爷和五奶奶就在这个阒无人迹的荒岛上开始耕田织麻，生儿育女，没有人知道，富贵和繁华已遥遥远逝。椭圆形的鸭蛋岛是一个被寂静和雾包裹的小岛，宛如世外桃源。海豚总是选在那些伸进水中的礁石上嬉戏，从马戏团出来的俄罗斯女人，极为熟悉海豚的习性，她就和五爷一起训练这些海豚。海豚十二分精明，在五爷和五奶奶的调养下，海豚成了他们鸿雁传书的信差。

伍老大是我三爷最忠实的佣人，他住在海边一只倒扣的老船里，听着海风呼啸，就像吹着螺号，心里想的是外面一片荒凉的空滩越来越浓的雾，脑子里琢磨的是四外近处完全没有邻舍的人家。船里面洁净得令人喜欢，要多齐整就多齐整。里面有一张桌子，一架荷兰钟，一个五斗柜和一个茶盘儿，房顶上钉着几个钩子，挂着几个篮子，篮子里放着晒干的鱼，海风吹来，哐啷哐啷地直响。伍老大是孤儿，他父亲跟着我家三爷下广州时，遭遇台风，船毁人亡。我三爷被菲律宾人救上来时，就决定照顾伍老大母子一辈子。可天有不测风云，人有旦夕祸福，伍老大的母亲痴呆了，被黄海大浪卷走。父母死后，都没尸首，伍老大就决定一辈子守着黄海为父母尽孝。黄海的风和雾洗亮他的眼睛，他可从二里地外发现一条船，他可在大风天里，听到海豹求救的声音。他每日必三更天起来溜海，无论刮风下雨，他都穿着一件破蓑衣。多少年来，由他救上的人不计其数，由他发现的海怪不胜枚举，由他编造的故事传遍整个黄海岸。他的奇事怪事，可用筐装，用船载，车载斗量。

这日巡海，他发现一只冻僵的海豚，就把它抱进破船里。暖和过来后，海豚就从嘴里吐出一封信。伍老大不识字，但五里铺有识字断文的人，这便是林朗月。林朗月眼似两湾秋水，眉如一弯淡月，不笑不说话，一笑就露出一口皓齿，吐出的字儿如珠如贝，呼出的气儿如灵兰麝香。伍老大有事没事都要到林家铺子磨蹭杯酒儿喝喝，借故偷眼看看林家二小姐。林家来了客人，他搬桌子，搬凳子，吆五喝六，忙得不亦乐乎。他牵着林家的驴，林二小姐林朗月就偏着身子坐在鞍上，穿着大红裤，葱绿窄袄儿，娉娉婷婷十七八，豆蔻梢头二月初。到了集上，所有的眼睛都向林二小姐射来，伍老大认为是看他，是敬他，于是就俨然迈着八字步，成了东家的二掌柜的。有时袖口被驴咬破，林朗月就给他缝缝，细针密线，瓷瓷实实。林二小姐的针线女红，是远近闻了名的。一次盐场的何老十到林家铺子来，打老远就看见伍老大在殷勤地扫地，何老十嘲讽地说："哎，我说伍老大，你倒插门了吧？"伍老大言语嗫嚅："我插谁了？""莫不是林朗月吧？"伍老大脸红脖子粗，上不来话。一阵旋风刮来，林朗月凤眼圆睁，柳眉倒竖："你给我听着何老十，别拿伍大哥耍笑！"伍老大从来没看见这个美人坯子这样怒过，觉着这辈子有这么温存的美人呵护他，算是烧八辈高香了。每每想起这件事，伍老大心中都如黄海的春潮翻着个儿。他用贝壳给林朗月穿了一串雪白的项链，又拿着这封信，搭讪地去林家。林朗月晨妆浴罢，面若桃花，唇若涂朱，白净净的脸儿，香馥馥的手儿，当垆卖酒，一串莺歌燕语："哟，伍大哥，怎么这大清早就来了，我们还没开店呢——"伍老大一时性急，就急急地把那串贝壳链子往林朗月脖子上挂，林朗月头一歪："别介，别这样——"林朗月那皮肤既白且薄，春潮腾地就涨到脖子根上。"别介，别这样，伍哥，我求你了，真的，我有项链。"那项链是五爷从海南岛上贩来的。其实林朗月早就有了心上人，那便是五爷。尽管俄罗斯女郎把他拐走了骗走了，我林朗月仍是他的心上人；即便他被海水冲走，上了俄罗斯，去了北极，我林朗月也是他的人。伍老大看林朗月这等恼怒，也不再造次，把项链掼到地上，愤愤说："不要算了，好心赚了个驴肝肺。"朗月就俯下身子说："别介，别这样，我的伍哥，怎么耍小孩子脾气哟——我瞧，伍哥的手艺真棒哟——"林朗月有一口巧舌，锦心绣口，秀外慧中。一会儿，伍哥就多云转晴，乐颠颠地又是搬凳子又是抹桌子，林家的驴肉真鲜呀，林家的酒好香呀，伍老大这个早晨不走了，得喝上二两。

　　林朗月看着伍老大送来的信，呼吸愈来愈急，脸庞愈来愈红，原来踏破铁鞋无觅处，得来全不费工夫。五爷找到了，就在黄海的鸭蛋岛。黄海春潮急，急煞春闺梦里人。

林朗月拿着信去找姐姐林疏星时，见姐夫正领着一帮人往山洞抬货，姐姐疏星站在山洞口，对她远远地做着手势，那意思是不让靠近。林朗月嘴不饶人："哟，我说姐姐，你才嫁人几天，就胳膊肘往外扭呀，我看你是饱汉不知饿汉饥呀！"林朗月就是这么一个女人，文静起来，就像月笼沙洲岸，厉害起来，就像风吹甘蔗林。但无论厉害或是文静，声音历来都是那样妩媚动听，款款撩人。姐姐乜斜着眼睛走过来："我说，我的妹妹，有啥事儿，这么心急火燎的？""五爷来信了！"林疏星激愣一下，急欲招呼三爷过来，就又见风转舵。细心的林朗月，拿眼瞟着洞中的人，原来那些人把竹竿一根根扛进去，就竖着倒出白面一样的东西。朗月探问："哟，我的姐姐，你这是捣鼓啥呀？"疏星两眼像星星一样直眨巴："你就心急等不得豆煮烂。"就附在她耳朵，"我和你姐夫贩来点白糖。"林朗月爽朗："哎哟，我说姐，还怕人呀？"姐姐神秘兮兮地说："怕也不怕你这小蹄子炮蹶子。"

五爷的来信，激起了三爷的无名之火，眼下他正缺少帮手，这个弟弟就被红颜一激，逃之夭夭，远走高飞，他这不是成心看我的好吗？疏星就安慰他说："鸡往前啄，猪往后扒，咱们各走各的道儿，说不上五爷以后大有出息呀！"林疏星诡秘地眨着眼儿。

五爷的一封信，把个林朗月弄得神魂颠倒，不知所措。她整日在海边打着眼罩看海，伍老大以为她在寻短见，就紧追不舍，寸步不离。他依旧披着蓑衣，沐雨栉风，踽踽独行。

林家三女林淡云，自小足不出户，一日三晌守着铺子，树叶掉下来也怕打破头。如果说她连对一条狗都不肯呵斥，那还不足以道尽其为人。应该说，她连对一条疯狗都不肯呵斥才成。假如她非和疯狗打交道不可，那她也只能对它轻轻说一个字，或者说一个字的一半，或者说一个字的几分之几。因为她说话慢腾腾的，也和她走路慢腾腾的一样。但是如果为了顾及今生此世任何情况，而叫她对疯狗疾言，她决不肯；叫她对疯狗厉色，她决不能。她就是这样一个冷美人，任你疯狗一样在铺子里嗷嗷乱叫、欲火攻心、馋涎欲滴，最终都将乘兴而来，败兴而归，落荒而逃。她对她的姐姐林朗月为了一个负心汉痴心不改不屑一顾。要嫁人，就得像大姐一样，说嫁就嫁；不嫁人，就得像她一样厮守独处，终身不嫁，干吗蹀蹀躞躞，魂不守舍。林老秤对三爷说过，他拿这个三女儿真没办法。她识字懂理，治铺子，上集子，买菜割肉，样样提得起，放得下，可就是心冷如铁，面肃如霜。何老十几次讨好巴结，都兜头一盆冷水浇身，冷到脚指头，直打哆嗦。

妹妹的规劝，无济于事，爹爹的唠叨，如耳旁风。这些日子，林朗月一直打探着五爷的下落。三爷告诉她没见说有鸭蛋岛那地方。可是一日村里来了一个吉卜赛女郎。这女郎是双下巴，上面的肉多得把整个帽带连同带结，一块都埋了起来。脖子，她没有；腰也没有；腿呢，不值一提。因为，从腰所在的那部分以上，她长得比普通人还要长，虽然她也可跟常人那样，有两只脚，做下肢的点缀，但整个人看起来就是一团肉，一团白肉。吉卜赛女郎告诉她，她到过世界好多地方，还给俄国王爷修过指甲，还拿着那些指甲当礼物，送给中国的年轻的小姐、少奶奶，她们都把这些指甲藏在梳头匣子里。云山雾罩，把个林朗月侃得心猿意马。吉卜赛女郎还告诉她，吉卜赛人没有国家，他们满世界溜达，潇洒赛神仙。吉卜赛女郎给这个村子带来了法兰绒布头，小烫发夹子，就连她们洗衣服用的胰子，都是从抹香鲸身上取出的龙涎香制造的。吉卜赛人是跟着波斯商人来的，又跟着三爷的船儿云里雾里地走了。不知从哪里刮来的风儿说五爷与俄罗斯女郎又成立马戏团，他与他的俄国娘们驾着船儿，载着一大群海豚到陆上演出去了。林朗月风里雨里站在海边迎接五爷的归来，远远地另一个人定定站着，泥塑木雕一般，无疑那个人定是伍老大。

三爷与三奶奶的生意滚雪球一样，愈滚愈大。沿海一带，七乡八县，烟台青岛，蓬莱长岛，都使用三爷贩来的罗盘，都吃他们的白糖。他们在村里往竹竿里装盐，然后封好，再抬到船上，运到南方，在南方卸完货后，又用竹竿装回白糖。林朗月请求姐夫姐姐帮她出去打探五爷下落，他们无动于衷，你推我搡，闪烁其词。林朗月终于忖度出了姐姐和姐夫的用心，他们是担心五爷回来分家产啊。林老秤看女儿茶饭不思，就劝她死了这条心，五爷不会回来的，他是有家室的人了。可林朗月冥冥中总认为五爷还在黄海的某一个岛上等着她。黄海有雾，雾里看花。

一日，林朗月终于背着爹爹妹妹铤而走险，雇一条小船和一帮渔夫在二更天起航了，她要去找她的负心郎五爷，怀里揣着五爷走前给她的罗盘。古海渺渺，一叶扁舟，伍老大仍在熟睡，因为他三更天才起床。

船在天亮前碰上海盗，几下子短兵相接，船上的渔夫全被杀光，林朗月被挟持到一片海岛。岛上千里无鸡鸣，凄风苦雨，不知今夕何年。林朗月被选为岛主的第八压寨夫人。如花似玉的年龄，林朗月就要被这个荒凉之岛所羁绊，就要终生厮守一地，为青春祭奠。这位岛主，想玩出个花样来，并不强占强夺决一雌雄，而是采取循循善诱的攻心术，他要征服女人的心。第一天，他把林朗月扒得溜光，放在山洞的凉炕上，点上红艳艳的蜡烛，一会儿照照她的乳，嘴里啧啧有声："嘿，不错，是个好坯子。"接着就吹了灯，洞里漆黑一团，洞外狼嚎声、鲸叫声、风声、浪声，声声入耳。只听岛主冷冷的一声："给我看好，别煮熟的鸭子桌上飞了。"林朗月局促在炕的一角，长夜难寐，守身如玉。第二天，寨主把朗月领到山上打石子，打了整整一天，腰酸背痛，手也磨破，饥肠辘辘。晚上寨主只给了她一碗清水，她一饮而尽。寨主冷冷地问她："从不从？"她一口唾液吐到他脸上："不从！"寨主把洞门帘摔下，随着扔下一句："看住。"第三天是往山上抬石头，林朗月那吹弹即破的皮肤，怎奈如此折腾，她找山上的鸟蛋松子吃，甚至一些草根树皮她都啃，因为她太饿了。晚上寨主一掀门帘，又进来了，扭着她的耳朵，声色俱厉地说："到底从不从？"林朗月把头一歪，头发一甩，说："不从，不从，就不从！"歇斯底里的声音传出老远，寨主一摔门帘又走了，只听他压低声音说："给她点饭吃，要好的，别把那美人坯子饿瘪了。"于是这天晚上，林朗月吃上了上好的鲅鱼饺和乌鱼蛋。吃完了饭，她从衣服里摸出一张纸，就蘸着膀上的血水，在一扇镜子那么大的小窗旁，对着月光写起了血书。血书的大意是让看到信的人赶快来救她，她等着五爷，最后实在没办法，蹈海而死。第二天，她将血书偷偷装在一个瓶子里，趁监工的不注意，投到海里。第四天晚上，几条大汉抬来一只海豚，放在她的炕上，哪知渔家女是从不怕海豚的，半夜里，她就搂着海豚圆滚滚、暖呼呼的身子睡着了。海豚把她另一页血书含在口里，天亮前，她就见几个粗壮的汉子，把它投进海里。漂流瓶、海豚传书，这是自古以来海难的多少承载体和大救星呀，但是我们的女主人能如愿以偿吗？如今，她是徒手握有指南针，找不着北了……

第五天，寨主就像一条疯狗一样，豁出命地喊："从不从？你！"林朗月毫不示弱，在他肩膀上留下两道齿痕。寨主像杀猪样"嗷嗷"叫唤着窜出去："嘿，好烈女，敬酒不吃吃罚酒，我早晚让你从个够！"

整整十个晚上，寨主用尽了各种解数，林朗月就是不从，寨主第一次遇上这么个忠贞不贰的女人，简直是奇迹。晚上残月从小窗透进淡淡的亮光，林朗月想起了五里铺，想起门前青绿的草地，想起她和五爷在拴马桩旁立下的誓言，想起了她那可怜精明的妹妹林淡云，也想起了自私寡情的大姐林疏星。她最不能忘的是林家铺子，以及铺子里她姐妹三人六岁时就使用的老秤，还有老是在海边和铺子徘徊对她总是想入非非的伍老大，他太可怜了，从小就没了爹娘。哎，我这是绝情吗？不是。是个女人就要从一而终，你伍老大再对我怎么多情多义，我这是私订终身了，只许五爷负情，不许我负情！她拿出了五爷给她的定情物指南针，当地叫它罗盘，摸摸上面的玻璃，对着惨淡的月光看了又看，几颗晶莹剔透的眼泪就滴在上面。忽然一种奇怪的想法像一只小虫子一样，钻入她的脑海里，五爷的出走是有缘由的。一次她似乎听到姐姐和姐夫在铺子里窃窃私语："走了好啊，他这样的人就应该哪来哪去，他海参崴来了，就得回海参崴去！""家大业大，一个槽子里拴不住两匹叫驴，看着锅里吃着碗里的不好呀。"要没有马戏团，也许就没有这等怪事。五爷，不管怎样，我生是你的人，死是你的鬼，你就是去鸭蛋岛，鹅蛋岛，我变成一条鱼，也要去找你。第二天上工之时，林朗月说是要小解，于是就向岛的后半坡跑去，越跑越快，疯了一样，口里大声喊着五爷的名字，从半山腰滚进海里。寨主一拍大腿："真烈女呀！"

听到林朗月的死讯，伍老大乞求林老秤从梳头匣子找出一根林朗月的长辫子，他就在海滩上给林朗月立了一墓。从此，一墓，一船，一海，伍老大一襄烟雨任平生。

近水楼台先得月，指南针最早传入日本，一个海上帝国迅速崛起。水路取代陆路，大英帝国取代成吉思汗帝国，东方不亮西方亮，外国制造淹没中国创造，这就是世界野蛮文明史。上世纪四十年代，三爷的四十条船在日军的炮火中丧失殆尽。贪财的林疏星为抢出船上一匹白缎子而葬身火海，香消玉殒。林家铺子被日本鬼子占领后，林淡云像一只任人宰割的羊羔遭十几个鬼子糟蹋，后被赤身裸体抛尸门前草地。何老十拿着一把晒盐铁锹，就要与鬼子拼个你死我活，结果饮弹身亡。林老秤掩埋了他们的尸体，就在门前的一棵歪脖柳树上吊死了。

　　鬼子毁了三爷的船，又占领了盐场，三爷成了穷光蛋，就像一只老鼠一样仓皇钻进山洞里，日日由父亲他们给他送饭吃。他在洞里躲过"土改"，躲过"复查"，最后又躲过"文化大革命"。

　　最后那些日子，我给三爷送饭时，三爷那个洞口是愈来愈小了，只能递进一只碗。三爷把那本《欧几里得几何》给了我，把海图和一盘金光闪闪的指南针交给父亲和叔叔们。我再去送饭时，三爷就把那个小洞封得严严实实。三爷死了，享年108岁。我捧着那本《欧几里得几何》，如饥似渴，终于考上大学。那盘中国创造、外国制造的指南针，一直闪耀在我自小就读的小学校（三爷码头上的货栈）里，就像北极星一样光彩夺目、闪闪发光。只是老师偶尔在讲到四大发明时，用它一用。别村的小学校有时来借用一下，保证晨借暮还，还陪着一位威风凛凛总是身着绿军装的治保主任来回押送。如今，每逢我想起这些土生土长、正南巴北、正儿八经的中国制造"疏星""朗月""淡云"，就泪下衫湿，不能自禁。

望远镜

上世纪三四十年代，我家三叔自从得到一架望远镜后，全村沸反盈天了。有人说，三叔能隔着二里地看到一白皙的妇人，那臀奇大，遮得日月无光，江河失色。也有人说，三叔能站在烟台顶上，看到山脚下一蚂蚁正拖着一点干牛屎，蠕蠕而动。更有甚者，说三叔通过望远镜，能看到地主王二麻家的二小姐，里面贴肉的水绿兜肚和雪肤玉胸。所以不容说王二麻当下最慌，他家有三个如花似玉的小姐，一个比一个娇，一个比一个嫩，掐得出水，剥开像鸡蛋，那个白呀，那个洁呀，爬上个虱子，都能从身上哧溜哧溜往下滚。更甚的是，他还有三个娘们，如果身上的零部件，都被我三叔看见，这不赔大了。王二麻本来就啬，家里米烂陈仓，钱过北斗；对女人就更悭，只许他看他摸他瞧，岂容别人染指。王二麻为了探个究竟，先是指使狗腿，提着二斤猪头肉，去了三叔家。三叔青衣小帽，正襟危坐。二狗腿说："听说你有一东西，能看得很远？""是的，很远很远。"三叔抿一口茶，大腿架在二腿上，用两个指头弹着桌子说，"不错，远的能看到月宫的嫦娥，近的能看到海底八千年的老鳖。"三叔又呷了一口茶："比如你腚上的那颗痣，用我这东西就能看到。"三叔和狗腿，从小是伙伴，在一个大河里洗澡，他身上长几根毛，几颗痣，三叔如数家珍。狗腿就急了，说："掌柜让我捎了二斤猪头肉，他说无论你看到他家什么，都不能东说西说。"三叔说："我知道他家东西多，女人多，金屋藏娇，有我这东西，他什么也藏不了，比如说，他家二小姐的闺房里，有一床绣花被，牡丹的。""三哥，我求你了，这东西，你都知道？那家伙也太神了，让我看看。"三叔掂了掂猪头肉："就这点东西，不行。"

　　狗腿策马飞奔，转了三个胡同，风驰电掣前去禀报。"二爷，不好，那家伙能看到二小姐炕上的绣花被，牡丹的。"王二麻说："怎么，天塌下来了，急咋咋的，怎么回事？"狗腿就事无巨细地向二爷进行禀报。"这怎么行呢？"二爷叹了一口气，晚上他就让狗腿，拿着三齿爪到南山的坟里，埋下一罐元宝。那天露重霜严，但南茔地的柏树高渺深邃，通体生辉。自从王二麻家的门一响，三叔就挎上了望远镜，紧紧尾随其后，他在一山坡上趴下，听一阵锨锸乱响后，一片沉寂。狗腿前脚走后，三叔就把那罐元宝取走了。三叔在南沙岭，用这坛元宝置了一片地。

　　有一天，王二麻的二姨太要到三里外的王家沟回娘家。狗腿牵着一匹小驴，清早就出发了。从王家庙到王家沟，不远，但要翻过一个山头。二姨太骑在小毛驴上，身着绿裤红袄儿，雪白粉嫩，路上苍蝇见了都吻几口，蜜蜂见了围着直打旋儿，赶都赶不走。太阳正晌，到王家沟要翻过一座山，二姨太一时尿急汗急，就吆狗腿扶她下驴。狗腿一时不知怎好，僵在那里。二姨太就羞羞地说："你背过身去，我要那个。"二姨太有双大脚，一会就来到沟里，左顾右盼，东瞅西望，就候地褪下裤子。那臀在太阳地里一晃，在三叔的镜头里一晃，二姨太的秘密，就暴露在光天化日之下。二姨太很美，很嫩，二八女郎，青春似火。狗腿心里忽闪忽闪的，他真想看几眼，心里如十八只耗子乱抓乱扑。二姨太的一举一动，全在三叔那只望远镜的掌握之下。二姨太很胖很白，完事之后，被狗腿半抱半搂地抱到那匹小毛驴身上。这镜头也被三叔看到了。

晚上，光棍刘二屯到三叔家闯门，就问："三叔，你是有那么一个东西，能看到女人？""那算啥。"三叔故作镇静地说。"没有啥，我从没见过，你能借这东西给我用用，我也瞅一会，过过瘾。"一说女人，二屯就急得浑身是汗。三叔故作高深地说："这东西，我轻而不借，也就你刘二屯，今晚借你一回，在我家里，不能走远呀！"三叔自从死了三婶，未再娶，他觉着女人就是那样，没意思。特别自从得了望远镜，如获至宝，他朝看星星，暮看晚霞，有时深更半夜起来看月宫的嫦娥。三叔的脚在地上，头在天上。刘二屯帮着三叔又拿草又做饭，用锋快的刀就把王二麻送来的二斤猪头肉也切了。二人喝着酒，月亮就上来了。这时家家炊烟，户户灯火，一片人间的温暖。刘二屯就急了："三叔，你快把那东西给我，我瞧瞧他们家家都在做什么？""做什么？吃饭呗。"三叔呷了一口酒。酒酣耳热，蠢蠢蠕动，刘二屯脱了衣服，说："三叔，再过会儿，他们就灭灯睡觉了，我什么也看不到了。"刘二屯急得冷汗热汗直冒，酒糟鼻子呼呼扇着气。三叔喝足了酒，放了两个响屁，从炕上下来了，鬼鬼祟祟地把那东西从一箱子搬出来，说："二屯，看吧，就这家伙。"杯弓蛇影，谈虎色变，二屯反而不敢动了："这家伙怎么像杆枪，不能一动就走火了？"三叔慢悠悠慢悠悠把这东西举起来，他对准天空的满月："二屯过来，你看吧。"二屯战战兢兢地赶过来："可别走……走火呀？"三叔把望远镜一手举到刘二屯的眼前："好大的月呀！"二屯几乎跳起来。"你看那是不是月宫的嫦娥？""是的，那是嫦娥，那是兔子。""在舂米吧？""是的，在舂米。""月宫真美呀！"刘二屯口水都流了出来。"可你不见嫦娥太寂寞了？""没事，我借把梯子爬上去，今晚乐和乐和。"刘二屯说着就要出门借梯子，三叔呵斥一声："二屯，你疯了，这是这东西的功劳，其实那月宫离我们很远的，你借遍村里所有的梯子，咱们也爬不到，何况你往哪里架呀？"刘二屯是个脚踏实地的人，是见了肥猪肉就流口水的家伙，可三叔就不同了，他活在天上，整日天马行空，想入非非，他觉着有些东西，只看不见不亲不近，太好了。月宫的画面真感动了世俗的刘二屯，见不到天上的，刘二屯就用它往远处的一户人家看去。不看倒好，一看，刘二屯几乎呆了，傻了，刘二屯走火入魔了。人家的女儿正在洗澡，尽管挂着帘子，仍能隐隐约约瞧见雪白的肌肤，天宫太遥太远，刘二屯宁吃人间鲜桃一口。刘二屯就要夺门而去，看个究竟。三叔说："去吧，能有一里地，那是山顶看林的人家。"刘二屯一寻思，可也是，门口拴着两只小驴一样的狼狗，何况那女儿一个麻脸子，不俊呀，白天他瞅都不瞅，想不到她身上那么白，那么光，一个麻子也没有。于是刘二屯就觉着这东西更神了，神乎其神。他向往着那个小山，向往着那个麻子姑娘。第二天，刘二屯在三叔的撺掇下，背着一捆柴，敲开了人家的门。麻脸女子扭扭怩怩出来，刘二屯说："三叔让我给你送来一捆柴。"二屯见说漏了底，又说："不，我拾了一捆柴。"麻脸姑娘："不要，不要，山上不缺柴。"说着就往外捅刘二屯，二屯真的急了："昨晚，我看你洗澡，那个身子，肉肉的，白白的……""什么，你看见我的身子？""是的，一个麻坑也没有。"姑娘说着就要招呼父亲，可她父亲在深山老林里。这时两只狗就蹿了出来，把刘二屯一溜烟追到山底下，裤子差点跑掉。麻姑娘倚门而立，"扑哧"一笑："又骚又臭的家伙，癞蛤蟆想吃天鹅肉。"

话说，三叔自从有了望远镜，说媒的提亲的络绎不绝，家里门槛都踢断二条。一次王二麻的二狗腿，路过三叔的门口，三叔说："那天你抱了二姨太？"二狗腿说："你怎么知道？"三叔指指挂在脖梗上的望远镜。二狗腿就口吃："是的，是……她上不……去驴。""上不去，也不应该乱摸乱抱呀，识相点，要是让麻掌柜知道了，有你好看的。"一早，狗腿扛着一截羊腿来了，搭讪地说："掌柜要借您望远镜用用，看看海。""可以，但这东西，必须由我操作。"狗腿就把高头大马牵来了，把三叔扶上去，与王二麻一起来到海边。王二麻坐在一乘轿里，三叔说："下来，这东西必须下来看。"三叔打开望远镜，把望远镜对准前面的海，吆老地主过来："你看，前面是不是有个岛？"王二麻把鸡蛋样的眼瞪上，不管大陆海陆，只要是地，他就喜欢，他看到那岛，乐不可支。三叔说："想当年，秦始皇去过那里。"王二麻不迭连声："是的，我家门口还有秦始皇走过的车辙。"三叔说："小岛不大，上面有长生不老药。"王二麻说："是的，是的，有一天咱也上去看看。"王二麻瞅上那座岛，他要占领。从此，王二麻瞧上了三叔，并且对那家伙更加敬重。他打发一个丫鬟去讨三叔的好。丫鬟刚采来一篮带露的樱桃，花枝招展，清亮的声音似水如玉："三爷，请您受用。"说完露一截玉臂。三叔不屑一顾，坐怀不乱："拿回去，你是月宫的嫦娥吗？那才叫美呢！你看人家那水袖，人家那一举手，一投足，真个神仙样儿，你算什么？"丫鬟莞尔一笑，故作娇态："我是仙女下凡。""呸，恬不知耻，想做仙女，得上月宫上去住住。"王二麻见施展美人计不行，就又给三叔送去半面猪。刘二屯闻到猪肉味，又来了，还是又拿草又做饭，不亦乐乎。月上时，两个又喝上了。三叔教训刘二屯："咱两个，一个在天上，一个在地上，连王二麻都在敬我，二狗腿见我像见爹，你就做我的干儿子吧？""做干儿行，做干孙也可！只要你借我那东西用用，我要看看那麻姑娘，真急死我了，想不到人不可貌相，她身上那么白。"三叔又从箱里拿出那东西，擎出去，对着蓝天说："你看月宫上多热闹。"刘二屯说："我好像听到有什么声音从那里传来，她们在说私房话吧？"三叔说："你就知道那个！"三叔想，月宫的嫦娥，寂寞的水袖，宫中的桂树，飘落的桂花，旖旎的芳香。再看眼前馋涎欲滴的刘二屯，三叔真的觉着广寒宫里高处不胜寒。三叔认为尽管不胜寒，但那可是人生的最高境界。三叔越来越像一个怪人，他爬到房顶上去看，在瓦上睡觉。他经常对着刘二屯说，那才是人间的天堂，你看天上有多少星，宇宙就点燃多少蜡烛，这个大舞台，真大呀，我们人类多么渺小呀！尽管三叔的脑袋始终在天上，但刘二屯这个榆木疙瘩，始终不开窍。麻姑娘就是月宫中的嫦娥，自从那次送柴被山上的狗追到山下，刘二屯只能在山底向那小屋望望。自从刘二屯认三叔为干爹，他进三叔的家如走平地，他们时常在檐下会谈，在瓦上聊天。他们看一会月亮，刘二屯就拿起望远镜向山上的小屋看去，只见一豆灯光，温馨，闪烁，就像天上的星，麻姑娘玉白，粉嫩，就住在那里，但帘帷深厚，堵得刘二屯心口生疼。有一天，刘二屯真的上房揭瓦了。那是个晴天，麻姑娘知道刘二屯晚上盯梢窥视，就白天插上门洗澡。麻爹进了深山，两只狗也跟去。麻姑娘就大胆脱光衣服，一丝不挂，洗起了澡。这时刘二屯在房后听到水波唧波唧的，心被火燎得正急，害怕弄出声音，他蹑手蹑脚上房了。由于和三叔演练多日，他飞檐走壁，轻车熟路。麻女人在下面洗澡，水声撩得真脆，大胆，放肆，瓦上的贼如热锅上的蚂蚁。他揭了一片瓦，无济于事，听声音更加放肆；他又揭了一片瓦，无动于衷，听声音愈演愈烈；他干脆掀开屋脊，一团水汽，一团雪白，白花花，水灵灵。麻姑娘见露出一角晴天，刘二屯两只大眼，牛铃铛一样，好似晴天霹雳，颤如风中树叶。麻姑娘说："你敢下来？"刘二屯说："敢！""你下来会摔死的。""不会的，我天天飞檐走壁，如履平地，不信……""咔嚓"，西瓜一样跌下，刘二屯跌到地下，嘴一歪，死了。

　　刘二屯上房揭瓦看麻女洗澡，一命呜呼，在村里惹起轩然大波。人人都知道刘二屯是三叔的干儿，三叔斯文扫地，闭门不出，多日没敢再上房。但他依旧在地上看天上的星星、月宫的嫦娥。他想刘二屯是人是俗物，他可是天上的仙，有些东西只能远观，不能近瞅，近瞅必出毛病，刘二屯，死得其所。

刘二屯死后，海上就漂来南人的船，王二麻忙遣狗腿子向三叔禀报。三叔拿了望远镜爬上了房，三叔家的房在高处，视野寥廓，光线清晰。那日天上白云缥缈，秋高气爽，三叔的望远镜，一望千里。他的视野里有两艘三桅船，一前一后，一高一矮。三叔说："来了鬼子，穿的是黄皮子。"狗腿子马上向王二麻报告。这时，只听村中锣鼓齐鸣，人人肩担手提，骑驴的，骑马的，骑骡的，各沿小径前行，向山中坚壁清野。地主王二麻的东西多，大囤满，小囤流，猪哼哼，狗汪汪，女人丫鬟鱼贯而出。

这时的三叔趴在清爽怡人的房顶，浮想联翩，他看山中青禾香木耸立，听池中鸭叫鹅鸣，胡同狗咬人声杂，儿唤妈女唤娘，炕上奶奶哼哼呀呀，街上小车吱吱嘎嘎，母鸡踏蛋咽咽，公鸡引颈长鸣，车辚辚，马萧萧，王二麻的姨太与小姐，一溜歪斜上了山路。狗腿在地下招呼："三哥，你怎么还不下来？""我给你们放着哨！"三叔有一搭无一搭，爱搭不搭。这时他手中的望远镜，就像子弹一样射向山顶的小屋。麻姑娘站在门口台阶手搭凉棚张望，镜头中，麻姑娘玉臂闪闪，玉指纤纤，除了那脸，该是多好的人呀，平素我怎么没看出来，还是那刘二屯有艳福，死也瞑目。这时镜头一晃，三叔看到蜿蜒的山道上，王二麻家一个比一个俊的姨太太，她们的臀大而圆，腴而满，一晃一晃的，风起云涌，波澜壮阔。而贪财的老地主，此刻全然顾不得这些肥美的娘们，他和二狗腿，朝一小路斜插过去，一前一后就像两只惊慌失措的野兔。几棵老榆树下，一闪又一闪，锃亮的，又一阵锨镢乱响。三叔喜上眉梢，原来狡兔三窟，老地主那里还有窝点，三叔点头称喜。这时就见一股袅娜的白烟，从一户人家的烟囱蹿起，笔直冲向瓦蓝的秋空。一股葱油饼的香气，阵阵向三叔的鼻孔钻来。原来那也是一户富裕的人家。全村谁都知道这家一听有事，准在家里烙油饼，烙了一张又一张，全家恨不能把满囤的粮食一朝吃空，不给鬼子留出半个籽儿。一会，大儿子从茅坑出来了，二儿子又走了进去，大儿子回家再吃。这时小姐又牵着衣裙出来了，可能二儿子咳嗽了两声，小姐按着腰，站在厕外。紧三火四，二儿子出来了，十万火急，娇小姐又钻了进去，可谓前赴后继，奋不顾身。三叔忍俊不禁，差点失态，忘了身在高处，险些从房顶栽下去。王二麻家慌慌如漏网之鱼，急急如丧家之犬；而这位地主家慢条斯理，若无其事，悠悠如旷古岁月，恬恬如安闲家园，不吃白不吃呀！多世俗的老财主。

逃难的人前呼后拥，此起彼伏。三叔此时卧在房顶观敌瞭阵，倘真能观敌也好。他又将那望远镜瞄向天空。白云如舟，天空似靛。三叔虽不能似晚上那般把天空看得很清，但他依旧能驾云神游，天即是海，海即是天，大海与苍穹合拢，白云与浪花嬉戏，帆似云，云似帆，水天一色，浩荡无垠，两艘巨帆龙一样蹿进三叔的镜头。哪里有什么鬼子？分明是几个穿长袍马褂的南人，尚有几只黄黄的狮子胖头大狗。一场虚惊，是真惊假惊，三叔心知肚明。

南人的船靠上岸，他们卸了货，贩来的是杭州的瓷。王二麻直埋怨三叔，哪有什么鬼子？三叔淡然一笑，船上那几只黄狗，不就是吗？众人这才知道，又被三叔诓骗一遭。三叔看好南人的瓷器，可他没有钱。晚上，他就把王二麻埋在榆树底下的几坛银子掘了出来，与王二麻争先恐后地兑了瓷器。三叔看好的一个花瓶，上面正画满月宫，那桂树，那嫦娥，比他在望远镜里看到的都逼真传神。看那门环惹铜绿，芭蕉惹骤雨，隔江千万里，三叔晚上就爬上房顶，毫不犹豫地把望远镜瞄向月宫。只听那里流水潺潺，骤雨如霰，嫦娥吴刚笑声颤颤，天上人间。三叔倍感凄凉，他想起死去的三婶，死掉的干儿刘二屯，山顶的小木屋，屋里白似雪的麻姑娘。麻姑娘缠着他，如胶似漆，麻姑娘牵黄狗追他，一会儿，麻姑娘变成嫦娥，一会儿山上的小木屋变成月宫，麻姑娘脸上的麻坑消失，她轻舒水袖，在追他，在抱他，愈来愈近，山上的黄狗也变成小白兔，桂花树飘来秋日浓郁的芬芳。三叔如痴如醉，飘飘欲仙，他做了一个梦，就从瓦上滚了下来。

三叔死了，但他怀中的望远镜完好无损。二狗腿脚不沾地把望远镜抱给王二麻。二姨太说："快送出去，看它照这照那的，咱家里一点秘密也没有了！"王二麻吃着烧鸡蓦而言之："可也是，咱们埋了吧。"

月黑头里，二狗腿和王二麻拿了三齿爪，就径直去了南山。地主的东西都在地里。我三叔的脑袋摔在地上，但两眼瞪在天上。老地主又霸占了三叔南沙岭的地。"土改"时，给老地主定罪最重的就是这架望远镜，人传他与日本人勾搭，因望远镜是日货。老地主有口难辩，就吊死在南山的老榆树下。二狗腿拿把三齿爪，顺手把他埋在埋望远镜那个窝里。后来，二狗腿因告发老地主有功，近水楼台，就娶了二姨太，梦想成真。"文化大革命"时"破四旧"，一红卫兵小将当众将那架望远镜摔到大街上，愤愤地说："妈妈的，崇洋媚外！"

畸形年代的风花雪月

　　一九四七年夏天，地主林小天被贫雇农们关在自家的马棚里，给他送饭的是他的丫鬟林红。林红那年十七岁，身子结实，臀部浑圆，皮肤白皙闪亮，胳膊有一层水蜜桃样的细毛，漆黑的眉毛下，有两颗煤球一样的黑眼珠。林红把一摞摞地瓜干递给他，依旧称林小天为"老爷"，"老爷，吃吧。"林红依然那么清爽整洁，头发纹丝不乱，处事井井有条。林小天看她嘴唇嚅动一下，想说什么又欲言又止，只见那眼神像探照灯一样，向饭篮底部探了一下，林小天就心领神会了。林红晃着细细的腰肢，杨柳一样摆走了。林小天在篮底发现了一纸条，字迹歪歪斜斜的，像蟹爬一样：晚上，我来救你。就连这几个简单的字，也是林红跟着林小天学的。

　　十六年前，也是这么一个风雨飘摇夜，林小天在一座破庙里捡到一个女婴，给她起名林红。那时的林小天，如日中天，有二房老婆伺候。林红长到十岁出头，就显出了女人特有的温柔与贤惠，林小天就把她当作自家的丫鬟。与日俱增，林红出落得花一样美，小白菜一样嫩。林小天甚有纳妾之意，但又一想，有些女人是只能看的，不能动的，与其立马据为己有，不如留点空间，朦朦胧胧的更好。于是林红逃出了虎口之嘴，但又掉在了贫雇农的手中，他们虎视眈眈对林红形成包围之势，林小天甚是后悔没及早下手。但今天见到这窄窄的纸条，不觉悲从中来，眼泪突涌。他想如林红不帮他，他可是死定了，300亩的土地、200亩的盐场，给他定什么样的罪都不过。

晚九时许，林红见看门的民兵睡着了，就偷出钥匙，轻手轻脚地把地主林小天接了出来。他们气喘吁吁地跑到黄海边，见大雾弥漫，渔船迷离，林小天就牵着林红跑到自家一叶舢板上。这舢板上面有锅有碗，有铺盖，还有一挂小帆，以前林家常用来巡海。林小天熟练地摇起橹，林红就把船上的罩子灯点亮了。夜色凄迷，古海缥缈，渔船就像一尾梭鱼一样，急匆匆地在雾中穿行。林小天虎背熊腰，两腿劲条结实，像钢筋一样，两臂顾长如猿，使起橹来，就像使筷子，轻松娴熟。转眼，蝴蝶岛就近了，这是一个无人之岛，约有1平方公里。林小天的船趁着朦胧的夜色，轻轻地吻上了小岛。过去当海碰子时摸海参，他曾跟着爷爷来过这个小岛，在那里待过一晚上。岛上除了有海猫、海鸥外，就是成群的野兔，据说还有狼，当然那时他跟着爷爷看到了长约一米的蜥蜴和长约两米的蛇。岛上有一个山洞，山洞里住着一只白发粉面的狐狸，沿海的渔民很少靠近这仙洞，生怕被狐狸迷住，找不着回家的路。今日慌不择路的林小天，只好抖着胆子把小船藏在了临水的山洞里。他问林红怕不怕，林红嘴唇乌紫，哆哆嗦嗦地直摇头。那一夜，他们就在山洞里稀里糊涂地过了一宿。第二天，太阳就像一块烧红的圆铁一样，从海里水灵灵地捞起，清澄光丽。光线造成的蜃景熠熠闪烁，远处的海岸线就像往事一样，隐隐约约陷入沉思。市声滤去，他们就像进入另一个世界。没有一个人能想到他们会跑到这么一个荒岛上生存下来。林红偎依在林小天的怀里，丰润的嘴唇微微轻启："老爷，我怕。"林小天轻轻拍了拍她："不怕，以后，你叫我小天好了。""可你长我二十岁呀？""那有什么，没你哪有我的今天。""也是，没你也没有我的今天。"说着，林红就轻轻啜泣起来。林小天用粗糙的手掌摩挲着她绯红的双

颊："林红，别哭，有我在，咱们这对天涯同鸣鸟，就不会折断翅膀。""有
你就中，我谁都不想见，真的。"

他们在说这些话的时候，就听到对面的海岸上，传来"嗵嗵"的锣鼓
声。每逢听到锣声，林红就要小便，白皙的皮肤就立马起一层浅浅的红疙
瘩。天真烂漫、心地善良，正是她那个年龄所拥有的。她认为自家主人没什
么错。林小天自小就跟着爷爷赶海，沿海的各个岛屿，他差不多都上过。
十六岁的时候，他就能一丝不挂地泅入十二米的水下，把一枚像黄瓜一样的
黄海参捞上来。前年，林小天还能一猛子扎三十米远。主人臂长脚大，很适
宜长距离泅游。林家的几百亩家产，都是他爷孙三辈累积起来的。有一次，
林小天的爷爷在九米深的海水中被一个长发蛸浑身缠了起来，小天在水中见
爷爷两眼突起，脖上青筋暴涨，两条腿就像兔子一样乱甩。林小天迅速从水
底游过来，用割海草的刀子，一刀把长发蛸割断，又连下数刀，一时海水乌
黑翻滚，长发蛸像魔发女郎一样，痉挛，抽搐，纠缠，把一个海搅得天翻地
覆，终于死贴贴地漂到海面。小天和爷爷用船把其尸体载回，称称整三百公
斤，用卖到的钱置了一亩盐场。林家的财富是从海底的扇贝、海螺、海参、
海胆、鲍鱼一点点地堆积起来的。林红算是服了林家这几条精壮的汉子，石
棚也能抓着吃。作为一个女人，跟着这样的人，一生都会圆满的，于是机灵
的林红，就冒死救出林小天。林小天说："林红，你今年才十七岁，还是好
时候，我瞅空送你上岸，这样的鬼地方，你待不下去的。""没事，小天，
这苦我能吃下。"林红两眼就像纽扣一样定定地看着小天。地主林小天听见
林红改口了，不再叫他"老爷"，觉着心里暖融融的，一下子就像从天上掉
到地上，真是天上掉下个林妹妹。于是这天，他们就将船上的铺盖和衣服搬
到山洞。洞里凉风送爽，清幽幽的，冬暖夏凉。他们在洞里一块干燥的地方
放下铺盖。两个铺盖卷隔着一段距离。林红就说："小天，咱们还是放在一

起吧？晚上我怕。"小天决绝地说："你还是处女，自小，我看着你长大。你是一个瓷娃娃，只能远观不能近视，我怕一走神，打碎的。"于是他们就在中间挂起一块白布，林红在里，林小天在外，紧挨着，背靠背，喘气声，翻身声，挠痒声，时有耳闻，但就是井水不犯河水。第一天晚上，林小天鼾声如雷，可林红就像两眼点了天灯，彻夜未眠。第二天一早，林小天就见她两眼像灯泡一样，哈欠连天，问道："你没睡好？""谁像你，就像把铁锚扔进海里，睡死歪了。"林小天见她没大没小的，距离又近了一步，心里更加春意盎然："红，你是害怕吗？"林红听到主人在叫她"红"，心中一咯噔，就觉着像两口家在过日子，有着做女人样的无上幸福：我是他的"红"，他心中的"红太阳"，看来，我在主人心中已有些地位了。

女人是最讲现实的，只要有个男人陪伴，她就感到安全，不再孤单了。可是一到晚上，黄海大潮就像刀斧一样，没头没脑地劈来，澎湃激昂，把个小岛撞得浑身摇晃。海面漆黑如墨，一些鸟儿的叫声伶仃孤苦。这种孤单就又像春潮一样从头到脚袭来。林红与林小天蛰伏在山洞里，尽管有一帘之隔，林红还是把颤抖的身子像肉肉的海蜇一样缩作一团，向林小天那边紧紧靠去，她每靠一下，林小天就向外侧侧，有时翻过身去。下半夜，两人可能都睡实了，也就没了章程和规矩，起先林红的一只脚与林小天的一只脚叠在一起，后来林红的脚不知怎么又放在了林小天的小腹上，却浑然不知。林红睡觉十分不老实，在岸上亦如此。这时，林小天就觉着林红向这边越靠越近，喘气也重了。这就好比一层窗户纸，只要一捅破，林红这个出类拔萃惊天动地的女儿身，就一塌糊涂了。不行，她是一件刚出窑的瓷器，不能打碎在我的手里。瞅个月黑天，我一定设法把她送上岸。于是他用被把整个身子箍起来，说："林红，睡吧，别想三想四的，一会天就亮了。"林红睡不着，她蒙蒙眬眬，忐忑不安想了好多事。

　　白天，林小天在海边钓鱼，林红就坡上晒鱼，船上的米面、地瓜干眼看被他们吃光，他们只好用鱼干和蛤蜊来接济生活。外面的世界很乱，不时传来隆隆的炮声和阵阵的枪声。他们必须依靠岛上的野鸟蛋来补充营养。他们真正地过起了野人生活。为了节约火柴，他们第一次用两片岩石摩擦出火星，腾的一下，将一蓬松毛点着了。林红把一捧鸟蛋扔进火里，一会工夫就发出馨香的气息，还是烤着吃好，我们古人多聪明呀！

　　从劳动中得到的乐趣，排解了孤独、惧怕和慌恐，于是他们也就忘了天气。愈来愈低的云层向小岛压下，"哐"的一声，小岛晃了三下，林红一头扎在林小天的怀中。黄海的惊雷与其说是自天而降，倒不如说是拔地而起。这里总是潜藏着一股令人窒息、奇特的气息，那不可捉摸的战栗和锤击，就像隆隆战鼓一样，从脚板底下传来。因为在大地下面，潜藏着一股令人生畏的力量，这力量在100年前曾使整整一座高耸入云的大山消失得无影无踪。

　　愈来愈响的雷声从远方传来，摇曳不定的闪光在地平线上闪动，雷声如涛，清晰地映出了起伏不平的地平线。漆黑、深邃的天空中，令人惊骇的白色闪光在发怒，在舒卷。这时，怒吼的狂风卷起了尘土，打在人的脸上、耳上、口上，生疼生疼。天地大变了。他们提心吊胆地来到一棵老树下，闪电的巨大火舌像脉络似地漫天交叉闪动，天空中一刹那出现十几条闪电。倏忽即逝的链状闪光在云层里驰掣游动，时而飞出云底，时而钻入云中，明明灭灭，蔚为壮观。小岛上，被雷电击中的孤树发着焦煳味，冒着烟。他们终于明白这些孤零零的小岛卫士为何死去了。于是脑袋突然清醒起来，他们这不是站在树下找死吗？就起身卧在一块大岩石的后面。

　　空中呈现出一种可怕的、神秘的色彩，尽管空气中没有火，但却不再是不可捉摸的了。它发出粉红、淡紫和硫黄色的幽光，弥漫着一股久留不去的甜味，和难以辨别的、不可言喻的香气。树林在发着微光，火舌在林红那略显黄色的头发上加了一层光晕，他们胳膊上的汗毛都竖了起来。这奇光异彩整整持续了一个下午，直到太阳落下，才慢慢地消失在东方。他们从这可怕又迷人的景观之中缓过气来，感到心绪激动、紧张、烦躁、怏怏不乐。天上一滴雨也没落下来，但是他们都觉这简直像大难不死，又重返人间，从天地间的雷霆暴怒中安然无恙地活了过来。

在山洞里跑来跑去的林红，惊慌失措地望着那片大火。火本身有一种超乎世间万物之美的壮观，因为它是一种来自天上的东西，一种无情的来自遥远的日光的东西，一种来自上苍和魔鬼的东西。火、雷、电，这些宇宙中的精灵们真的把我们可爱的林红吓坏了。当林小天拖着一棵燃烧的小树进来的时候，林红拉着他的手说："你不能再去了，没你，我一刻也无法活。"他没有再说什么，只是搂着她，轻轻地摇着，就好像她是个孩子。由于她身体的重量，他感到有点儿发僵。这时，他用一只手托着她的下巴，把她的头抬了起来，直到她仰脸望着他，但是他没有想到吻她。这是一种复杂的冲动，并不是出于他内心的愿望，而是他看到她那双黑眼睛中蕴藏的感情之后所产生的某种本能的冲动。这是一种生疏的、非同一般的神秘的感觉。她的胳膊悄悄地从他的胳膊下面抬了起来，扣住了他的后背。他忍不住缩了一下，他忍了忍，解释说后背觉得疼。她往后退了一点儿："怎么啦？""一定是拖柴火时，擦伤了我的肋骨。""喂，让我看看。"她手指沉着地解开了那件汗褟的扣子，把汗褟从他的胳膊上褪下，又从他臀部后方拉了下来。在他那光滑的黑色皮肤上，有一条清晰而难看的紫红色的斑痕，从肋骨下的一侧拉到另一侧。"哦，小天，怎么擦得这样厉害，不疼吗？""不疼，擦破点皮，没什么。"

她已经低下了头，正用嘴唇温柔地贴着那擦伤，手掌像天鹅绒一样，带着一种使他心旌摇曳的感觉，顺着他前胸滑到他的肩头。他呆住了，感到很窘迫，想不顾一切挣脱出来，便用力扳着她的头。可不知怎的，反而紧紧抱住了她，仿佛有一条蛇紧紧地缠住了他的意志力，使他的意志窒息了。疼痛飞到了九霄云外，瓷器飞到九霄云外，留着鉴赏和不顾一切地占有再揉碎一股脑儿飞到九霄云外，决绝和缠绵打得不可开交。他寻到她的嘴，迫使它张大，想要把她得到得越多越好。为了缓和他这种如饥似渴的狂劲，他把她抱得紧得不能再紧了。她把脖子给了他，袒露出了自己的古典的细瓷一样的肩膀，那里的皮肤宛似春闺深处，冷冰冰的，比绸子还要光滑。这种情形就像是越来越深地淹没在水中，透不过气，无能为力。精神上的巨大压力几乎把他完全压垮了，感官中突然之间好像汪洋恣肆地充满了带苦味的浓酒。他想哭泣，在这致命的重负下，继续拥抱下去的愿望渐渐地泄了劲儿。他将她搂着他那受了伤的身体的胳膊扳开，一屁股坐在自己的脚跟上，头垂在胸前，似乎在全神贯注地看着膝头上发抖的手。林红啊，你对我做了些什么，要是我让你随心所欲的话，你又会对我如何呢？"林红，我爱你，我将永远爱你。可我是个叛逃的地主，躲了初一，躲不过十五，我不能这样……我真的不能这样啊！"她也很快地站了起来，拉直了她的罩衫，站在那里低头看着他，慌乱地微笑着，这只能使她眼中那失望的痛苦更加明显。

　　雷电过后是暴雨，潺潺的雨声接着浪声。雨就像一把砍刀，一会向这边砍来，一会向那边砍去，刷——刷——哗——哗——，游刃有余。暴雨之后，又刮来暴风，风和雨就像阴谋串通好了，联袂而临。这雨和风奇了，只听天上"咣咣"泼下一些白亮的东西，打得树枝也乒乓乱响，原来是一些活蹦乱跳的鱼。有一条大鱼像胖娃娃一样滚到他们的洞口，林小天抱了进来，又要出去捡，被林红拉了回来："不能去的，不要命了？"雨过之后，天朗气清，他们满岛捡着各种各样的鱼，有的腌好晒干，有的放进洞的深处，可够他们吃一个秋天连一个冬天。林小天是个非常善于经营家业的人，只要一空闲起来，他就琢磨怎么能搞到粮食。白天，他和林红在山坡开了一片荒。

土层厚而黏稠，有一种特殊的香味。林小天握一捧厚厚的土，又松开，说：
"好地呀，种什么长什么。"可怎么搞到粮食呢？一个月黑头的晚上，风
平浪静，他悄悄对林红说："红，今晚我出去趟，搞点粮食，估摸苞米好熟
了。"林红紧紧抱着他："你不能走，不能扔下我一人。""可咱们老是这
么待在山洞，冬天要饿死呀！何况那条船须浸浸水，不然早早就朽烂了。林
红，听我的，你只在洞里待一宿就行，明早我就回来了。"林小天终于说服
半信半疑的林红，他们慢慢地把船推进海里。林小天上船前紧紧抱着她，
林红感觉到男人大腿那种特有的肌肉轮廓，暖乎乎硬邦邦的，有一种信任
和安全的力度。林红死死抱着他："你不能走，你是我的。"林小天说：
"咱们死一起死，活一起活，红，听我的，不搞到粮食，咱们冬天会一块饿
死的。"说完林小天把她推出老远，跳到船上。这一夜，林红是数着指头过
的。林小天归心似箭，发疯样摇着橹，已近三个月没见他的地。春上他还在
那片丰饶的土地播种过玉米，林红给他送过饭。他就像要见见亲生儿子一
样，去见见这些亲自莳弄的玉米、大豆、花生。当他下了船，摸黑来到自家
那片浩荡的玉米地时，双膝跪下了，深深叩了三个响头。高大的玉米像一片
翁郁的森林一样站着，有的怀里抱着一穗子，有的怀里抱着二穗子。他摸着
这些籽儿，眼泪纵横了。尽管还略显生涩，他也顾不得这些，疯狂地剥起玉
米。水流千遭归大海，这是他自家的，自己的，他剥了一麻袋又一麻袋，就
那么一躬身就扛在肩上，扛到船上，他还是蛮有膂力的。一麻袋又一麻袋，
船舱搁满，又在甲板上堆上了花生。三更天，他吃力地摇着橹，向小岛驶
去，那才是他现在真实的家，那里有他的红。

　　这时的林红已在洞口站了近半夜，约莫五更天，天麻麻亮，林红雪亮
的眼睛终于看见远处水天相接处有一个小黑点，慢慢地吻过来，吻过来。她
使劲屏住呼吸，她不敢肯定那船就是林小天的。船越来越近了，那个摇橹的

人是多么熟悉呀，又高又大，是小天，是他。她和林小天费力地把粮食运到洞里，就简单地洗漱一下。他看到他的红挽着高高的发髻，愈发显得脸庞饱满，生气勃勃，怎么一夜不见，仿佛就变成了一个成熟的少妇了？她也紧紧地盯着她的小天，唯恐半夜三更再跑了似的，怎么这一夜像过了一年，家里没个男人怎么能行？天地玄黄，宇宙洪荒，夏娃缺了亚当怎么能行？

　　她还没钻进洞里，他就一把抓住了她。奔跑的冲力使她猛地转过身来，撞在了他的身上，撞得他晃了两下。为了保持他灵魂完美的令人苦恼的斗争，意志对愿望的长期压抑，全都不重要了。一辈子的努力在顷刻间土崩瓦解。所有那些力量都休眠了，昏睡了。他需要一种混沌状态的生发、弥漫，在这种状态中，理智屈从于情欲，理智的力量在肉体的热情中焚烧泯灭。

　　她抬起胳膊抱住了他的脖子，而他的双臂痉挛地抱住了她的后背。他弯下头，用自己的嘴探寻着她的嘴，找到了。她的嘴不再是一种有害的、不愉快地留在记忆中的东西，而是真真切切的。她紧搂着他的双臂，就好像无法忍受他离去似的。她那样子仿佛连骨头都酥了。她就像沉沉大夜那样神秘莫测，纠缠着回忆和愿望，不愉快的回忆不愉快的愿望。这些年来，他一定是渴望着这个，渴望着得到她的，他一定是在竭力否认她的力量，竭力不把她当作女人来想的。

　　是他把她抱到铺上的，还是他们共同走过去的？他想，一定是他把她抱过去的，不过他不敢肯定。只是她已经在铺上，他也在铺上了。她的皮肤在他的手下，他的皮肤在她的手下。哦，我的红，我的红，是谁把我培养得至今从幼稚的观点来看待你，把你看成是神圣不可侵犯的东西？

　　时间不再以时、分、秒来计算了，而是开始从他的身边流而去，直到它变得毫无意义，天地间只剩下一种比真正的时间更为真实的深沉的尺度。他能感觉到她，然而他并没有感到她是另外一个实体。他想使她最终并永远成为他自己的一部分，成为他身上的一种嫁接物，而不是一种总让人觉得她是独立存在的共生物。从此，他再也不能说他不知道那隆起的乳房、小腹和臀部，以及那肌肉的褶皱和其间的缝隙是什么滋味了。确实，她被创造出来是为了他的，因为他也是为她而创造出来的。十七年来，他左右着她，塑造着她，形影不离她。

他用胳膊搂着她的头，用充满泪水的眼睛望着那平静、微微发亮的脸庞，望着那个赛似珠贝的嘴，微微地张着，娇喘吁吁，无法抑制地发出了惊喜的"哦哦"声。她的胳膊和腿绕在他的身上，就像是把他和她缚在一起的有生命力的船索，柔滑、壮健，使她神荡魂摇。他把下巴放在她的肩膀上，他的面颊贴着她那柔软的面颊，沉在一个男人在与命运搏斗的那种令人发狂而又气恼的紧张状态之中。他的脑子感到晕眩、颓丧，变成一团漆黑，失去光明。因为有那么片刻，他好像置身于阳光下，随后那光辉渐趋暗淡，变成了灰色。终于消失了。他不忍心放开她，现在，在他只有她的时候不忍放开她。他是为了自己才造就她的。于是，他紧紧地抱着她，就像一个在荒凉的海中溺水的人紧紧抱住了一根残桅断橹似的。过了一会儿，在那相类似的、迅速到来的高潮中，他的情绪又活跃上涨起来，再次屈服于那谜一般的命运，这是男人的命运。

她幸福极了，比经历了记忆中任何乐事都要感到幸福。从他把她从洞边拉回来的那一刻起，事情就变成了一种富有诗意的身体接触，就变成了一种胳膊、手、皮肤的纯粹快乐的举动了。事实证明，由于他在她的身体上突破了忍耐力的界限，她所能想到的就是，她要把一切都给他。这对她来说比生命还重要。

"要能打起精神的话，我要去游个泳，然后做早饭。"他特别想说点什么，于是便说道。他觉得她贴在他的胸前笑了。

"只管游泳吧，我来做早饭。在这里什么都不用穿，谁也不会来的。"

"真是个天堂！"他两腿一转，离开了铺。他坐了起来，伸了伸四肢："这一个美丽的清晨，我不知道这是不是一个好兆头。"

只是因为他离开了铺，就已经使她油然而生别离的痛苦了。当他向着洞外走去，走到了外面，又停了一下的时候，她躺在那里望着他。他转过身来，伸出了一只手。

"跟我来吗？咱们可以一块吃早饭。"

涨潮了，礁石已被淹没，早晨的太阳出来就很热，但吹个不停的海风却十分凉爽。草叶低垂在渐次消失的、已经看不出是沙滩的沙子上，在那里，螃蟹和昆虫匆匆忙忙地寻觅着食物。

林红抓住了他的手。她产生了一念头，发现阳光普照下的一切比夜色中朦胧的现实世界更为莫测高深。她的眼睛停在了他身上，感到很痛苦。心情不一样的时候，世界也显得不一样了。

于是，她说道："以前的世界不是咱们的世界。你说呢？这才是咱们的世界，两个人的世界，只要它持续下去。"

光阴飞逝，日夜更迭，甚至是夏日的瓢泼大雨也是美好的。不管是裸体在雨中漫步，还是倾听雨打树梢的声音，夏雨也像阳光一样充满了温暖的爱抚。在乌云遮日的时候，他们也去散步，浪迹海滩，戏水作乐，他正在教她游泳呢。

渐至中秋，他们用自制的石杵、石臼，一声声捣着玉米，杵声响起，月色震颤。这时的林红臀越来越圆，腹愈来愈高，举起的白手腕细白粉嫩。她仔细端详着这个属于她和小天的浩茫宇宙，几乎就像在阳光下那样，一切都看得一清二楚。静穆、清淡的月光照出了广阔无垠、一览无余的远方。扑朔迷离的小岛发出了一片低低的窸窣声，像是不肯停歇的低回浩叹。小岛上闪动一派银色、白色、灰色。当风向上吹动披着月光的树冠时，那片片树叶倏忽一闪，宛如点点火星。树林在地面投下夹着无数光斑的黑黝黝的阴影，神秘玄妙，就像地狱中张开了许多嘴。她放下杵臼，抬起头来想数一数天上的繁星，可是怎么也数不清。星空中恰似一片转动的轮辐上结满了细密的露珠，这些小点在一闪一灭，一灭一闪。这节奏井然的闪动就像永恒流逝的时间一样，汩汩滔滔，万劫不变。它们好像结成了一张硕大无朋的渔网，高悬在她的头顶上，如此美丽动人，如此宁谧寂静，洞悉一切地探究着人们的灵魂，探究着下界这两个小小的漏网之鱼。星光一闪，就像昆虫那宝石般的眼睛在聚光灯下那样，变得晶莹剔透。星光一灭，就像有表情似地合上了眼睛。星斗阑干，具有惊心动魄的力量。唯一的声响，就是呢喃的涛声，树林里飒飒的响声，远处的渔人发出的强烈的咳嗽声，和一只入睡的飞鸟从某个地方发出的抱怨声——因一起一落的杵声惊动了它的休息。其实此时此刻如果能站在陆地上看到他们，就好像看到月宫的嫦娥和吴刚。

　　转眼进了冬天，林红怀孕了，这是林小天决不想看到的，就像一只偷吃腥味的猫儿，总有点觉着对不住这位漂亮的女人。但林红却觉着这是一个女人最圆满的时候。每次渴望来的时候，林红还热切地想干那事，小天都能使其如愿以偿。事毕，她就像那退潮的沙滩一样，留一片回忆和坦荡，于是她就直挺挺一览无余地坦荡在林小天面前，显得黑的越黑，白的越白，光鲜灿烂。尽管身体有些疲惫、慵倦，但作为一个女人，没有比这更舒坦更放松的了。自那次小天去偷人家船上晾晒的衣服和被褥差点被发现后，她就再也没让小天离开岛子半步。她喜欢吃山枣，小天就出去给她找，稍微回来晚一点，她的脑子就乱作一团，害怕，紧张，焦虑，他是不是被人绑走了，是不是遇上狼了？没有男人，留女人有嘛用。这是林红幽居在山洞里，得出的唯一素朴哲理。小天摘来半布袋山枣，她就张着湿润的樱桃小口，像小鸟一样嗷嗷待哺。开始的时候，小天是嚼在嘴里吐给她，后来干脆一颗颗地扔给她。日子就像数山枣一样过着，飘飘扬扬的白雪就下来了，冬天真的来了。黄海这地方有些怪怪的，下雪时只是天色昏黄，没有一丝风。雪帘在洞口密密地缝着，一会满山皑皑。雪厚达数尺，林小天每次出去，只听那踏雪的声音"咯吱咯吱"，林红的心脏就"扑腾扑腾"。但他每日必须出去，寻找点松子给林红吃，到滩上捡点贝类给林红熬个汤。林红最喜欢吃螃蟹，林小天在岛边下了笼子，不时提溜提溜看看，有时也能捡几个肥大的，煮着吃，一人一个就足够了。读者要问了，我们的主人公，这不是住在世外桃源，过着天堂一般的日子吗？是的，那时岸上的人还在持续疯狂地搞运动。于是，他们那两个人的岛，就那么孤独海里，几十年都无人问津。于是逢刮海的时候，林小天就会很容易地在海边捡到臃肿的海参、肥胖的大虾，这样也可些许接济一下他们洞里愈来愈紧张的粮食。明年要添人丁了，林小天准备在山坡上开垦的那块荒地种点玉米和豆子，所以还要留点种子。

大雪封了洞门口，小天也很少出去。那一夜月亮静静地高挂空中，把清凉的光线水样洒到地上，满地灼亮。白雪就像被单一样摊在地上晾，纤尘不染。可就在这时，他们突然听到几声凄厉森人的怪叫："嗥——嗥——"是狼叫声，林小天本能地抄起放在洞口的鱼叉，"小天，不要出去。"浑身像筛糠一样的林红小声说。只见两个模糊的影子站在雪地里，嗥叫时就把嘴插在地里，叫完又把头抬起来，眼睛莹绿。小天安慰她："不要怕，可能是一只公狼和一只母狼，和咱一样。"于是他们清晰地看到两只狼亲密地偎在一起，耳鬓厮磨，窃窃私语。林小天把林红抱得更紧了。"它们是出来觅食，天太冷了，找不着东西。""那它们不会过来吗？""不会的，过来我就和它们拼了。""不要的，不要杀一只留一只，要杀全杀，不然留下的那只会孤单的。"两只狼在那里踟蹰了一会，就心心相印，一前一后地去了。洁白的雪地上留下它们两个瘦长的影子。

那个冬天里，睡梦中，二人不时被狼的叫声惊醒。第二天，林小天就见故意放在雪地里的两条干鲅鱼，被狼吃了。那个冬天，他们很艰难，既要照顾好自己，又要顾及狼。林小天几次想把来到洞口的那只公狼结果了，都是林红坚决阻止："别留下那只母的，太可怜了。我看她那慈祥的模样，可能怀着小狼崽呢——"每逢说到这里，林红就哭了，林小天就软了心。

日子是寂寞的，冬天是漫长的。每逢白天，林红都在缝一块布，那仅有的一块布。林红说："得给孩子准备件衣服。"林小天就出去寻兔子，他在岛的每个角落里下着夹子，每日总能收获三五只，留两只给狼，余下的全拿到洞里剥皮煮食。那个冬天，他们与狼和平共处，很讲五项原则。

春天就像冬眠一样醒了，山上到处流着潺潺的雪水，整个小岛雪化处就像褴褛的衣衫一样，补着一块块补丁。过些日子，补丁上就蒙上绿茸茸的小草，一块块的，像画布上点的苔。再没听到狼的叫声，他们的心里反而觉得空荡荡的。"狼可能是走了，咱们可还要待在这里？"林红春意阑珊地说。"是的，咱们还不如狼，都是我害了你，有家不能归。""小天，快别说了，他们是一起走的，没落下哪个，这个冬天咱没亏待它们呀。"林小天抚摸着妻子那隆起的小腹，意味深长地说："狼人同理，都是有生命的东西。"

为了节省衣服，整个夏天他们全都赤身裸体地在地里干活。开始的时候，林红还有些不好意思，一听见鸟叫或什么从树枝上"啪嗒"掉下，她就赶快用草帽在两腿间遮遮。后来就习惯了，她就那么挺着个大肚子，在田野走来走去。

玉米能遮住狼的时候，他们的孩子出生了，是个女儿，起名林小岛，以纪念他们在这个岛上的索居生活。人生人吓死人，生孩子那天，要不是林小天是过来人，在洞口用一床棉被挡上，林红那尖锐的叫声，简直要传出二里地。孩子的哭声也够嘹亮的。恰巧那天对岸传来影影绰绰的锣鼓声，多少也遮盖了林红的尖叫声。

孩子满月后，林红出了山洞，晒晒太阳，这时她又不由自主地想起了那两只狼，好久没听到它们的叫声了，莫非也藏在洞里生孩子了。林红抱着孩子，看见林小天在地里一丝不挂撅腚锄地，就逗弄林小岛："看，你爸多健壮，活脱一个野人了。"南风刮来，玉米地"哗哗啦啦"直响，绿绿的绸缎一样的长条叶子，甩来甩去，像在跳绿绸子舞。林红和孩子傻傻地看着那个在地里干活的男人，心想：有田，有禾，有男人，有孩子，这便是家，作为一个女人就不愁什么了。

"哎，孩她爸，回家吃饭哟——"林红不知怎么突然对林小天改称呼了。

"别急，我锄完这垄，孩她妈。"林小天也改口了。

于是吐口唾沫，搓搓手，就又锄了起来。地很小，不够林小天那两条长腿跨几下的。他准备在前坡再开一块地，点上豆子。

那个秋天，他们吃着收获的新玉米和喷香的花生，逗弄着孩子，觉着他们什么也不缺了，这辈子再也不想念对岸了。

就这样几十年过去了，人老了，船破了，林红的头发已有丝丝白发，他们的女儿也出落成一个漂亮的大姑娘。为了遮住女儿那高贵的玉体，他们倾尽家里所有的棉丝布片进行武装，而自己却只能用海草、树皮、海豹皮缝成的衣服遮遮身子。林小天、林红用兔皮缝的一条裤子，整整倒腾穿了二十个冬天。诸多故事，捉襟见肘，在此，羞于叙述。

一天，他们见对面的小岛安了一个锃亮的东西，像锅盖一样，不停地转来转去。尽管他们不知这是什么，但岸上的人早就知道这是军用雷达。

对面的小岛驻着一个雷达连，雷达连早在密切注视着这个小岛，清楚地看到上面住着三个"野人"。那一日，汽艇出动了，包围了小岛，有人在喊话："你们听懂我们的声音吗？不要紧张，我们是来看你们的。"战士们就远远地把衣服、矿泉水、火腿肠放在海滩上。开始他们全都趴着不敢出来，后来是女儿先穿了衣服，喝了矿泉水，又津津有味地吃起香肠、火腿。林小天、林红觉着无意害他们，就陡生感激，也不时把几只野兔赠给战士。

这一年冬天的除夕夜，对岸鞭炮声四起，沉寂几十年的乡村活跃了。他们隐隐感到世势出现了从未有过的变化。鞭炮声勾起了林小天、林红的思乡情，也许是人老了，他们哪怕是游泳也想游到对岸看看，方能死也瞑目。

军队对他们无微不至的关怀，深深感动这三个远隔尘世、孤苦伶仃的人。他们终于鼓足了勇气，打发女儿随军队的汽艇去对岸瞅瞅。女儿回来兴高采烈地告诉他们，那边的地都分给个人，村里让他们回去，也给分块地。听罢，一把老泪从林小天的眼眶汹涌而出，直直流到雪白的胡子上。林小天心里是十五个吊桶打水——七上八下，终于叹了一口气："哎，人生如梦。"

几个本家连同林小天的儿子，终于上岛把林小天一家接走了。他们一家三口分到了四亩地，衣食无忧。林小天动辄来到海边，他在打着眼罩看海。已经发福的林红，紧紧搂着他，说："小天，你在看什么？""我看那小岛，咱们开的地是不是荒了？""你还在想那里？""是的，有时富足了，人就会贪婪，就会霸道，我的前半生就是那样过的；可是自从上了小岛，清苦紧巴的日子过着蛮有味儿。""那你是还想回去？"林红就像第一次与林小天在山洞同榻而眠那样神往于此。"是的，只要政府允许，咱就回去。""你不要地了？""不要了，岛上有的是，只要我能动弹。""那小岛那孩子怎么办？""那孩子跟着咱们可苦过，她留在陆上，找个合适人家过太平富足的日子吧。"

一条小船把他们梦一样载走了，从此他们再没回来。渔夫有时会在海里听到小岛上隐约传来鸡叫，很深很静，后来鸡叫也没有了。

黑寡妇

　　当我惴惴不安地写下这个题目时，浑身起满了鸡皮疙瘩，打起了冷战。大茔盘在我童年时代，有着深入骨髓的恐惧，一边是墓园，一边是海港，园里种着密密的树，柏树，古柏森森，幽暗深邃，透着神秘。看园的是一位寡妇，人称"黑寡妇"，原来是她常穿一件黑衣，幽亮、玄妙、鬼鬼祟祟，影子一样活动在墓园。黑寡妇养着一只比她还黑的黑猫，据说有一百岁了，猫跟着她，她领着猫，形影不离。

　　我小的时候，经常在园里看到那些塌陷的坟墓，里面或躺着一个骷髅，或古尸身上盖着一床艳丽的花被。我经常在这些古坟旁捡到铜钱，有时捡到一把古锁或很沉的秤砣。有一次捡到了一只五十年没用的铜碗。奶奶告诉我园里有很多故事。

　　我看到蜜蜂飞进园，我看见黑蚂蚁排着长队钻入坟墓，我还看到刺猬像一个绣球一样，在园里滚来滚去，一不留神，一只蜥蜴钻入裂了一个大缝的坟里。

　　黑寡妇住的房子，断壁残垣，煞是迷离。别的且不说，就说那宽大的朝向墓园的街门，糟朽，腐败，裂缝，摇摇欲坠，可就是没潦倒。因此形容某某东西"美丽如画"，描述的是随着时间推移而变美的建筑风光，它的美是其创造者未曾料到的。如画之美来自建筑物矗立数百年之后才会浮现的细节，来自常春藤，四周环绕的青草绿叶，人的呼吸狗的叫声猫的喵喵，来自远处的岩石，天上的云和滔滔的海洋。因此新建筑无所谓如画之处，它要求你观看它本身，唯有在历史赋予它偶然之美，赐予我们意外的新看法，它才变得美丽如画。就像黑寡妇住的这所老宅，它的凄美在于由黑寡妇住在里面，在于终日阴影蔽日、旷古悠悠对着墓园。尤其晚上，月影姗姗，柏树摇窗，古宅的门响了，"吱吱呀呀"，黑寡妇把街门推开一条缝，扁着头，就一手把渔夫送上门来的鱼接了，是条雪亮修长的大刀鱼，尾巴扫着地面。黑寡妇"吱吱呀呀"关上街门，一会又拍响了，是风拍响的，或许是黄鼠狼挤响的，抑或趁月亮上来从船上又下来一渔人，说是要一碗黑寡妇的豆酱蘸葱吃，这是典型山东人的吃法，也是我们胶东人的吃法。船上的渔人吃腻鱼虾，总要到陆上打打牙祭。

晴天，黑寡妇颓唐的院墙上，总晒着一缸酱，那酱在毒烈的阳光下，总发出一种大豆的甜香，整个羊角畔全吃黑寡妇酿的酱，豆瓣酱。院墙根上是一溜齐刷刷的大葱，正中渔人的下怀，拔一棵葱，蘸一口酱，一瓶二锅头就下去了。醉了，睡在黑寡妇用柏树枝焐热的大炕上，鼾声高过黄海的浪头。进出老宅的还有一个驼背老翁，他总随身背一个柴篓，在墓园拾掇一些枯枝败叶，搂一些芦苇松毛，递给黑寡妇。听奶奶说，以前这老翁背不驼，脚不跛，腰板溜直，口吐清泉，气宇轩昂。似乎在上世纪六十年代，国民党欲反攻大陆时，这家伙一夜跑海边六趟，打眼罩看海，像是迎接蒋特上岸，后来被民兵擒拿，就打驼了背，打折了腿。人说是黑寡妇指挥的，他是授黑寡妇之意，在等一个漂泊海外的人。可也别说，我们那个地方始终就有一个不成文的习惯，就是对着羊角畔苍茫的海港数船，这习惯一直沿袭到我这代。

　　事实上，我数着往来于羊角畔的船只已有好一阵子了。严寒的冬天早晨，我盖着被子打着哆嗦背课文，凝视着窗外的羊角畔如梦如幻似地在黑暗中闪烁着微光，我看得见两只羊角模模糊糊伸进水里。这时候渔船行驶，大海一片黑暗，任何探照灯和灯光也穿不透。在畔的南岸，我看得见造船厂的老旧起重机和挂着一盏荧荧灯光未造好的船。有时借助微弱的月光或貂场凄迷的灯光，我看得见巨大、生锈、覆满贻贝的驳船，划船的孤独的渔夫，沙洲幽魂般的白色的轮廓。但大多时候，海洋淹没在黑暗中。早在日出前，即使黑寡妇老宅、种满柏树的墓园开始微露曙光，羊角畔却仍黑沉沉的——它似乎将永远如此。

　　我继续在黑暗中背课文，脑袋忙于背诵，同时眼睛凝视着缓缓穿过羊角畔海流的东西——某艘奇形怪状的船只，某艘一大早出发的渔船。虽然我对这东西不在意，而我的眼睛也没有消除平日的习惯，却仍要对通过眼前这东西检视一阵子，唯有在确定它是什么东西的时候才予以认定：是的，那是艘运煤船。我对自己说，是的，这是一艘渔船，唯一的一盏灯没点亮。

　　某种这样的大清早，我和往常一样，打着哆嗦偎在被窝里，眼睛偶然看见一幅令人惊奇的景象，是我从没看到过的。我清清楚楚记得我就呆坐在那里，忘了手中的书。一个庞然大物从黑黝黝的海里浮现，越来越大，露出水面，朝最后的山丘逼近——我正从这座山丘眺望（我家住的地势高）。那是个巨无霸，一头巨兽，形状大小有如噩梦中的妖魔鬼怪——一艘大客轮！从黑夜和雾里显身而出，仿佛神话里一座浮动的大碉堡！它的引擎低声运转，悄悄地、缓缓地通过，却是如此有力，使窗玻璃、碗柜和家具都抖动起来。我奶奶和弟弟卧室的窗户也都在抖动，通往大海的鹅卵石巷亦然，就连小巷两边兀立的柏树也"乒乒乓乓"直响，让人认为这平静的街道正发生小规模的地震。在夜幕的掩护下客轮在子夜时分通过羊角畔，驶往青岛。据说，就在那夜，黑寡妇的第十八个儿子悄然失踪了，有人看见他是扒客轮走的。都是数船惹的祸。

黑寡妇的第十八个儿子逃走后，羊角畔发生了一件异乎寻常的事，至今道来都毛骨悚然。这则骇人听闻的报道，加深了我对夜晚、渔船及羊角畔海域的黑白幻想，至今仍是噩梦的材料。黑寡妇起劲向我们描述的这名歹徒，是个贫困的年轻渔夫，但日子一长，大家便把他塑造成民间的凶神恶煞。他答应用他的舢板带一个妇女跟她的孩子到对面的竹岛赶海，在不远的黄海里航行，后来决定强奸她，于是把她的孩子扔进海中，把妇人扒得精光。你想灿烂的晴空下，杳无人烟的大海上，一个白皙丰硕的渔妇，面对一个强盗般凶悍粗犷的渔夫，就像羊羔对着豺狼。他独享其成十拿九稳地下手了。而我奶奶因为害怕在我们羊角畔撒网捕鱼的渔夫当中，可能躲着另一个杀人犯，于是禁止我和弟弟在外面玩，即便在我们家的胡同里。我在噩梦中看见渔夫把孩子扔进海里，孩子的指尖死命抓住船身。我听见他的母亲在渔夫用桨猛击头部时发出的惨叫声。黑寡妇惟妙惟肖地告诉我们这些后生时，我们刚长出绒绒的胡须，她是我们第一个性启蒙老师。

从此晚上，我们不敢在墓园里走。即便走入我家深巷，也像一头扎进迷宫似的。我越走越觉着孤单，跟在后面咆哮的狗也越来越多，甩都甩不掉。黑寡妇的家深幽、浪漫、有情味，有时在黑黑的晚上，我会零星听到墓地女人的笑声。白天，我们会在黑寡妇家看到一张经久不用的长椅，一张镶嵌珍珠的桌子，一挂加框字画，一把祖传下来的古剑，还有牌匾、大钟。她偷偷摸摸地给我们展示她收藏的钟表和罗盘，仿若展示秘藏的春宫图，并叮嘱我们小心泄密。她低声告诉我们，过去有的大户人家不听使唤的丫鬟口无遮拦，嘴被封住后，在夜幕的掩护下，被偷偷运到院墙外，抛入黄海。黑寡妇家有一个秘密隧道，从墓园的一端直通进海里，我总认为那些美丽的丫鬟是沿着这条隧道被抛出去的。那天，我们鼓足勇气点燃胶皮，胶皮发出呛人的味道，趁黑寡妇赶集时，偷偷下了隧道。里面有一种宜人的凉爽，刚下到黑暗里面，就被一东西绊住，仔细一看却是一铁锚，锈迹斑斑，老态龙钟。再往里走有渔网、缆绳、梭镖、橹和舵，闪光的玻璃球，一些玲珑的珠子。好不容易从隧道钻出，看到一抹亮光，羊角畔像丝巾一样闪着迷人的眼睛。我们几个热了一头汗，纷纷钻进海里。这才想起黑寡妇让我们帮她去磨坊驮面的事。黑寡妇烙的油饼真好吃，我们垂涎三尺半。我们随便从她家的院子或墙上搜点东西，比如绳头、网漂、网线、碎玻璃，送到供销社卖了，就买来笔墨纸张。我们搬不动她家隧道里的铁锚，如果搬动了，我们一定偷去卖掉。我们真不知我们饿得差不多啃墙上土的时候，但黑寡妇家差不多隔天一顿葱油饼。后来才知道，黑寡妇每次赶集，都带出一些古玩，到集上卖了，再买来粮食。黑寡妇带出的东西比较小，圆的金，白的银，亮的玉，至于是否有犀牛头上角、大象口中牙不得而知。

有一天晚上，羊角畔的煤场起火了，火光映着墓园闪闪烁烁，我看到一黑影，臃肿、肥胖，像球一样滚进坟墓，半天不见，后来又球一样滚了出来。那家伙圆而肥，饱满而壮硕，东张西望地钻进对着墓园的那扇破败的街门。第二天一早，有雾，上学时，我路过墓园，就见有一堆新土。昨天那还是一个完整的坟，现在却打开了一角。我清楚地看到里面有一死人头。埋在地下的人，忽然见到外面的世界，那样子实在不忍卒睹，太丑陋了。我头顶上的柏树在响，叶子哗哗啦啦，就见驼背老翁在急急扫着地，转眼一大堆叶子堆成一个坟。黑寡妇家的门又"吱吱呀呀"地响了，她摭着一篮子出来，又要赶集了。中午放学时，她家又发出葱油饼的香味。当街贴着一张大字报，惊人的消息：昨夜墓园又一坟被盗了。歹徒从死人身上掳走大量首饰和大量陪葬瓷器。这些瓷器据村史记载，有的是宋时南人的船从杭州载来的，稀世珍品，价值连城。看坟的黑寡妇报告这一消息时，声泪俱下，顿足捶胸。假如昨晚，我不在家里隔窗数船，也到畔上看煤场起火，就不会有这一幕。我真想把这些事情告诉大人们，但又一想我们这地方有些东西太蹊跷了，一时半会难以弄清，就黑寡妇家那条隧道，就足够我们研究一辈子了。据说有一年，莽撞的红卫兵小将要到她家瞧个究竟。黑寡妇当即脱了裤子，红卫兵们大饱眼福，却趑趄不前。大人说，那条隧道是无底的阴沟，不能常去，去多了就被狐狸迷住了。但是那条隧道对我们整个童年却是一个谜，一个比数船着迷的谜。我们哥们几个，随便从隧道里弄点东西卖卖，都可打打我们的牙祭，比如一年只能吃一次的地瓜油糖（我们自封的名字），差不多两年才能见到一个苹果，哪怕打一瓶五分钱的醋，我们哥们几个一口一口轮换喝，就像渔人在喝小酒，太惬意了。世上还没有一个人像黑寡妇对我们这样好，她不是就让我们跑点腿干点重活吗？那算什么，我们天天帮着大人干活，可分文得不到，黑寡妇家取之不尽，用之不竭，是我们的一片乐土。

看墓园，就像在看一场黑白警匪片。特别自从那夜滚球一样的东西，从墓地钻出，我对墓园的关注，已远远超出数船的兴趣。墓园深沉，古柏幽幽，它养成了一种我从小就形成的怀旧情愫。我喜欢由秋入冬的傍晚时分，光秃秃的树在北风中颤抖，身穿黑棉袄的人们穿过天色渐暗的墓园赶回家去。我喜欢那排山倒海的忧伤，当我看着墓园里斑驳失修的老墙——我只在大茔盘见过这种质地，这种阴影——当我看着黑白人群匆匆走在渐暗的冬日街道时，我内心深处便有一种甘苦与共之感，仿佛夜将我们的生活、我们的街道、属于我们的每一件东西罩在一大片黑暗中。大茔盘，除了街上流浪儿、鬼魂和古物收藏者之外没人会去。这种黑白的淡淡的忧愁、凄凄的忧伤，始终笼罩在我幼小的心灵上。

就在我发现那个古老的大秤砣之后，和我一起钻隧道的一个童年伙伴突然失踪。那个大秤砣被我卖掉后，钱存起来，准备过年割肉。当时，我看到那伙伴古怪、愤怒乃至嫉妒的眼神，发现那个大秤砣时，他说是他先看到的。那伙伴突然失踪后，大人们发疯找了好多天，未果，就下了一场雪。我的童年回忆少不了这一片覆盖的雪，墓园的雪。有些孩子等不及开始放假，我可等不及开始下雪——不是因为我能去玩雪，而是因为雪让羊角畔看起来焕然一新，不仅把泥巴、污秽、墓园、神秘的失踪掩盖起来，也为所有小巷、泊船、船上的桅、海里的锚提供某种惊喜，某种迫近凶险的甜美气息。每年平均下雪三至五天，积雪在地面停留一周至十天，但羊角畔总是措手不及，每次下雪都像第一次迎接。下雪天的羊角畔像个边远的村落。有一年，异常的西伯利亚气温，使羊角畔附近的黄海区域全面结冰。这对于一向生长在黄海边的渔人和孩子来说是件非常震惊的事，许多年后，除了那个失踪的孩子外，大家依然像孩子似的兴高采烈谈论它。

凶险迫近的气息终露出端倪，黑寡妇发现雪后的猫有些异常，总是往外跑。黑猫跑在白白的雪地上，留下蝴蝶一样美丽的爪印，雪泥鸿爪。黑寡妇在一路跟踪。那只充满灵性神出鬼没的黑猫，钻进一堆古坟里，引起黑寡妇空前的警觉。黑猫又钻了出来，"喵喵"地叫着，声音凄楚哀伤，充满愁思。那天有雾，雾很大，古柏阴郁，气氛庄重肃穆。黑寡妇像一只肥大的乌鸦一样扭着黑亮的臀过来了，她看到那坟有个洞，伸头看时，那个失踪的孩子躺在里面，但已经死了。村人马上联想到那个在黄海强奸渔妇的渔人，仿佛凶手正是他。但孩子确凿地死了，身上完好无损。孩子嘴唇鲜艳，气色绚烂，就像化了妆后躺在我在其旁发现大秤砣的那堆坟里。

孩子死后，墓园寂寂，除了那位驼背的老翁在拼命地拾草外，人迹罕至。连续几天的大雾，使我们愁思倍增，抑郁异常。我们终于第一次亲密地接触扫园的那位驼背老翁，他住在一棵古柏的下面，屋子矮矮，像一座又聋又哑又孤独的坟。多年里，我们是墓园的常客，看出他和黑寡妇有些过从甚密，甚至有点我们说不出的那个。也许是环境过于清寥，也许是那时刚耸起的小坟分外触目，也许是雪化了，就像封了一冬的大地需解冻了，老翁紧闭的心扉第一次向我们敞开了。他告诉我们这些坟是我们羊角畔先祖的化石，里面躺着的有海盗强盗江洋大盗，有桅樯林立、家产万贯跑南洋的商贾巨旅，有千金小姐，有三妻四妾，有儿子也有老子，有衣冠冢，有无头尸，甚至还有饿狼般在海里整整漂泊几个月的渔夫，当然也有贸然冲进羊角畔莫名的渔夫尸体。从此，我们知道，黑寡妇是陪伴这些亡灵的最后一位名妓，可她原本也有丈夫。最难能可贵的是老翁不加掩饰地告诉我们一档他和黑寡妇死去活来的风流韵事。其实，我辈真正的性启蒙始于这位长着海盗一样黑眉毛的古怪老翁。

渔人叫她"黑寡妇"，是因为她有着巧克力色的皮肤和无穷无尽的黑色欲望。老人抖了抖眉毛，神秘兮兮地说，他们的第一次约会让他们都非常疯狂。她的丈夫是一个有着小女孩般嗓音的高大男子，曾是羊角畔管渔船的保安。他的名声非常不好，因为仅仅为了练习枪法就屠杀了一名妓女。他和黑寡妇住在一个房间里，一张纸制的屏风将房间一分为二。房间有两扇门，一扇朝着羊角畔，另一扇朝着墓园。

老翁用三十年没洗过的茶杯喝了一口水，接着说："由于搞错了日子，第一周的时候我必须凌晨四点就离开房间，因为保安随时可能回来。我从朝着墓地的那扇门出去，然后在鬼火间奔跑，身后还有食尸狗的狂吠，包括那只总是叫个不止的黑猫，那时正是它壮年发情期。在畔的第二座桥上，我看见一个高大的人走过来。当我们碰上的时候，我才认出这正是保安本人。如果晚离开五分钟，我就会被捉奸在床了。他很热情地跟我打招呼：'你好，小海盗。'我勉强回答说：'你好，保安。'他停下来跟我借火，我划燃一根火柴，然后靠近他以免火苗被晨风吹熄。烟点燃后，他重新直起身子，用一种很欢快的语气对我说：'你身上有股婊子的下流味道。'

　　"我的恐惧消失得比我想象的快。第二周的星期三，从熟睡中醒来的我发现这位被侮辱的对手正站在床头静静地注视着我，我吓得无法呼吸了。和我一样赤裸着身体的黑寡妇想要插话，被她的丈夫用枪管隔开了，他说：'你不要掺和，床上的事要用子弹来解决。'他把左轮手枪放到桌上，拿出一瓶二锅头，然后我们面对面一声不响地开始喝酒。不一会，围着一条毛巾的黑寡妇也准备过来喝，但他丈夫用枪指着她，对她说：'这是男人之间的事。'于是，她马上躲到屏风后面去了。我们把第一瓶酒喝完的时候，外面下起大雨。他打开第二瓶酒，用冰冷的眼睛望着我，然后把手枪对准了自己的太阳穴。他扣动扳机，但手枪只发出一声干响，他很费力地止住了手的抖动，然后把枪递给我，说：'该你了。'那是我第一次拿起武器，我感到它是如此重，如此地热，一时不知如何是好。我的背上开始冒冷汗，内心焦虑不安，我甚至都没有向他开枪的念头。最后，我把枪还给了他，而且没有意识到自己已经放弃了唯一的机会。他叫了起来，语气中带着嘲讽和不屑：'怎么？吓出屎来了？来这里以前就应该想到会有今天。'随后，保安打开转轮，把里面唯一的子弹取出来扔到桌上：这颗子弹没有弹头。那一刻，我感到自己被羞辱了。

　　"四点钟的时候，大雨停了，但紧张的情绪已经让我们感到精疲力竭，我都记不清他什么时候命令我穿上衣服的。我像决斗后的输家那样庄重地执行了他的命令。当我重新坐下来的时候，我发现他哭了。过了一会儿，他用手指揩了揩鼻涕，然后抬起头，问我：'你知道你为什么能从这里活着出去吗？'他接着又说：'因为你父亲是唯一治好我淋病的医生。没有任何医生能用三年时间治愈这种脏病。'"

　　屋外柏树晃得紧，老人继续说，"那晚我们有了孩子，最让我感动的是他还让黑寡妇十月怀胎生了，就是后来扒船逃走的名不正言不顺的十八子。解放大军来前，黑寡妇在隧道里把保安从海上送走了，他知道留下来必死无疑，他手上有好几条人命。他带走了我父亲治病的祖传秘方，听说在那边开始行医为生。后来，我父亲死了，就埋在那里，老人指给我们看。"他顿了顿又说，"秘方也从此失传了。"

　　后来，要不是扒墙，在茅坑上看见黑寡妇悍然裸露着身体，我和伙伴们数船的兴致一直不会改变，因为它就像墓园、羊角畔、大雪、雾天、隧道一样，深深植根于我们苍白的灵魂里。这种忧郁是一种顽固的传染病，一时半会改不了。

　　一位至今住在畔上的儿时伙伴告诉我，黑猫还在坟堆和柏树间不停地游动，成了一只无家可归的野猫，但黑寡妇去了，驼背老翁也像落叶一样被风扫走了。随着气候的持续恶化，羊角畔整夜不再平静，从黄海狂刮而来的北风使海面掀起波纹，在仓皇急促的浪头上有细小、愤怒、急躁的泡沫。是的，夜晚时分，墓园的柏树正退到那种黑暗中，而唯有像我和伙伴们在此地至少住上十几年的人，才知道这是怎样一种由内而发的黑暗。黑暗下面，睡着我童年的两个伙伴及大批次第入伍的先祖，静静的，无人打扰。我几乎嗅到墓地那种黑暗昏庸的气息——就像老练的羊角畔渔人可从秋日傍晚海藻和海洋的柔和气味，得知南风将带来一场暴风雨一样，我深知墓地那种深入骨子的恐惧、荒寒、死寂与遗世独立、与世无争的况味。

秋水芦花

七十年代初，当知青李小艺挎着一个军用挎包，茕茕孑立地来到这个叫芦花甸的小村，小艺那低落的情绪顿时高昂了。那是一片多么丰肥的芦花呀，又正是秋天，秋水长天，芦花飘飘，远瞧似云，近看如棉，逶迤无际。芦甸里有大雁嘹亮，有肥兔蹦跳，狗进去又出来，有时嘴上叼一条鱼，有时胡子上挂一枚虾。野猫瞪着两只莹绿的眼睛，喵喵叫着，家雀子站在苇梢颤悠悠地叫。孩子的母亲召唤孩子回家吃饭，那缠绵的忧伤，都让苇荡深深的静给稀释了。半天，孩子才露出一个头，懵懵懂懂的就挨了母亲一巴掌。母亲边打边说："石头，又出去浪了一天，浑身泥一块水一块，活脱一个邋遢鬼。"石头像一条泥鳅一样沿着大草甸子溜了，母亲颤着浑圆的腰身，两条大辫子像鳗鱼一样在凸起的后臀摆动着，那头发墨一般乌黑。小艺直勾勾地远送着她那窈窕婀娜的背影，这不啻秋天里一幅妩媚典雅的风俗画。小艺赶忙支起画架，拿了画笔。那身影渐渐没入苇巷中。这时小艺尽管看不清女人的背影，但依靠他那丰富的联想，一幅画作圆满完成了。那是他来芦花甸第一幅写生。

队长似乎好心眼，把小艺安排在苇荡边的小木屋里，看着这片芦苇荡。

芦苇荡是集体的财产，打下的苇子，可用来编席，到集上卖。白天晚上，都有人偷，所以队长就把这艰巨的任务交给了小艺，因为他是一个陌生人，不会与村人有半点瓜葛。小艺在木屋安了寨，第二天一早，他满眼看着这晴蓝的天，听着芦苇荡里发出的各种古怪的叫声，看着一群群孩子钻进苇荡里，再也不出来。就有那姣美鲜明的女人，像孩子一样也钻了进去，可是一会就出来了，后来才发现那些女人在里面小解。白天，女人在芦苇荡里割苇，憋人了，褪下裤子就是一泡，撅着个大腚，蓝天看得最清楚。谁去管呢，孩子早赤脚钻进塘里，浑水摸鱼呢。男人们呢，不在家，有的下海了，十天半月不回来；有的在更远的山上掰苞米，这割苇子的营生，就全交给女人了。

队长告诉李小艺，你的任务就是多烧几锅水，女人和孩子们干活累了，进来好有口水喝。开始十几个女人再渴再干，也只是瘪瘪着身子，鬼鬼祟祟的，东张西望，不敢进来喝。石头妈向石头说，石头，过来，你去给我们讨瓢水喝。石头如听将令一般，过来讨水了。石头先是拿着瓢“咕咕”灌了一通，再带着极为生疏的表情看看小艺，然后就拿着一瓢水跑了。石头妈问石头，那叔长的咋样？挺白的。另一个女人忙插嘴问，怎么个白法？石头不假思索地说，就像我妈的胸脯。石头妈一噘嘴，去，去，这孩子。小石头就脚步连天地钻进了塘里玩水去了。这瓢水女人们转了一圈喝光了，意犹未尽。一个大黑老婆过来了，俺说石头妈，人家城里人就是白呀。另一个说，天天捂着，不见日头。大黑老婆说，不该是捂的，天生白。看人石头妈，怎么晒也是白的，气死日头，看我什么时候都是地瓜面饼。石头妈低头不语，脸上泛起红晕，她刚死了男人，和小石头过。村中的男人都在打她的主意，所以一提男人的事，她就有些凄楚。石头妈默默地割着苇子，她是这村的妇女主任，得带个头呀。不过队长那家伙，老早就在盯她的梢，只是怯于大黑老婆的威严和她晚上无穷无尽的贪婪，才不敢轻举妄动。有个女人就憋不住了说，我去送瓢去。石头妈说，不用，等石头回来送吧。那女人就狡黠地说，我渴了。石头妈说，不是刚喝了吗？是喝了，我撒了一泡尿。另一个女人说，男人半个月没回来，就想了，过去看看吧，顺便解个馋。这女人给她解了围。那女人就扭捏着去了，女人边走边寻思，我是叫他哥呢，还是叫孩他叔。唉，人家小白脸儿，没多大岁数，肯定比咱年轻，就扯扯裈子，抿抿头发，一扭一扭地走。小艺正在画画，他聚精会神，全神贯注，门口的脚步声没半点颖悟。女人斜签着身子，轻轻地进来了，生憋了一口气，又吐了一口气，哎，我说他叔。小艺听到声音，一愣神儿，谁的叔？女人的脸红得像刚下蛋的母鸡，怯怯地说，哎，我说他叔，送瓢呢。小艺说，喝完了放那吧。女人看他不理不睬的样子，就生气地说，俺走了！小艺又开始画画，不理不睬。女人觉着不对，跨出门口，没走几步，又回来了。说，他叔，俺还要一瓢呢。小艺烦烦地说，喝吧喝吧，找个桶盛一桶，拿过去喝吧。女人一想，要是盛一桶过去，半天也喝不完，我就不能再找茬进来了，不如一瓢一瓢地喝，好找个理由再来看看他，刚才他那白脸子，只在眼前一闪，还没仔细端量清楚，比方，那眼，那嘴，那鼻子，全是模糊成一片。女人舀了一瓢水走了，小艺依旧不理不睬。女人急急地回来了，愤愤地说，他是接受谁的教育呀（那时都讲接受贫下中农的再教育），待答不理的。大黑老婆说，人家看你长得丑呗。胡说，我男人可从来没说我丑。一瓢水又让所有的女人轮换灌下去。割了一会草，刚才那位女人说，出汗了，又渴了。她看看石头妈，向石头妈挤挤眼。石头妈说，我知道你那意思，女人嘛，拿瓢舀去。她说，其实也没别的，我总觉得自己长得还算可以，他咋就不看咱一眼，不就是从青岛来的吗，有什么了不起！说完就疯狂地割起苇，刚割没几镰，就又抬起身子说，我再去看看，看他鼓捣个啥玩意儿。她找个支吾，拿瓢又去了。

　　画家对光线最敏感，猛然屋子出现个影子，说，又来了。女人蹑手蹑脚的，他叔，又回来了。还渴吗？渴就喝呗，一会我再烧。依旧不理不睬。哎哟，烫死我了！小艺才猛地站起来说，怎么了？！女人忙舀了一瓢水，没什么，没什么。抬头一看，两眼一瞄，如雷鸣电闪，多么漂亮一个小伙子，还叫孩他叔呢，说我男人的儿子，人家都信。你看那眉毛，浓浓的墨画一般，那鼻梁多么高挺，前额多宽呀，那胡子多齐整，比我家刚买来的牙刷都齐整，那口牙多白呀，全芦花甸也没有这么白的。女人把魂儿丢在这个小木屋里，手忙脚乱地只把躯壳扭了出去。回来后，水都洒出了一半儿。女人们看她魂不守舍，纷纷说，是不触电了？这女人定了定神说，快去看看吧，人家比杨子荣还俊，比少剑波还帅，我们村看八辈子，也找不出那么个人儿。一个刚过门的新媳妇急了，所有的人都认为她找了村里最好的小伙子。小媳妇就问，婶子，他真的比杨子荣还俊？这还用说，有过之无不及。这女人毕竟念过高中，从社论里学了个好词儿。七十年代，《智取威虎山》风靡全国，家家都挂着杨子荣的像，成了当时女人的偶像。大黑老婆说，我说你去了一趟又一趟，原来你是去看电影呀。说完就扯起石头妈说，该歇歇了，咱也看看去。石头妈说，才干了多大点活，一会拉一会尿的，都半头晌了。大黑老婆说，半头晌怎么的？干不出活儿，我找队长去。拿水瓢的那个女人说，对，晚上你多犒劳犒劳队长就有了，看他整日像个饿鬼似的。大黑老婆说，一宿到天亮，我没少犒劳他。女人哄堂大笑。女人们就扯着手来了，站在了门口，止步不前。石头妈偷偷在说，人家在画啥呀，那么卖力，可别叨扰了。大黑老婆搡了她一把，石头妈趔趄了一下，止住身子，轻轻说，别介，别这样。看看，再看看，一个人脸出来了。像谁呀，你端量我，我端量你。哎，我看像石头妈，咱们的妇女主任。这一声高喊，把小艺吓个够呛。站起身，哎，你们都来了，进来喝水吧。我的妈呀，天生一个杨子荣，小媳妇惊得差一点晕过去，被大黑老婆赶忙扶住，说，你们天天新婚燕尔，吃不够喝不够，浪不够俊不够，见个公的咋就醉成这样？！你看石头妈，都多少日子，咋像你，离了男人不行。小媳妇的脸酡红。女人这些鬼花活，小艺全都听不懂，就说，你们喝吧。一上午都在喝水，还往哪喝呢，不喝也得喝，不然找什么理由进来看人呢。就一个个进来了，你一口我一口，拿眼瞅着炕上的大红被，挂在空中的碎花裤衩，水绿的的确良褂了，一条垂直挂下来的军用裤腰带，还有那脸盆，一朵水浮莲漂在水中，太阳照进来一起一伏的。屋里有种香味，雪花膏的香味，没有男人的脚臭味、汗味、烟火味。这哪像一个男光棍的家，分明是一个闺房，就连小媳妇在深闺时，也没有这样一个窝呀。女人都装着拿瓢狂饮，眼睛却像照相机一样，把屋里的一切全照走了。看那皮鞋，光锃锃，像一面镜子，能照出人影儿；还有那叠在炕上的被，有棱有角，多细心的女人也弄不出那褶子。小艺依旧在画画儿，两条大辫子出来了，那分明是石头妈妈，愈来愈像，女人全都看着石头妈，全都嫉妒了，包括刚才那小媳妇。谁留着大辫子？就石头妈，他怎么不画咱呀！女人都一甩甩地出来了，嘴里还莫名其妙嘟囔着，噘得能挂个油瓶子，仿佛谁家欠她们二斗米似的。哎，还忘拿瓢呢，石头妈说。大黑老婆说，你拿着吧，一会好找个理由，还能端量端量你那像，俏着呢。大黑老婆和那一群女人喊喊喳喳又怨又屈地走了，都纳闷，看样子那家伙是看上寡妇了。

哎，你还没走，小艺站起来。没，没什么，石头妈赶快从画板上错开眼珠，支支吾吾地说，我舀……瓢水……就走。打丈夫死了，石头妈这是第一次分了神。尽管队长缠着，说一些甜腻腻的话，石头妈依旧无动于衷。她总觉着，村里的男人像饿狼一样盯着她，到处瞅，到处嗅，特别那帮从船上刚下来的男人，她出门拿草做饭都盯着她。她虽不是全村最俊的，但她身上那种柔味，甜味，女人味，画家眼中的艺术味，全村的女人都没有，就连刚进门的新媳妇都逊她三分。

石头妈像犯了罪一样离开这幢小木屋，半瓢水晃晃荡荡，也洒出一半儿，心想：他肯定不是画的我，我没那么俊。不是画的你画的谁？全村谁有你那么两条又粗又长的大辫子，知青才来两天，难道他盯上了我。唉，瞎寻思啥呢，寡妇人家，人家能看上咱。还不知道画的谁呢？李铁梅吧，唉，是李铁梅，人家多俊呀。石头妈匪夷所思地排解着自己，就加快脚步，一瓢水全洒光了。哎，我说大妹子，魂儿都丢了吧？大黑老婆说。刚才第一个取水的女人，也花插着说，可不是吗，你都让人画到纸上去，魂儿还不丢光了。哎，饶了我吧，你们都嚷嚷些啥呢，快闭了你们的嘴吧？石头妈厉害不起来，厉害时，也是商量的口味，从没有声色俱厉的时候，她是女人中的女人，在那个时代不多见，在这个时代没有了。女人们还是不依不饶，议论着她。哎，我说，那家伙真有眼力，一下就瞅上咱妇女主任。嘿，小媳妇，你也得甘拜下风呀。咳，咱们谁都不行。主任多慈善，多温柔呀，人家喜欢温柔的，体贴的。石头妈说，可别说了，我脸烧得什么似的。新媳妇说，我去给你再舀一瓢，解解热。新媳妇雷厉风行，风风火火去了。画家仍在画，整个一女人的轮廓出来了，小媳妇的脚步搁浅了，带着惊奇，带着嫉妒，还带有点埋怨，我刚过门还赶不上石头妈，石头妈太神了。画家依旧不抬头，沉浸在艺术和想象中。说，舀水吧？哎，我舀，我舀。小媳妇尽管穿的火红，但没引起画家的注意，她觉着有些怨艾，水瓢就掉在了地上，差点摔碎，她这是拿着水瓢出气。画家进入角色，旁若无人，冷静点，别把瓢摔碎了，烫着脚。提到脚，小媳妇忙向画板睃一眼，哎，那脚咋像我的脚呀。画家用了半缸"墨"，只有一脚像媳妇。小媳妇拿着空瓢一蹦一跳地出去，仿佛第二个青春又回来了。回来她向这伙女人发布这一重大发现时，先是大黑老婆提出了疑义，不可能，难道她头是石头妈的，脚是你的，那两条大辫子呢？你没有辫子。那会是谁呢？小媳妇急急的。大黑老婆碾砣打碾底地说，肯定是石头妈。第一次舀水的那女人说，看我粗粗的，也忘了，我也没看那手，画的是不是像我，我要去看看。说完，又说，姐妹快喝呀。喝什么？小媳妇拿着一扇空瓢直发愣。一个女人躺在地上打滚，哎哟哟，让杨子荣折腾的，咱们全丢了魂儿，走了神儿，今天晚上说什么也不和男人困觉，那叫啥男人，臭烘烘的，脏兮兮的，黑不溜秋的。哎，我这肚子可灌死了。女人灌岔了气，咳嗽了起来。石头妈低低地说，算了吧，都晌天了，谁愿意看谁看去。就和大黑老婆商量，咱们散工吧。这些女人晚上都害怕大黑老婆的枕边风，怕告状，一告状，她们的工分就打折。大黑老婆做主了，女人们就如释重负，回家做饭去了。

　　秋日挂在空旷的天上，不见一丝云彩，石头妈走得最晚，就招呼石头。石头用毛毛草穿了一串鱼过来，浑身泥猴一般。女人有些许的心事，她也像其他女人害愁中午的饭。她看看其他女人走远了，就眉头一皱对石头说，把这串鱼连水瓢送给屋里画画的叔，我估计他中午没东西下锅。石头有些疑惑，但他还是听母亲的话，就去了。叔，俺妈让我给你鱼。画家这才直起腰，他近看石头，远看芦苇里站着的那女人，就像欣赏眼前的画作，他点点头，把鱼接了，那边的女人也点点头。画家把鱼接了，就从挎包里掏出一把糖塞给石头。石头忙把糖装在兜里，看着画板说，叔，你是不画的我妈？我看真像。画家叹了一口气说，孩子，大了你就会知道。

　　芦花甸这个地方有些怪，强壮的男人都下海了，家里剩下的多为散兵游勇，不谙水性者，其光棍最多，由队长领着在山里逍遥。过了几天，这些男人们听说李小艺有一本书，里面有光腚女人，还有外国的，也光着腚，什么棕色的，红色的，全裸。于是晚上，这帮男人全活跃了起来。开始李小艺把书锁在箱子里，后来就大胆地拿出来，说，看吧。那伙已婚男人还能忍受得了，最致命的是那帮后生，看后那感官冲击的，简直能喷血。世上还有这等便宜，不花钱不蚀本，就能看到女人的玉体。李小艺告诉他们，没什么，这些都是女模特。又拿出一本书，让他们看看男模特。第一批男人过把瘾，还有第二批，也来了，都是晚上。李小艺害怕了，再这样下去，传出去，可不得了了，我这是兜售淫秽读物呀，就不想再给他们看。甸里的男人有办法，给他送鱼的，送虾的，络绎不绝；还有一位光棍，抱着一只老母鸡来了，说，只要能让我看一眼，把家里的老母鸡都抱来，也心甘情愿。禁不得这光棍苦苦央求，李小艺就让他看了一眼。这一下麻烦了，第二天那光棍又抱来一只鸡，说，再让我看一眼，昨晚没看真切，角角落落都没看到。李小艺说，看真切的找活人去，那是平面的，只能看一面。光棍吞吞吐吐地说，你就不好让我两面都见识见识。李小艺又从箱子拿出另一本书，上面全是女人的背部或臀部，光棍傻了眼，咽着口水说，妈的，半拉辈子了，也没见个光腚母的，前后都让我看了，没白活一场。

男人们做这些"见不得人"的事，仿佛没有躲过女人的眼睛和耳朵，开始她们认为是看石头妈的像，后来才知道是看裸体女人。这事是光棍惟妙惟肖地告诉她们的。晚上大黑老婆问队长，是画家屋里藏着不少光腚女人？你都看了？对，全看了，黑毛的，黄毛的，全看了。还有黄毛的？那是外国的。你真有眼福呀，还有外国的，就不能让我们女人瞅瞅。瞅个啥，都是女的。就没有男人的？没有，快睡吧，人家那是艺术。

小艺到来个把月后，大船上岸。拉上来的是清一色的鲅鱼和刀鱼，那鲅鱼清刚水亮，那刀鱼流光水滑，一船船的压低了吃水线。船一靠岸，女人就围了上来，喊喊喳喳喊喊。那个刚过门的新媳妇包的是鲅鱼饺，拿到船上一下塞进男人的嘴里。石头妈也挎着篮子来分鱼，听到小两口亲昵话脸红到脖颈，粉嘟嘟的。她看到女人们一个个把自家男人领下船，有的当着她的面进了芦苇荡里，有的搂着就亲，吧唧吧唧的，就像大旱三年，刚下来雨星。

队长在和把头们分鱼，粗声大嗓的，石头妈，十斤鲅鱼，十斤刀鱼，十斤鱼子，十斤对虾，十斤墨鱼干。这时把头走过来，把十斤鲅鱼很殷勤地放到石头妈篮子里，顺手就摸了她手脖一下，说，晚上你给我留着门子。把头刚死过老婆，和队长一样对石头妈心怀叵测，总馋兮兮的，色眯眯的。他看石头妈像一块石头一样木立着，就挤眉弄眼，直勾石头妈，顺手将几个海参放到她篮子，又用两只漆黑的脚丫按按石头妈的脚背。

石头妈战战兢兢，如履薄冰，顾左右而言他，队长，你还忘了一个人。

石头妈用怯怯的眼神看着队长，那李小艺的，你就不给了？队长一见这眼神就酥，有时还晕，他二晕二晕地说，我真忘了，他也算一个呀。把头说，怎么甸里又多了个后生？妈妈的，是公的都来了，母的都金贵，海上的鱼也这样，带籽的少。说完顺手丢过几条带籽的鲅鱼说，给他吧，都是饿死鬼托生的，哪个猫儿不偷腥。这话仿佛是说给石头妈听的，很刺耳，但石头妈忍了。

入晚，石头妈打发石头，往李小艺家送鱼。石头回来说，黑咕隆咚的，家里没人，仿佛狗也没叫。一听狗也没叫，石头妈的心就像小石头掉到井里，没辙了。原来，这几日，李小艺忙于应付，几乎天天都在喝酒，特别那几个光棍，是迎来送往，一拨又一拨。这晚的芦花甸就像沉到水底的一块大石头，家家都关灯闭户，海上的男人回来了，妻子团圆热炕头。今天，她仿佛从把头的眼神中看到真男人的倔强，那是放倒的甘蔗，只能折不能弯的，她是他们含在口头的肉，今晚说不定要动手了。一想到这，她立马打发石头先睡下，就挎起篮子斗胆给李小艺送鱼来了。她想人家既然进了咱甸子，就是咱甸子的人，咱吃鱼儿，人家连一口鱼汤都喝不上，多不好呀。远远地看到小艺的窗户灯亮了。但甸里大都黑压压的，连狗都知道主人在做些什么，都噤声了。灯光像荡在甸里的一株荷花，颤颤摇摇，水一样荡漾。女人的心活了，她仿佛看上了这个男人，她觉着这个孤独的男人像她一样，被大甸子遗弃了。他为何画我的像，莫非他也看上我了？唉，他还是个小弟弟，我都想哪去了！石头妈的步子愈发放缓了，走走停停，停停走走，看我都走哪去了。她又折回身子走，心里就像打鼓，墨黑的天，冷不丁上一个男人家，这事从没干过呀，好在我挎了半篮子鱼，不然说什么好呢？

晚风拂着苇荡，就像海潮一样呢呢喃喃，絮絮聒聒，这个夜晚就像一只铁锚一样沉到海底。

石头家的院门开了，吱吱呀呀，很不情愿，一个像夜一样黑的大汉，兽一样闪进来。石头没睡，睁着眼，他在炕边放了一根棍子，门一响，就下了炕，一闷棍就把那个大黑影撂倒了。黑影爬起来奋不顾身慌慌张张跌跌撞撞地跑了，跑得比贼还快。白天，当石头听到那家伙向母亲鬼鬼祟祟说些混账话时，就想一棍子敲开他的头，吃红瓤西瓜。

刚才家里发生的这场风暴，石头妈做梦也没想到她儿子会这样勇敢和有心计。她一门心思地要去给李小艺送鱼，就朝着灯光一脚深一脚浅地走去，终于鼓足勇气来到李小艺的门口。她是一个过来人，知道晚上唐突地来一个年轻小伙子门口需要勇气，鱼完全可以明天送嘛！她不敢径直推李小艺的门，就先向窗里觑去，这一觑不要紧，醍醐灌顶，三魂走了两魂半。李小艺扒得溜光，浑身雪白雪白，正拿画笔面向画板，在以自己为模特画像，多么艰难呀，李小艺在画自己。不知为什么，石头妈就贪婪地向窗内觑了几眼，看到了李小艺身上好多不敢看又想看的地方，她两眼软饧，双腿酥软，软瘫如泥，就沿着墙根倒下了，一篮子鱼乒乒乓乓洒在地上，惊动了李小艺。他急忙用一外套裹住身子，一拉门出来了。石头妈迷迷瞪瞪地张开双唇说，我，我，给你送鱼。声音一发出，李小艺就判断这非石头妈莫属，因为她的声音带磁性，就如她这绵软略显肥胖的身体一样有弹性，平素每逢听到她用这声音喊石头，李小艺就俨然有点找到家的感觉。有时站在甸里看她们一起一伏割苇子，一听这声音，李小艺就会拿眼去睃一睃，从石头妈的眼神找到人间的些许温暖。他一把拉起石头妈，说，刚才屋里的情景你看到了？石头妈拍拍身上的泥土，捋捋头发，没，没有，我就见窗子有亮光，知道你没睡，就送鱼来了。小艺说，哪来的鱼？我向队长要的，你是我们甸里的人，也该有一份。小艺说，大嫂，您太为我费心了，感谢您。石头妈说，有啥谢呢，你也不容易，别说这见外话。李小艺从她那慌张急促的表情中，知道石头妈见到今晚的光景了。就说，让嫂子见笑了，我是搞艺术的，洒脱点儿，就这样。没什么，没什么，你没到海上看看去，他们全都一丝不挂的。石头妈知贼不打自招说漏了嘴，就一手掩嘴，吃吃笑着说，嘴里跑火车，嫂子把话越扯越远了，你担待点。李小艺猛拉着她的手，向屋里让，嫂子，你进来，教我做鱼吧。石头妈把手挣出来说，不行，不行的，这么晚了。小艺说，人家都睡了，怕什么？人多嘴杂，嫂子怕，太阳一出，露水珠儿都会晒化的。李小艺怔怔地看着她，嫂子，你真美。是吗？嫂子不觉着。这么说，前几日，你那像果真画的俺了？是的，你人美，心眼好。小艺看到石头妈眼里闪着泪光，受宠若惊，她躲躲闪闪，闪烁其词，这么晚了，你就睡吧，以后，我瞅空教你做鱼，胡屠户死了，还连毛吃了猪头。圆而实的臀，就一扭一晃地走了，高傲如公主一般。李小艺从后面喊，嫂子，你还忘拿篮子呢——嫂子今晚不拿了，留明儿小石头来拿。石头妈真高兴，她知道后背有两只眼睛锥子一样攮着她，就愈发豆蔻梢头二月初，娉娉婷婷十七八了，腰身颤得更加缠绵，有了这双眼睛探照灯一样照着，眼前再黑的路也能蹚过去。芦苇荡大海一样伸展，黑得深不可测，芦花甸的夜晚呀，真静啊！

　　清早，石头把昨晚的战况详细向妈报告后，石头妈很高兴，就说，去小艺叔那里看看去，昨晚我忘了拿篮子，边说边用包袱包两个馒头，拍着石头的肩膀说，送你叔去，包好了，别让人看见。石头两眼端详着母亲，说，你看上我叔了，他可是一个艺术家呀。石头妈点了石头鼻子一下，艺术家怎么了，他也是人呀，妈喜欢有知识有学问的人，长大了，妈送你跟叔学画去。知道了，石头做个鬼脸，乐颠颠地跑了。石头妈看着石头的背影说，孩子真的大了，就想到孩子那一闷棍，哆嗦了一下，要是打坏了呢？！

这些日子，可乐坏了李小艺，就凭着那几本画册，有时吃鱼，有时吃肉，嘴里不停地哼着苏联歌曲《莫斯科郊外的晚上》。他画秋风秋色，画大草甸子，画大放的芦花，画细小的水鸭。他画的《秋水芦花》，让人瞧一眼就醉了，再瞧一眼，就瘫了：因为那秋水芦花里，有一女人在沐浴，静静的，秋水秋阳，芦荻似雪，女人腴白的肩，朦胧的臀，在水里，在秋里，秋水伊人。

石头妈的眼神和李小艺的眼神对了好多时日，就有天石头妈仿佛看到李小艺在急切要什么。她隐隐约约听女人们小声私语，李小艺在画女人的裸体像。难道他要的就是这个，身无彩凤双飞翼，心有灵犀一点通。石头妈纤细如发，他画我的辫子，画我的腰身，还要画一个全裸的？这家伙也太贪婪了，可听说那是艺术呀！怎么想办法给他个惊喜，满足他的愿望，我是过来的人了，何况前时见了人家的，也该给人家一个回报了，人家是大小伙子，白占人家的便宜不行，这不是芦花甸的德行。石头妈暗暗鼓励着自己，她也是甸里的高中生呀，约略知道艺术是个好东西。这女人想了许久，终于有一天，李小艺到底在秋天中午的骄阳下支起了画架，那天石头妈把所有的女人都提前支走了。看天上秋阳杲杲，白云如丝如绢，地上芦苇颤动纤丽，芦花皑皑，她满身让汗浸满了，顺着乳沟往下淌，秋老虎，真猛呀。她向李小艺那边抛去勇敢的一瞥，就断然慢慢地脱下了衣服。李小艺的画笔颤动了，差点掉到地上，想不到乡村野地有这样的女人，落落大方，又不失分寸。女

人款款摆着臀，向苇荡的深处走去，白灿灿的一片，水亮亮的绚烂，天上日
暖，地上风细，鸟儿窃窃私语，苇梢沙沙碎响。苇荡有一口塘，就像大地的
眼睛，晶亮晶亮的。女人向那里走去，她入水了，溅出细细的涟漪。那些浑
浑圆圆角角落落被整个秋水包容了，只露出白亮的两个光膀子，和一头乌发
漂在水中，她那两条秀长的大辫子一展开，差点把那口塘整个覆盖。那时的
秋水，是一年最清的，就像清澄的智慧，深邃，精湛。女人也是一生最熟
脱，最丰稔的。毕竟是秋天了，女人一入水时，浑身一激灵，冰冻着李小艺
行将枯萎凋零的心。踏破铁鞋无觅处，得来全不费工夫。想不到在茫茫大青
岛找不到艺术，在这里手到擒来，这是乡村的艺术，秋天的艺术。这是李小
艺一生的巅峰之作，他完成在一个秋天的中午，就像曹禺一生一部《雷雨》
就足够了，小艺这一生还要什么呢？！小艺沉醉到艺术的创造中。突然，那
女人大胆地跃出水面。李小艺终于看到她那精致而细腻的一面，鬼斧神工，
天生一尤物，那可是带着水珠，像钻石一样深入骨髓的美。女人嫣然一笑百
媚生，她的玉体今生除送给了死去的男人，就送给了李小艺，隔着百米的空
间，女人抚摸着自己湿漉漉的秀发，眼向李小艺斜睨着。她是一朵花，一朵
开在中午的花。随着阳光的点点下落，李小艺深深感到秋光易老，韶华不
在，人生苦短，光线就是时间的震颤，李小艺在迫不及待地作着画，夸父追
日般的与时光赛跑。一尊美神，一件艺术，李小艺生怕时过境迁，他没有时
间呀！何况那是美，美的东西只能隔着距离，只能静静地欣赏，不能让人打
扰，更不能让周遭的环境破坏。美如盛夏的水果，极易腐烂，美只能诞生在
一瞬间！一瞬间，时间凝固在画板上，李小艺和石头妈天人合一。

　　要不是秋天的水太凉，太阳下得太快，石头妈还要在塘里多待一会，把
李小艺推到狂欢的极致。当她带着甘露，披着秀发，像一朵午荷，再次冉冉
出浴后，李小艺把她身上的雨露都采撷到画板上，泪水打湿了他的画板。这

是多么令人陶醉水乳交融的艺术呀，李小艺知道今生再难有了。他跪下了，石头妈穿上衣服。秋光老去。

　　苇塘里扑进来一群野鸭，就像一个画框被打碎了，水面荡起层层毛茸茸芦花般的涟漪，"岳芦花，上工呀——"石头妈听到村中有人喊她。天已过午，起风了，鹅毛般的苇絮飘飘悠悠地飞起来，芦花甸裹在一片柔软的北国里。

羊角畔的小伙

　　过去赶脚的人经常到羊角畔挑蠓虾，那是黄海边的一畔。羊角畔的天空老大老高，蔚蓝蔚蓝的，它前面的几个岛屿总看得清清楚楚、明明白白。海水浩渺无垠，甩手无边，天空总有几只雄鹰在盘旋，有时海鸥一个猛子下去，就可叼起一枚银亮的小虾。每年春天，羊角畔的蠓虾汹涌得帆船都走不动，鼓鼓拥拥的，压低了吃水线。蠓虾是羊角畔的特产，那虾细细的，尨茸的，就像人的胡须。畔里的人用网把虾拖上来，再用石磨将其粉碎，拌上咸盐，放在大池子里或坛里腌着，住个把月。当虾散发出细细柔柔的香味后，这虾酱就可食用了。来羊角畔挑虾的多为女人，她们手往一边甩，腰往一处弯，嘻嘻哈哈的笑声，震破湛蓝的天空。在畔上出海捞虾的男人，在海里经常是赤身裸体的，一丝不挂，上岸后也只用夹衣夹袄勉强一围。女人这天都搽了淡淡的胭脂，阔绰的人家还抹了殷殷的口红，她们就像一群忙忙碌碌的蜜蜂，嗡嗡嘤嘤地飞上船。这天她们飞到二汉的船上。二汉是这船的把头，他有三个伙计，以下是顺子、海子和大背子。大背子体壮如牛，满脸粉刺疙疙瘩瘩。大背子用如椽巨臂挡着那群山里的女人，粗声大嗓地说："一个个上……"女人不管那一套，都上来了。聪明的顺子和海子趁火打劫，又

搂又抱，而大背子却羞赧如小姑娘，闪到甲板的一边去了。顺子把一个俊俏
的姑娘拖到一边，帮她捡小虾。海子干脆把另一个姑娘往舱里猛拽，偎着她
的耳朵说："我给你留了点好的，在舱里。"那姑娘，也不管其他的伙伴嫉
妒，懵懵懂懂跟着海子来到舱口。吃小灶呀，哪个姑娘不喜欢，要到晚上没
把好的蠓虾挑回家里，说不准还要挨老娘的呵斥。这些姑娘都是苦命，她们
在山里拼命摸爬滚打，一年就指着这挑蠓虾下饭。一生没出过远门，走得最
远的路，就是到羊角畔挑虾子，而每年春天仅有一次。这一年里，她们常常
在家里做着春梦，她们想象羊角畔的小伙个个囫囵着。刚才要到舱里的姑娘
就是花儿，有一年就叫海子捣到了鼓鼓的前胸，好几天都麻酥酥的，你说是
疼吧，又不疼，就觉着莫名其妙地让男人捣上去，多么让人不好意思呀。可
是那天海子只是无意之中拐了她一下，第二年她就没到船上挑虾子，让其二
妹去了。可今年不知怎么，她急得慌，一想到那个留着两撇小黑胡子膀阔腰
圆的海子，她就按捺不住芳心，总觉得那一次的一拐，海子是别有用心的，
于是今年就打着坠坠要来海上挑虾，于是就多抹了粉，多搽了油，还有一小
围巾，把脖子围了起来，那是表姐给的。不围倒罢，一围海子就直接认出了
花儿，于是急急地把她往舱里拉。那时的船舱有一人多高，海子先跳下去，
就直嚷嚷："下来呀，我给你准备点好的。"花儿在上面伏着身子，撅着臀
不敢下。海子说："你用手撑着两边，我接着你。"花儿倏然耸下身，用手
一撑，就掉到海子的怀里，胸前又让海子那鞋刷一样硬的胡子蹭了一下。海
子浑身起了兴，他觉着抱花儿，就像往船上抱一块海蜇，那个软呀，那个柔
呀，哎，女人这东西真好。羊角畔的小伙子毕竟都比较本分，有这个贼心，
也没有这个贼胆，他看着花儿低着头往桶里直捡蠓虾，也就扫了兴，觉着山
里的女人真不容易，走那么远的路，挑两桶虾子，一个女人一年也就这么一
次，这是她们一年的菜肴呀。海子二话没说，把藏在被里的两只大螃蟹拿给

花儿，说："你先吃了它。"花儿搡了海子一下，说："我不吃，我不能无缘无故吃人家的东西。"海子瞪了她一眼说："大姑娘坐轿死心眼。"就把两只螃蟹顺手丢在桶底，上面覆满了虾，谁也看不见。接着海子在另一个桶底给花儿放了一些海鱼。花儿羞红了脸，忙说："这可怎么好，哥？"花儿确实受宠若惊，一出口竟然带出个"哥"。她家里姐妹四个全是女的，想哥想得好死，今日亲切地称海子为"哥"，仿若梦中之事。花儿想海子可能听不到吧。那海子比花儿都灵敏，他多么希望有女人从通红圆圆的小嘴里喊他"哥"呀，他家弟兄四个，全粗粗粝粝的。猛然听到花儿这软绵绵的、颤悠悠的一声"哥"，一个大男人一时不知所措："你刚才喊我什么呢？"花儿忙说："我忘了，突然喊了你一声'哥'，得便宜了吧。不过咱俩倒要好好论计论计，是你大还是我大呢？"论计半天两人同年同月同日生，这可怎么办？海子急了，说："我是上午太阳冒红时生的。"花儿的眼睛一扑闪说："其实，我比你晚不了老些，是太阳磕山时生的。"海子说："还晚不老些，眼看上第二天去了。"这会花儿终于扯谎了，其实她在太阳还没冒红时就出生了。她这个人呀，生来就没说过谎，今天可要骗"哥"一回了，她甘愿认这个"哥"。

这时顺子在船上直吆喝："海子，事办完了没？"没有声音。

二汉说："那事，一时半晌哪能办完？"

大背子说："我得下去看看，那姑娘伶牙俐齿，一会海子不能让她吃了。"

顺子说："说你笨吗，你还真不笨，你想下去看光景呀，我说大背子呀，你是大白天做梦娶媳妇吧？"

船上的女人都在笑憨憨的大背子。

舱里没有一点声音。

船上的小伙，没有一个结婚的，他们多么希望马上有一个嫂子呀，可在船上唯二汉最大，这不是大麦没熟二麦先熟吗？顺子有些不平，眼泪汪汪地对二汉说："按理说这船上数你最大，怎么这果就让海子先摘了，那家伙不仗义呀！？"二汉宽宏大量："哪个瓜先熟先摘哪个，你们有本事都去摘去，我已和这条船结婚了。"

这时有一个姑娘拿眼直瞟着二汉，那姑娘眼睫毛长长的，婆娑着，如云影，如海风。那是一个很有心计的姑娘，穿着也较其他姑娘时尚、艳丽，仿佛家境比较殷实。由于这姑娘心灵的窗户，被这细长的门扉遮掩，所以她在小睡，还是在沉思，谁也不知道。只听另一个姑娘银铃似的声音说："表姐，怎么花儿还没有上来？"于是沉思的姑娘仿佛大梦初醒一般说："赶紧招呼她上来！"原来这姑娘是花儿的表姐，住在城里，今天她是跟着这群姑娘一起到海上玩的。

表姐拧着款款的袅娜的细腰，伏在井口一样的舱口，对黑咕隆咚的里面猛喊："花儿上来吧，时候不早了。"

花儿兴冲冲地答应着："好，这就来呀，表姐。"

表姐伏身喊花儿时，从腰上露出一痕粉红的衬裤。大背子拿眼直瞅，那眼仿佛肆无忌惮地估摸着表姐的腰围和肌肤的细嫩。人憨心不憨呀。

外面有了喊叫，舱里乱了套。究竟谁先上，成了花儿和海子争执的焦点。海子说："非你先上，我在下面给你把桶递上去。"花儿说："你先上，我有的是劲，我在下面递桶，你先上。"

执拗不过，海子先上，花儿仰头向上面看着，不看倒好，一看真傻了眼，原来海子没穿内裤。花儿蒙上了眼。海子在上面直嚷："花儿，你愣什么，快往上递呀！"花儿拿开两手，两眼向上面看着，喃喃地说："破海子，骚海子，傻大黑粗的，你真熊。"

　　花儿真有劲，两个胳膊光光的、白白的、圆滚滚的，两手一抬就把桶递
上去了，那是半桶鱼呀。

　　花儿涨红了脸，霞光一样热烈奔放，脸上冒出了细密的汗珠，她又把另
一桶擎了上来，那桶里埋着两只一斤多沉的蟹子。

　　花儿向上一蹿，海子就把她扯了上来。花儿那浑圆的后背差点把半个舱
门遮掩了。大背子的眼都直了，直盯着花儿那宽阔的后背和圆圆的两臀，看
那样子，仿佛在研究她一下子能生多少个孩子呢。海子这家伙真有艳福！

　　船上的女人鸦雀无声。

　　表姐走过来，扯着花儿的围巾说："看你把它弄得多脏。"

　　花儿像个闯了祸的傻孩子，怯懦懦地说："都是这船太脏了，干我什么
事？"因为花儿看到表姐以怀疑的眼光看她，于是怯懦之中，心中不觉有些
愤愤的，心想不就给了一条围巾吗，回去我用两只大蟹子换你，多小气。花
儿的姑父是县里的大干部，家里把每年养的鸡都送给姑家，却没换取姑家给
她们四个在城里找一份工作。花儿发誓，人贵有志，哪怕我在羊角畔找一个
墨鱼嫁出去，也不到城里嫁个小白脸儿。羊角畔的小伙，风吹雨栉，长得都
很黑，浑身上下就像穿着鲸鱼皮，除了一口白牙，简直没有一点白的地方。
但花儿喜欢这一个个黑不溜秋的黑鬼，她不怕给黑鬼生一个加强排，放在船
上。花儿就像这船上的鲅鱼，满肚籽儿，浑身就像涨满了春潮饱满鼓胀的风
帆，蠢蠢蠕动。

　　在这条船上顺子是头顶一拍，脚底就动的主儿，机灵着。他看出花儿
看上了海子，就有了妒意，于是在给两个桶过秤时，就故意儿捣蛋，亏了二
斤。花儿拿出十块钱，让顺子找，海子一手挡过去："先放着。"就命令顺
子："你再给我称一遍。"顺子把脖一梗说："称什么？"海子眼疾手快，
一下子把秤夺过来，直接称起来，结果每桶差一斤。海子像刮风一样，一个

耳光向顺子掴了过去："欺负良家妇女，大远的道，姑娘来船上挑虾不容易，还要走四十好里的山路，你于心何忍，亏她二斤！"

顺子不服，两人就在船上滚了起来。顺子抵不过海子，在海子的身下说："你在舱里压来压去，吃香喝辣的，是饱汉不知饿汉饥呀，知道吗？大哥还没有呀，你倒先有了。"

海子哼哼唧唧地说："我撕烂你的嘴，谁动手动脚，压来压去，今日我对天发誓，谁动花儿一指头，我立马跳海里被鲨鱼撕吃了。"

出海人最忌说这些不干净的话，船长二汉急忙过来将他俩拉开，愤愤地说："谁要再冤枉花儿姑娘一句，我操他八辈祖宗。"

花儿浑身颤抖，满脸如带露的梨花，纷纷如雨。

再看顺子如雨打沙滩地，翻卷石榴皮，满脸没有一丝一毫熨帖的地方。

海子就更不用说了，脸黑得像锅底，阴了三日下了两个雨星，开口闭口就两个字："我呸，我呸。"

全船的女子笑得合不拢嘴。花儿表姐颤着杨柳细腰一扭一扭地过来，操着城里的腔儿说："怎么说打就打呀，妈呀，可吓死我呀，多恐怖呀。"

机警的顺子还不泄气，非要花儿把桶倒出来称称皮，花儿把桶护得天衣无缝，她说谁动，她就泼谁一身虾。滚刀肉顺子过来，说："你泼呀，你泼呀？"花儿把桶护得更紧了，她甚怕桶底的东西露了馅儿，就拿眼直瞭船长二汉，热辣辣的大眼，把船长二汉看得不好意思了，那意思是说船长我求求你，解解围吧。二汉走过来对顺子说："姑娘走这远的道儿跑过来，也不容易，放了她吧，皮那点玩意儿值几个钱？"顺子死犟："不行，今天我偏要过过皮，一指不动，百指不摇。"海子一步跨过来："顺子你吃驴毛噎嗓子眼疯了，你敢动一下，我立刻把你扔海里去。"顺子哪管这些，就要拿桶。只听"哎哟"一声，顺子杀猪一样跳起来，原来花儿咬了他一口。哪知道，这一咬，却把顺子咬住，突然一反常态，说："姑娘亲了我一口，真舒服，你喝了我的血，这辈子就要嫁给我。"花儿"呸"了一口，吐出老远。顺子不停地说："比喝了二两小酒还舒服，你看那小嘴，多像口酒盅呀，妈妈的，海子真福气了你，便宜了你。耕地看坨坨，娶媳妇看哥哥，哥哥们不和你一般见识，白花花的一块地，让给你耕去吧。"说着就号啕大哭起来，哭声传出二里地，狼嚎一样，惹得船上的姑娘张飞穿针——大眼瞪小眼。她们心想羊角畔的小伙真够逗的，全都像些野孩子。大背子走过来，拍拍顺子的肩膀说："哭什么，满船的姑娘，咱们搂哪个不行。"大背子想女人想疯了，他家弟兄五个，五条光棍，他认为随便搂个姑娘，就算成亲，简单得很呢。一会儿，就见顺子麻溜地补起了渔网，他向海子笑笑说："你去送送花儿吧？"二汉向海子一眨眼，示意他赶忙把花儿送下船。

扁担颤起来，姑娘们一溜歪斜，上了畔上的小路。她们光滑的小腿全露了出来，啪唧啪唧地走在泥泞的小路上，春末夏初，风儿轻佻，淑女窈窕。两边是一片芦苇荡，翩翩的海鸥在上面生动地滑翔，蓝天、白云、缥缈、深邃，姑娘的白腿肚儿在阳光下一闪一闪的。二汉从顺子手里拿过十元钱，向姑娘追去，气喘吁吁地对花儿说："这钱给你。"花儿说："不行，我不能平白无故拿你们的东西。"

二汉说："不是这个意思，我是说要是你喜欢海子，我们就白送你了，这是畔上的规矩。"

花儿故意噘着小嘴说："看你们小气的，为那么一斤两斤的，差点出了人命。下次我把园里的大葱多给你们送点来，多一斤少一斤，不要钱的。"

二汉赶忙插言："那你是说下次还要来，你算是喜欢上海子了？"

花儿羞赧地朝芦苇荡那边点了点头。二汉把钱向桶里一扔，飞快向回跑去，边跑边喊："终于解决了一根光棍，海子你真行啊，赶快追去，送送她们。"

海子一手扯着裤子说："我还要穿上裤子吗？"

二汉说："你还围着那片麻袋呀？"

顺子兴奋地说："光腚跑吧。"

海风很大，芦苇荡一起一伏，像潮水一样涌上岸，海子一溜烟追去。

山里几个姑娘像一溜麻雀，叽叽喳喳地站在电线杆上一般，步子一齐迈，手往一处甩，唱起了歌："日落西山红霞飞……"

赶海的老头抬起头来看一看，"嘿嘿"说："这帮野姑娘。"

拾贝的娘们抬起头来眺一眺，将头发向一旁抿抿说："不知哪个姑娘又看上畔里的小子。"

歌声惊起一对野鸳鸯，"噗噗"飞起。

海子上气不接下气地追上来说："花儿，我来给你挑一会儿。"

花儿用黑水晶般的两眼看着他："滚回去，回去打吧，也不知害臊，裤子也不穿一条。"

海子就不吱声儿，缩手缩脚地跟着她们，那些姑娘在笑他。

花儿说："我叫你回去就回去，不要再欺负顺子了，我看他怪可怜的。"花儿边说边潸然泪下。海子赶忙说："你看好他了？"

花儿说："要是我一人能分成两个，就各嫁一半儿。"

海子说："花儿——"

花儿说："闭嘴，停步，回去吧。"

海子站在田埂中间，云里雾里，看着她们迤逦远去的背影，就像放飞的野鹤，抓也抓不回来。

海子悻悻地回到船上，二汉急忙把他扯到一边说："告诉我，花儿的桶底是不是放着东西？"

海子嗫嗫嚅嚅地道："是的，船长，到底没跑出你孙悟空的火眼金睛。"

二汉拍拍他："好小子，你真行呀！"

大背子看他们在嘀咕，就凑上来说："什么好事儿，不告诉我？"

二汉立刻把话打住，转了话题："咱们赶快补网吧？潮流好的话，明儿再出一趟。"

大背子嘟嘟囔囔的："那她们，她们，不能再回来啊？"

二汉说："一年一回，那是明年的事，等明年吧。"

大背子猛哼一声："长天高日，可急死我了。"

花儿把虾挑回去，把两只蟹子让表姐带回城里，就对妈说："我在羊角畔看上一个人，保证能干活儿，只是太黑，浑身上下黑漆一样。"

"看你说的，你看遍他的全身，说人浑身上下没一丝白地方，黑得出油呀？"

"真的，妈，那地方就那样，听畔上的人说，他们出洋时，一丝不挂在海里干活。海上渺无人烟的，好凄凉的，看不见个女的。"

"好吓人，那不成了野人，妈不敢将你嫁到那个地方。"

"妈，没事的，愈是这样的人愈心眼儿好，他们敢爱敢恨，我真羡慕他们，活得逍遥。"

"逍遥有什么用，一刮台风就生不见人死不见尸，妈可不能把你送到那个鬼地方。"

"刮风有什么可怕的，那里的天真爽，海真蓝，连我表姐，也看好那里，他说那里的男人尽管粗野，肯定疼女人。"

母亲说："那让妈再想一想。"

花儿急煎煎地说："不用想了，我白拿人家的虾了，这是当地的风俗，不给人不行了。"

妈说："唉，我的孩子，你就值两桶虾钱？"

花儿说："不，我图海子那人，名字好，人也好，那脊背厚厚的，就像咱家天井里的磨盘，能干活的，保证饿不了女儿。"

母亲叹了一口气："男大当婚，女大当嫁，天经地义，妈不留你，择个日子，让那人来咱家瞅瞅。"

有了妈的注意，花儿就扯一块布，鼓捣几件东西。

到那年秋天，海子已晒了十斤干对虾，等着他与花儿的再次见面，作为见面礼。他的这一举动得到船上的几个弟兄心领神会。他们都暗中支持着海子的第二次鹊桥之会。

秋天了，大雁从南方回来了，它们蹲在帆船的桅杆上，归心似箭。船一靠岸，它们就"嘎嘎"飞进芦苇荡里。这时的花儿与表姐已在畔上等了三天了，当海子从船上下来时，花儿一下子扑进他的怀里，哽哽噎噎地说："刮那么大的风吓死人了，你可回来了。"海子端详着她那柔媚的脸蛋儿，说："你瘦了……"表姐说："想你想的，干活累的。"花儿和表姐将一捆捆大葱搬到船上。花儿说："我给你们送来一个人，是我表姐，她来你们村插队，干赤脚医生。从此，你们手被鱼刺插破了或害个头疼脑热的，找我姐去。"二汉赶忙用眼溜着船上那晒干的十几斤对虾，努努嘴对海子说："赶快拿去。"海子忙把干对虾递给表姐，说："这是我们几条汉子的一点心意。"

表姐说："是给花儿的吧？我替她领了。可收了你们的礼，该给你们干点事儿，无功不收礼呀！"

大背子哼哼唧唧地说："给我们扎针时轻点就行了。"

花儿说："姐，不用你报答他们，我有东西给他们。"

于是她从一个包里整整齐齐地拿出四件东西，就分给他们，边分边撇嘴说："下舱穿上吧，光腔拉赤的，好大的人啦，不知羞臊。"

　　四个男人，一齐下了舱，穿上了花儿细针密线缝的裤衩。

　　那年秋天，四个男人穿着花儿送来的裤衩在海里打鱼。四边船上的汉子嘀嘀咕咕地说："那四个家伙，可能交上桃花运了。"

　　那年冬天，歇鱼时节，花儿与海子成亲了。顺子闹洞房时，动手打脚的，有些急。花儿说："顺了，干吗猴急的，明年我把我的堂妹喜儿说给你，她比我长得俊。"

　　"嫂子，一言为定，照你这样的给我弄一个。"此时，他全忘了他比花儿大三岁，嫂子却叫得那个甜呀。

　　花儿吃吃笑着说："只要你今晚不再胳肢我，保证明年春上挑虾时帮你成亲。"

　　顺子不像他的名字，是个犟驴，可今天如听将令一般温顺地退了回去，并且一把扯下正趴在后窗上伸头往里看的大背子，说："我让你看个够。"就捶了他一拳。

　　结了婚，花儿发誓把她的姐妹全搬到畔里，最让人称奇的是翌年春上她让顺子和喜儿成了一对，秋上她表姐又与二汉订了亲。石破天惊，这下可急死了大背子，他东游西逛，不上船了，到山里打石头伤了腿。表姐要给他打破伤风针时，他"唰"地把花儿缝的裤衩，一下褪到腿弯。表姐一针攘上去："傻大黑粗的，识相点，快往上提提。"表姐将脸背过去："谁喜看。"就一手摸着他的腚，将针拔出来。大背子憋足气说："真舒服，要的就是这个，再来一下，我琢磨了半天，打石头可弄点伤。"表姐拍了一下他的腚说："怎么？魂丢了，快提上去。"大背子这才慢腾腾地提上去，边提边说："能让你这肉肉的小手摸一下，我掉进海里灌死叫山炮震死也愿意。"

　　经花儿几番撮合，大背子仍是光棍一根，他至今仍是畔上唯一不穿裤衩的男人，如今约莫也有六十岁了吧。

天净沙的姑娘

菊花和野禾、麦子、二嫂，从小长在天净沙这么一个像诗一样美的村子。她们四个，菊花最大，均长其余三个一岁。在菊花看来，天净沙就是整个世界，村里的居民就是世界上所有的人类。从前，在她还觉得事事神奇的孩童时期，她就已经从天净沙的大栅栏门和篱边台阶上，把那一大片山谷一眼望到尽头了，她那时看来觉得是神秘的，她现在看来也不觉得神秘性减少了多少。她从她家的后窗里，天天看见那些村庄、风车和依稀模糊的白色宅第；在所有这些景物之上，那个叫作乌龙屯的市镇，巍然高踞山巅之上；屯里的窗户，都在西下的太阳光里，亮得像灯一样。但是那个地方，她却还没到过，就是天净沙本地和邻近，经过她仔细观察而熟悉的，也只有一小部分。远在村外的地方，她到过的就更少了。四周环绕那些山的峦光岭影，她一个个都很熟悉，仿佛亲友的面目一样，至于山外的情景，那她的判断，就全得依附村里小学的说法了。她离开学校刚刚一两年，离开学校前，是一个名列前茅的学生。

刚一下学，菊花就和野禾、麦子、二嫂一道被分派到村里的蚕场里。村里人老看见她和另外三个女孩子在一块儿，一块采桑，一块喂蚕，一起下河洗澡，唱同一首歌，看同一本书，膀从膀地从蚕场———一所老营房里出来。菊花老是走在前面，穿着一件毛布褂子，褂子原来的颜色都褪了，变成了无法形容的三级颜色了；褂子上面罩着一件有小方格儿的粉红印花布围襟，喂蚕用的。她走起路来长腿大步的，小腿肚子绷得紧紧的，圆滚滚的。那时候，她的头发是土黄色的，像挂小锅的钩子似的，撅撅着。麦子和二嫂有时搂着她的腰，菊花的手就搭在她们肩上。

菊花长大一点，懂得当时的情况是怎么回事的时候，她看到她母亲糊里糊涂地给她生了那么些小弟弟小妹妹时，她都不以为然，因为养活抚育他们，却是顶困难、顶麻烦的。从智力方面看，她母亲完全是一个嘻嘻哈哈的小姑娘，快乐着呢。

有一天，场长很早就给这四位姑娘放了假，说是要到乌龙屯看电影。乌龙屯，多远呀？八里地。八里地，多长呀？四个姑娘全没走过。

菊花大步流星，天还未响，就跑回了家。

进门就说："妈，我要去乌龙屯看电影儿？"

"看电影儿，还不赶快拾掇拾掇！"

菊花隐约地听大人讲看电影时好像还有相亲的。

那女孩子因为要讨她妈欢喜，一切都由她妈摆布，唯恐她妈不让她去乌龙屯，于是安安静静地说："妈，你说怎么办就怎么办好啦。"

菊花妈见她这样听话，只有大喜。她先舀了一大盆水，把菊花的头发洗了一遍，洗得非常彻底，等到擦干梳光，头发好像比平常多出一倍来，也不黄了，就像锚缆一样粗壮，从脑后一直垂到腰下。她挑了一根比往常宽的粉红色带子，把头发给她扎起来，又把菊花穿着演白毛女的那件白色衣服给她穿上。头发既然梳得蓬松，白衫又因轻飘而显得肥大，因此使她正在发育的身躯，看着好像成熟的样子，叫人辨不出她的真正年龄来，而把她错认为成年的妇人。

"哟，我的袜子后跟上有个窟窿！"菊花说。她就这么一双袜子，还是远在城里的舅舅给的。

"袜子跟口有个窟窿怕什么？难道袜子还会说话吗？俺年轻的时候，只要有个好看的帽子往头上一扣，管他脚底下怎么样！"

她母亲看着她女儿，非常得意，所以特别倒退了几步，像一个画家离开画架子一样，上上下下仔仔细细地把这番调理的结果打量

"你自己来瞅瞅吧！"她嚷着说，"比先时可好看多啦。"

因为镜子太小，一次只能把菊花的身躯照出一小部分来，所以母亲就在窗玻璃外面，挂了一件黑外套，这样一来，窗上的玻璃就变成了一面大镜子了。这本是乡下人梳妆打扮的时候常用的办法。

她们一行四人兴高采烈上路了。

头一天倾盆的大雨，把个天净沙洗得天高地迥。一些干草，都让雨水冲到河里去了。但是今天过晌后，经过大雨的洗濯，太阳却更辉煌，空气也更加温馨、澄澈。

从她们自己的村庄到乌龙屯去，得走一条曲里拐弯的山路，路上有一段是从地势最低的地方通过的。头天的大雨，把那段最低的部分淹没了大约五十码远，都是没到脚面的水。这是那些女孩子们走到那儿，才知道的。在平常日子，这种不便，本来算不了什么，她们可赤着脚"咯吱咯吱"地蹚过去。可今天不行呢，她们是全副武装的，是要去看电影，看乌龙屯的电影。听说乌龙屯的街道镜子一般亮，大姑娘小媳妇从没赤脚走路的，要是把身上弄得泥一块水一块的，那可不把人家笑死呀，所以可千万别弄脏鞋子和裤脚。她们口头上说的是去看电影，其实心里早想着去看看乌龙屯那些小伙子和姑娘们。在这样一天，她们穿的都是雪白的褂子，轻盈俏丽的鞋，粉红、

水绿、藕荷色的裤子，就是最埋汰的大脚二嫂，今天也借了邻家狗儿姐的一条裤子穿在身上。狗儿姐的裤子又肥又长，她一连挽了三道。所以，溅一丁点泥儿，都能看得出来；所以，遇到这片泥塘，真叫人进退两难。她们那时离乌龙屯差不多三里地呢，可是老远就已经听见那里"当当"的钟声了，学校也早早放学了，得去早早占个地方！

"谁想得到，夏天河里会涨那么大的水哪！"野禾说。那时她们四个，已经攀到路旁土坡的顶上了，正在那儿立足不稳地勉强站立，想从那斜坡上慢慢地走过去，好躲开那一片泥塘。

"依俺说，咱们想要到乌龙屯，不干脆从水里蹚过去，就不行。再不就得绕弯儿，上大道，那可非去晚了不可了！"二嫂毫无办法，站住了脚说。

"去晚了，叫满场的人都回头拿眼盯，俺脸上非发红发热不可。"野禾说。她偷着穿了大姐的袜子跑出来的，她家姊妹四个，就大姐有袜子。

她们都正紧挤在土坡上站着的时候，忽然听见路上拐弯的地方，泥塘"哗啦哗啦"地响，跟着就看见小强蹚水顺着山路，向她们走来。小强是村里的技术员，经常到她们蚕场给蚕宝宝们检查身体，消毒喂药。小强人长得精精神神，气宇轩昂，蛮漂亮的。

四颗心一齐扑通跳了一大下。

小强依旧穿着雪白的的确良褂子，颀长的腿上套着一双黑亮黑亮的长筒水靴。

"他不是去乌龙屯的。"麦子说。

"我看也不是——我倒愿意他是！"菊花嘟哝着说。

实在说来，在夏季天气晴爽的日子里，与其老早到乌龙屯看电影，不如在家里翻翻那本《欧阳海之歌》，或者与山川草木促膝而谈。小强早就想着当英雄，他真想着有一匹惊马也让他揽一揽，死了也愿意。于是，在蚕场里，他把那本翻烂的《欧阳海之歌》偷偷给了菊花，这就是她们四个传阅的那本书。有天晚上，菊花越看越迷，真的把小强想象成欧阳海了。这天午后，他到野外考察的是墒情，玉米地是否该排涝，花生是不是又要打药了。其实，他在路上，老远就看见那四个女孩子了，可是她们叫泥塘问题难住了，顾不得别的事儿，所以谁都没看见他。他知道那块地方积存雨水，一定要阻挡她们前进的路。所以他就急忙赶上前来，想要帮她们一下，尤其帮她们里面的一位。至于究竟怎么个帮法，他并不清楚。

她们四个人，脸上红扑扑，眼睛水汪汪，夏服轻飘飘，挤在路旁的土坡上面，好像一群鸽子，并排蹲伏在屋脊上一般，看着非常迷人，非常可爱。所以他先站住了，把她们端详了一番，然后才走近前来。她们那些肥大的裤子和褂子，把草上的青蝇和蝴蝶扫起无数。小强的眼光最后落到菊花身上，因为在这四个人里面，她站在最后。她看到她们进退维谷的样子，正憋着一肚子的气，现在看见了小强看她，不由得喜气洋洋，举目相迎。

那片泥塘还未把小强的长筒水靴淹没。他走到她们眼前，站在水里。

"你们都是去乌龙屯吧？"他朝站在最前面的野禾说，同时也把站在她后面两个女孩包括在内，不过却把菊花除外。

"可不是吗，强哥，现在闹得这么晚，俺的脸非红得什么似的——"

"我把你们抱过这一片泥塘去吧——把你们一个个都抱过去好啦。"

四个人的脸一齐红了起来，仿佛只有一颗心在四个人的身子里跳似的。

"俺恐怕你抱不动呢，强哥。"野禾说。

"你们想要过去，还有别的办法吗？你们站稳了好啦。瞎说——你们都不很重！就是让我把你们四个一齐都抱起来，我都办得到。好了，你先来吧，野禾！"他接着说，"你把胳膊搂住我的肩膀，这么搂着。好，搂住了！就是这样。"野禾照着小强的吩咐，伏在他的膀子和肩头上，他就抱着她大踏步向前走去。从后面看来，他身躯又细又长，和野禾一比，好像是一支纤长的花梗，托着一大团累累的花球。

他们走过了路上拐弯的地方就不见了，老远只听见小强在水里稀里呼噜往前走的声音，只看见野禾帽子顶上颤动的丝带了。过了几分钟，小强又出现了。土坡上的人轮班儿该是二嫂了。

"他回来了。"二嫂跳起来跺脚说，说的时候，她们能听出来，她的嘴唇儿都叫那一阵风的情感烧干了。"俺也得像刚才那样，两只手搂着他的脖子，脸对着他的脸儿。"

"这算得了什么？"菊花急忙说。

小强走到二嫂跟前了。在他那一方面，这番殷勤的四分之三，只是普通帮忙的性质罢了。她悠悠忽忽、服服帖帖地靠在他的肩头上，他不慌不忙、不紧不慢地抱着她向前走去。他第二次又回来了，能看出来，麦子那颗心跳得差不多都使她全身震撼起来。他来到这位短头发的女孩子跟前，把她抱了起来，但是他正抱麦子的时候，却瞟了菊花一眼。这就等于说，"等一会儿，就你和我咱们两个了。"就是他张开嘴说出这句话来，也不能比瞟她这一眼管用。她脸上露出心领神会的意思，是情不自禁的。他们两个已经心心相印了。

可怜的麦子，就像一把麦穗，虽然身子最轻，抱起来却顶麻烦。刚才野禾好像一袋白面，一堆肥肉，沉甸甸、死板板的，小强叫她压得简直要倒。二嫂伏在他身上，安安静静，哼哼唧唧，舒服得就像死了一般。麦子却是一团歇斯底里。

不过他也照样把这个难以安静的女孩子抱过泥塘，把她放在干地上，又转身回来了。菊花从树篱顶上老远看见她们三个人一簇儿，站在前面把她们放下的那个高地上。现在轮到她自己了。她和小强的眼光鼻息一接近，都不由自主地兴奋起来。刚才她看着她的伙伴们那么兴奋，她还笑她们呢，却没想到轮到自己还更厉害，因此她就不知所措。她好像害怕小强看出她的真情，所以到了最后一分钟，她倒和小强推让起来了。

"我比她们都轻巧，我想我也许能顺着这个土坡走过去。我自己走好啦，我恐怕你一定累得慌啦！"

"没有的话，菊花，没有的话。"他急忙说。她自己几乎还没有觉出来是怎么回事，就身在他的怀中，头在他的肩上了。

"吃了三个苞米饼子，都为的是一个白面馇馇呀。"他打着喳喳儿说。

"她们都比我好。"她既试探又谦虚地回答说。

"在我看来，都不见得。"小强说。

她听了这话，把脸一红，他见她这样，就悄悄地走了几步，没有再言语。

"你说我不太重吧？"她羞答答地说。

"哦，不，不重。你没试试野禾哪，那才真是一堆肥肉哪。你好像是在月光下荡漾的一片波浪，一起一落，非常轻柔。你这件白衣裳，就是一朵浪花儿。"

"你要是觉得真是那样，那可得说很漂亮了。"

"难道你不知道，我先前费的那四分之三力气，都是为了现在这四分之一吗？"

"不知道。"

"我真没想到今天会遇见这种事。"

"我也没想到……水来得太突然了。"

她外面上装作误会了他的真意，把他说的事儿当作了水的暴涨，但是她喘气的情况，却把她的真情泄露了。小强站住了脚，把脸歪到她那一面。

"哦，菊花！"他喊道。

那个女孩的两颊，就像西天的火烧云，她感情炽烈，神采飞扬，她不再看小强的眼睛了。因此小强心想，如果自己借此巧遇，因利乘势，循循善诱，得寸进尺，未免显得粗鲁莽撞，有失公道正派，就不配做欧阳海那样的英雄。可直到如今，他们二人，还没从嘴里明明白白过情话哪。但我们的小强今天英雄终过美人关，他适可而止。然而，他走得却是慢慢腾腾的，好把那段没走完的路，能拖到多长就拖到多长。不过后来到底还是走到拐弯的地方了，再往前去，那三个人就完全看见他们了。到了干地方，他只得把她放下。

她的伙伴，都圆睁两只含有心思的大眼虎视眈眈地看着她和他。看她们的神气，她就知道，刚才她们一定谈论她来着。他匆匆忙忙地对她们告了别，又沿着半没水中那段路走回去了。

她们四个人又像先前一样，往前走，后来野禾打破了沉寂，开口说：

"不行——怎么也不行，俺们争不过她！"她毫无欢颜，看着菊花说。

"你这是什么意思呀？"菊花问。

"俺们看他顶喜欢你，顶、顶喜欢你！俺们看他抱你的样子，就知道他顶喜欢你。你只要给他一丁点儿鼓励，不管多么小的一丁点儿鼓励，他就跟你走了，不愁把你背到乌龙屯去。"

"没有的事，没有的事。"她说。

刚出门那时候的嬉笑快活，不知不觉地消失了。但是她们之间，却并没有怀恨之心，或者结怨之意。她们都是宽大厚道、年少性直的女孩子，又在偏僻闭塞的陬隅之地，都非常相信，凡事都是命中注定，所以谁都不忌恨她。

就都走，不说话，朦朦胧胧地看见电影幕了，雪白地挂在一个空空的大场子上。人头攒动，人声啾啾，天上有了楚楚的星儿，月光依稀如梦境一般。今晚放的是朝鲜电影《卖花姑娘》，她们全都被剧情陶醉，她们甚怕电影一会演完，一想到又要回到那个闭塞沉默的天净沙，就眼泪滔滔。

天下没有不散的筵席，电影散了，她们本想着看看这个朝思暮想的古镇，看看镇上漂亮的男人和女人，就被洪水一样的人流身不由己裹挟到一条通往屯外的大道上。乌龙屯远了，卖花姑娘去了，她们就像在夜色中失群的四只孤雁，在急急找着回家的路。小强在就好了，她们不约而同地想起他，就四个人紧紧地挽着手，甚怕失散。

到底走错了路，上了一条通往天净沙的大道，都是跟着天净沙那帮浑小子走的。好在不再过烂泥塘了，但起码要余外多走三里路，甭提了，下半夜能走回去也成。

公路两面，土壤肥得出油，地气暖得发酵，又正是夏季的时光，在草木孕育繁殖的"嘶嘶"声音之下，汁液都喷涌得几乎听得出声音来。在这种情况下，就是最飘忽轻渺的恋爱，也都不能不变成缠绵热烈的深情。所以本来一个个有心有意的人，现在更叫周围的景物濡染浸润得如痴如醉的了。卖花姑娘那个悲惨的身世，早抛到脑后了。

这些过惯露天生活的姑娘们，即使再大的露水，也不会伤害她们。那时候她们都已走上地里的小路了。她们往前走的时候，月光把一片闪烁的露水，映成一圈一圈半透明的亮光，围着每个人头部的影子，跟着她们往前。每一个人只能看见自己的圆光，无论她们的头怎样东倒西歪，鄙陋粗俗，圆光却始终不离头部的影子，反倒老跟着她们，一刻也不放松，把她们弄得非常美丽。等到后来，好像这种左右乱晃的光景，成了圆光固有的动作。她们喘的气，也成了夜间雾气的一部分。而景物的精神，月光的精神，大自然的精神，也好像和谐地与姑娘们的精神氤氲成一气。

　　不觉跟着月光到了老营房，粉白的墙，乌黑的瓦，位置则永远那么妥帖，且与四周环境极其调和，使人迎面得到的印象，实在非常愉快。这是她们另一个共同的家。野禾气喘吁吁地说："咱们就别回家了，在蚕场宿了吧，天快亮了。"

　　"我拿着钥匙呢。"麦子赶紧迎合。

　　开门后，各自纷纷钻进老营房，那里有看场的铺，只听隔壁蚕宝宝在静悄悄"沙沙沙"吃着桑叶。还回什么家呢？这里多好！家里多么破烂呀！姐姐妹妹一大堆，还经常看大人们的脸。自从她们今晚结伴第一次出村看了这场电影，仿佛都变野了，胆子也变大，那个家再也拴不住她们了。

　　她们都在自己的小床铺上，翻来覆去老躺不稳。隔壁传来桑叶那种清新鲜嫩的味道。

　　"你还没睡吗，菊花？"过了半点钟以后，有一个女孩悄悄地问。

　　那是野禾的声音。

　　菊花回答说："没睡。"同时麦子和二嫚，也都一骨碌翻了个身，每人叹了一口气说——

　　"俺也没睡呀！"

　　"俺真纳闷儿，不知道人家说他家里要给找的那位姑娘，长得什么样儿？"

　　"俺也纳闷儿。"野禾说。

　　"他家里要给他找一位姑娘？"菊花吃了一惊，倒抽了一口气儿，问，"我怎么没听说呀？"

　　"哦，是有这样的事儿。人家都喊喊喳喳地说，今晚在路上我还听见有人说，有一位和他门当户对的姑娘，他家里给他选定了。这位姑娘的父亲是一位村支书呀。不过，他个人好像并不喜欢那位姑娘。"

“真的？”菊花的芳心好像让针扎了一下。

她们说的那个人，就是小强，人人心照，人人不宣。

她们对于这件事，只得到这一丁点消息，但是在那夜色昏沉的屋子里，这也足够给种种烦恼苦痛的想象作材料的了。她们揣测一切的详情，他怎么叫家里的人说活了心，答应了亲事；他们怎么预备婚礼，新娘怎么快活；穿的什么衣服，戴的什么面纱；家里光景怎么荣耀；他旧日和她们的关系，怎么忘得一干二净。她们这么谈下去，心里疼着，眼里哭着，都觉得比卖花姑娘的身世还糟，一直哭到睡魔把她们的愁绪驱逐得杳无踪影。

一个月后，小强参军去了。

又过了一个月，菊花下了场，接到一封信，小强写的，正看着，她那三个伙伴风风火火闯了进来，菊花忙把信掖到头枕底下。三个一壁站着，异口同声地说：“看电影去吧，放映队来咱村了。”按平时，菊花肯定心花怒放，可此时，她第一次当着伙伴撒谎了，支支吾吾地说：“不去了，我肚子有些疼，我来那个了。”

电影场里传来优美的音乐，菊花躺在炕上读信，心里就像开了蜜罐罐儿，一个欧阳海式的英雄，仿佛就伫立在眼前，那可是一个崇慕英雄的年代哟！

黄海岸边的货郎与老二媳妇

　　春天的羊角畔就像掺了白糖的冰，晶亮透明儿，天空蓝嫩蓝嫩的，海水碧透碧透的，空气也是腥甜腥甜的。海上造船的声音"叮叮当当"地传出老远。可大部分船都出海了，畔上空荡荡的。畔上有个叫老二的出海了，老二媳妇就在场上晒墨鱼干。老三掮着犁走过来了，说，嫂子，晒场呀。嫂子只"嗯"了一声，就又低头干起了活。

　　春天的羊角畔空空落落，造船的声音一停，空气就寂寂然，岑岑然，仿佛老僧入了禅似的。老二的船已走了近一个月了，媳妇又没孩子，在家里好不孤单。孤孤单单的就想着心事，可是黄海是浩渺的，它是太平洋的一部分，太大了。有一次，她听老二说，在船上他见过韩国女人和日本娘们。可是自己出门跑过最远的路，就是去大姨家，翻个小山，再翻过一个小山就到了。女人深知自己的男人走了好长时间了，而春天的天又老长老长，没有尽头。她不是个呷舌妇，从东家走到西家，所以耽溺在家里摆弄那些墨鱼干鲅鱼片，就很孤独。这时小巷里传来货郎鼓的声音，每年春天，货郎都会来畔上兜售他们的洋货，什么针头线脑呀，围巾手帕呀，铜盆皂盒呀，苏打烧碱呀，走街串巷，声音异常亲切招摇。畔上的胡同，像布迷魂阵一样，纵横交错。畔上的女人又多，均吃鱼玩水，长得又俊，所以货郎一来了，就拉不动腿了。女人全从家里出来了，后面还跟着一大群孩子。货郎就把他的东西摊出来了，眼花缭乱，目不暇接。一块手帕，一枚顶针，女人看了又看，戴了又戴，装着要拿走的样子，货郎急了，你们还没开钱呢。货郎见女人在逗他，也就红了脸。畔里的女人，是吃鱼长大的，因而都极度丰满，就像那鱼肉一样白嫩嫩的，馋人。

女人风卷残云一般卷走了一些东西，这时老二媳妇才过来了。老二媳妇一来，那货郎端量了她半天，这女人长的那身坏脸蛋儿不胖不瘦，温静静、水润润，声音也甜丝丝的。大哥，进屋喝口水吧？哦，不渴，不渴。你买货吗？我看这手巾就不错，买一条吧。女人看他那脸可能半年没洗，云一块雾一块的，那黑髭乱糟糟，咋咋呼呼的，有一种野性的美。看老二媳妇仍在端量，又说，买一条吧，我给你便宜点儿。货郎摇着货郎鼓一样的头，东张西望地看那些女人走远了，就诡秘地说，快买快挑，她们走了，我给你便宜一点儿。女人有些慌张，脸色醉红，乜斜着眼儿看着货郎，大哥，你好洗脸了。卖卖这些东西，到对面河里洗去。不到河里洗，我家里有水，我给你端去。不用，不用，我一个大老爷们，四海为家。这女人就要进门端水去，又被货郎一把扯了回来。货郎是故意扯女人那有酒窝窝的小手儿。可能扯重了些，女人就"哎哟"一声，那声音很低，就像小猫咪咪，小鸟啾啾。货郎知道自己做错了事，就又低头鼓捣他那些小东西。这针你多拿点儿吧，日本货，手头紧就先放着，不用开钱。女人咬着嘴唇低头不语。胡同静静的，没有人声，也没有鸟语。货郎把货郎鼓拿起又放下，没摇。

女人说，你这走村串户的，真像我那口子，早晚没个家。我晚上在草垛中扒个洞就行了，男人么，四海为家。女人就想起老二，他的家在海里，那海老大老大的，看不到边际。女人抖抖胆问，你就不回家看看嫂子。哪有嫂子，人家看我闲云野鹤一般，心就野了，被另一个货郎勾走了。女人的心针扎似的，嗯，嫂子也太那个了。唉，有什么办法，女人水性杨花，有啥办法。

胡同刮来细细的风，墙上的毛草在幽幽地动。女人跪下来，在细细地翻着那些小玩意儿。她猛然看到货郎的裤子开裂了，就无意中把手伸过去，摸了一把。那脚脖黑漆漆的，比铁还硬。多壮实的男人呀，不差池我那口子。女人的心扑腾一下，就像一枚石子扔进海里。女人终于回过神来，说，大哥，你那裤腿裂了。没有办法，走山蹚水刮裂的。脱下来，我给你缝缝？咋脱呀，我就这一条裤子。女人转身踅回了家，拿出自家男人一条裤子，说，你先换上。女人就背过脸去，货郎匆忙把那条裤子扯下，又把这条裤子换上。女人羞答答的，像做错了什么事一样，拿回家缝去。约个把时辰，女人没出来；再过个把时辰，女人仍没出来。货郎忐忑不安，进去看看吧，又担心这货，更重要那是个陌生女人家呀。看看天晌了，烟囱旋出袅袅的炊烟，一股葱香味荡漾在小胡同里。这是一条静僻的胡同，大批女人走过之后，只要货郎鼓不再响，是很难有人发现货郎趴在这里。

门"吱吱"响了，女人出来了，端一卷热气腾腾的油饼，双唇轻启，大哥，你吃吧。货郎迟疑，那裤子呢？瞎不了你的，我过晌就缝。货郎抓起几件东西，就往老二媳妇手里塞。哎，哎，不用，不用。东西就掉到地上，女人却把饼搋到他手里，快吃吧，别婆婆妈妈的，让人见了笑话。货郎就战战兢兢大口大口嚼起了饼，眼泪啪嗒啪嗒掉了下来，他已好些年没吃这饼了。女人又想起自己的男人，茫茫大海里，谁给他烙饼呢？可怜见的，货郎与自家男人都是天涯沦落人。同是天涯沦落人，相逢何必曾相识。

女人看货郎那野蛮的吃相，就说，大哥，你是不走过好多地方？是的，城里乡下、天南地北，我都去过。你们男人真行。女人眼里就漾出羡慕的轻泪。可别托生个女人，就这么整天蹴在家里一辈子。可也是，货郎张着油光光的嘴巴说，我到过好多地方，女人都是这样。黄海有一个小岛，那里的女人至今没看见毛巾是啥样子，多大的女人也不知自己长的啥样子，急眼了就趁晴天的时候，到小溪边照照自己的影子，那就是她们的镜子。我第一次到岛上，只带过一面镜子，这镜子从这家传到那家，又从那家传到这家。后来那镜子就碎在一个女人的手中，那女人长得比猴子还丑，因为她妈生她时忘了生鼻子，她就把那镜子随手扔进大海里。

大哥，你真会编故事。女人莞尔，神往于此。

货郎复又仰起油光光的嘴巴，龇着一口大黄牙说，我还去过一个地方，是个山沟里。那个村里只一家有毛巾，还是一个新媳妇从外面带的。刚去那山沟，沟里都不知那毛巾是干啥的，买回家里全当了围巾用。有一女人，几乎倾家荡产，偷偷买了一条，被男人发现了，非逼她送回去。可那地方我大致一年才去一趟，第二次去时，知那女人被男人逼得，用那毛巾上吊自杀了。我刚到他们村，那男人就拖着一根大木棍追了出来，开始我认为他是吓唬我，哪知一棒子就上来了，开了瓢，血淌到我脑门上。老二媳妇的心像小鸟一样，扑棱一下，结结巴巴地说，你不赶快还手，看你壮实的。我没还手，只把一拃粗的木棍一撅就断了。那家男人直吆喝，我还留着挑水用呢。我随手给他扔下几个钢镚，就走了，至今好多年了，再也没去那村子，我对不起那媳妇。说着男人就哽哽咽咽地哭了。哭了一会儿，货郎这才看老二媳妇端着一碗水，笑盈盈地出来了，大哥，你是个好人，把这碗酒干了吧。货郎一饮而尽。借酒浇愁，他想忘记那个上吊的媳妇，反打开了话匣子。都走江湖的，我的女人就是被一个货郎拐走的，那货郎我认识。他嫉妒我每日卖货比他多，占了他的地盘，就断我的后路，让我后院起火，拐走了我老婆。我知道他们在哪里鬼混，但我决不和他一般见识，他走他的独木桥，我走我的阳关道。所以，我的货一进村，就被一扫而光，成就成在物美价廉，人活着得讲点义气。同情，可怜，好个无家可归的大汉，女人的眼圈都红了。货郎说，担子里的东西，你随便选吧。不用的，现在家里还不缺，等用着再和你要，你也是还会来的嘛？女人用会说话的大眼试探他。货郎爽快接答，是的，会来的，冲你会来的。一句话，女人潮红了脸。晌了，我再到别处走走去。货郎很精，听到街头有了杂沓的脚步，害怕上眼，就支吾走了。女人在后面轻声低语，别忘了到对面的河里洗洗脸。货郎说，放心吧，我干吗守着河水不洗船。说完拿眼就向女人瞄了瞄。

　　街头陡然扬起货郎鼓清脆愉悦的声音，那是一种酒醉饭饱的声音，一种老于世故的声音。纵然再过一个世纪，那声音还音犹在耳。

　　看到货郎那魁梧的身影远去，老二媳妇怅然若失地阖上街门。上山的人回来了，赶海的人回来了，花喜鹊也从田野衔着食飞回来了，窝里有它们的孩子。女人恨自己的男人，出门就忘了窝。

　　入晚，货郎在畔上歇息了，繁星满天，点点滴滴，好像要掉下来似的。这是他第一次在畔里过夜。他在一个荒废场院小屋里卸了担子，摇响了今晚最后一次货郎鼓。老二媳妇听到那声音就知道货郎在哪场院里。畔里有很多场院，入冬时就不再用了，只等来年夏天麦上时。每个场院里差不多都有一个小屋，半年闲，入晚就成了走村串户、卖渔网、买桐油、造船修帆的人落脚的地方。货郎在小屋安顿好了，就踱出屋子，用火镰打火，燃起一袋烟。这时就见有人影鬼鬼祟祟地过来了，到了跟前，才看到是上午那媳妇。就说，你怎么知道我在这里？不有货郎鼓吗，它指引的。你也太大胆了，让人看见。这有什么，我不来你吃什么？自己做呗。还逞啥能，锅呢柴呢水呢？你咋做呀！货郎说，兜里还有几个比石头还硬的饼子。女人就把挎着的包袱打开，有一种玉米的馨香，还有鲅鱼那种独特的腥味。女人说，还迟疑什么，快吃吧！货郎激动得不会说话，这怎么好呢，怎么好呢……

大哥，你边吃边给我讲故事吧。货郎说，有一天我到过一个村子，也落宿在场院的小屋里。就看场上挂起了白幕，人头攒动，看了一场《南疆村的妇女》，是说抗美援朝的。哎，大哥你真抖呀，这走哪走的，什么光景都见了，还遇不遇地看场电影儿，我们这里盼星星盼月亮，半年能来一场就不错了。货郎接着说，那晚看《南疆村的妇女》，全是说你们妇女的，一个妈妈看入了迷，把孩子丢了，到处找不见，第二天有人告诉她，在邻村的电影场见到他，第三天又在另一村的电影场见到他。我也看到那孩子，瘦骨伶仃，帮着放电影的师傅挂幕拉绳，快乐着呢。有一次，我就问他，不想家吗？看电影儿，想啥家，看人家潘冬子，死了老娘，走了父亲，多坚强呀。《闪闪的红星》，我看一百遍也不厌！听说那孩子被放映员送回家，就又跑了回去，后来就成了放映队的流浪兵，和我一样，四海为家，嘿嘿。哎，我说，大哥，真好玩呀，天天看电影儿，那不就像天天过年吗？哎，我说，大哥，你还有什么故事，快快讲给我。故事多着呢，刚才说的是一个孩子，还有更迷人的呢。说是一个女子，长得非常漂亮，电影一到村，就羞答答地找村支书，要请放映员家里管饭。一来二去，那女子就和放映员熟了，想嫁人家。可人家有女人了，女孩的父亲是大队会计，就劝说，算了，看一场电影四十元，咱村里一年的结余能看几场电影呀。我看你不是看电影儿，是在看那小伙子。女儿就哭着说，人家多好，天天看电影儿。大队会计说，天天看电影有什么用，好看不中用。你嫁给他，还能天天陪着他放电影儿？不陪他，我可让他每放一场电影，就回来讲给我听。大队会计毫无办法，后来十八岁的女儿，终于追上了一个四十多岁死了女人的放映员，非他不嫁。老二媳妇"嗯"了一声，以泪洗面。哎，大哥，你说我们女人多么可怜见的，天天三门不出四户的。来场电影，来个马戏，来个盲人队，快乐得半死似的。货郎说，我就去过那么一个村，正好来了盲人毛泽东思想宣传队。盲人看不到人，但女人们可端详他们。我那天挑子里的东西卖得飞快，雪花膏一瓶一瓶儿就走了。女人把脸摸得厚厚的，还扑了胭脂儿，风摆柳地就去了。盲人们正在唱《大海航行靠舵手》，前面是好多的人，男人，黑压压的。这村的女人就踮起脚尖看，盲人绝看不到她们，只是自顾自旁若无人地唱，这时只听底下一女子陡然扬起女高音，嗓门儿扯得很细，全压过盲人们的歌声。盲人队哑声，说，有能人了，咱们卷铺儿走道吧。盲人认为这一定是全村最俊最风骚的女人，盖过毛泽东思想宣传队，有她在，我们还在这里显摆什么，这不是圣人面前卖字画吗？盲人们退避三舍。惊回首，明眼人一看，原来那女子也是一盲人，后来她就加入到毛泽东思想宣传队，走村串户，四海为家。哎，大哥，你还会用不少的词儿。都是跟毛泽东思想宣传队学的，货郎说。

月亮出来了，从黄海里一直照到岸上。多好的夜晚呀！

大哥，你真能，活脱一个故事篓儿。没什么，我只不过是个扛驴蹶上西天耕（经）过大地的人。你男人不还见过韩国和日本女人嘛。咱们坐着这球儿是个圆的。哎，畔上好长时间，没再来一场电影了。我从北边过来，北边的村正在演《南疆村的妇女》，等不久就会来这里的。女人心里激情涌动，春潮澎湃。

晚风吹来黄海呢喃的涛声，老二媳妇神往于"南疆村的妇女"。她虽不能在海上见到朝鲜女人，但她能从电影里看到。就问，大哥，你天天走南闯北，看过多少电影呀？挺多的，但都记不住。我就羡慕你，山也看过，水也见过，北面的风，南边的雨都经过，就没去过县城？去过，当然去过。听说那里的女人，都穿高跟鞋，身子颤得比蛇还柔。穿什么鞋我不知道，但那腰细得，来一阵风可真能刮断似的。县城的地光洁锃亮，天天都有人扫？听说还有天天打扫茅厕的？是的，都是乡下人来干的。他们是不晚上才热闹呢？

晚上灯火通明，就像咱们白天。唉，生个城里的女人真好！老二媳妇叹了口气。老二媳妇热灼灼地看着货郎，动情地说，哎，你说，到县城好远吧？过了这座山，再过两座桥，转两个弯儿，差不多就到了。城里是不有好多的电影院？有的，天天演。花钱吧？花钱，每天都放。做个城里的女人多好，天天看电影儿。哎，要不大哥，哪天你也带我到城里走走，我想做个头呢？你头发挺好看的。我想把这辫子扎了，盘个髻。

天愈来愈晚了，货郎也用了饭，千恩万谢。老二媳妇恋恋不舍地回来了，想不到黑塔狗熊般的货郎经历那么多事，还去过县城。难道天南海北的就是他们男人的命，我们女人就该待在家里。晚上，灯下就给那货郎细细密密缝了裤子，一想到那黑漆一般的脚脖儿，女人又泪眼婆娑了。睡觉中，她梦到了那男人，被一条大黑狗追着，扯掉了裤子，露出了黑黢黢的肉，钢铁一般结实。醒来后，看到油灯点着，货郎臭烘烘的裤子还压在她腿上。唉，明天该给他洗洗了。

第二天一天，货郎鼓的声音消失了，难道他忘了裤子？

第三天一天，货郎鼓又响到了门口。推门一看是另一个货郎，娇弱的就像一个蚂蚱，乱糟糟的一把黄胡须。她"啪"地把门关上，她不喜欢这样的男人。

第四天的早晨，那货郎又出现在门外。是的，真是他，脚步硬，胡子黑，身板厚得像铁，一根扁担颤着，大步流星。今天他拿来好多东西，就给了她一把剪子，说，威海货，百年老店产的，挺金贵的，就这一把。老二媳妇回身要给他拿钱，他说，不用了，我托人捎的，也不值多少钱，算了。女人看他仍没提裤子的事，就话到嘴边留半句，说，今天你过来吃饭吧？不用，不用，我还到别村串串，进了不少货，麦前得脱手。告诉你，邢家庄今晚演电影儿，《南疆村的妇女》，你去看吧。女人说，邢家庄多远呀？

隔这也就十里地。那得走好长的时间呀？你可找辆车子骑车去。我家里就有车子，我不会骑。那就没办法啦，走着也行呀。女人终于禁不得这电影的诱惑，到底想着法儿要出去见识见识，就说，我有办法了，找小叔带着。货郎说，这办法好，也不上眼，你小叔一定很乐意的。

　　老二媳妇，一整天都在哼着歌儿，就盼着黑天。她先是把刚过门的衣服拿出来比试一番，觉着太鲜艳，又放进去了。又把头发散开，再盘起，洗了一遍又一遍。她觉着自己的脖子太黑，就用货郎的香皂，洗了这遍洗那遍，直洗得香喷喷、白嫩嫩的，也不算完，又拿出从货郎手里买来的小镜子，朝脖后照了又照，人要长四只眼有多好呀，那脖后的灰就看见了。

　　盼盼天黑了，听小叔从门口走过，就说，今晚邢家庄演电影儿。听说了，嫂子，我回家吃完饭，就去看，你把车借我用用。不用回家了，在我家吃了吧，我包了包子，刚出锅的。好，我回家放了农具就回来。

　　老三在狼吞虎咽地吃着包子，嫂子静静地看着他，好吃吗？好吃，好吃，嫂子的手艺，还有不好吃的。你吃饭，就走吗？吃饭，就走。嫂子，你帮我把车子拿出来。嫂子抽身拿车去了，眼睛闪着兴奋的光。嫂子把车拿了出来，又擦了擦。这时，天还没有完全黑下来，仍有亮光。老三怔怔地看着嫂子说，我哥还没回来，你今天打扮得真美。老二媳妇说，你哥不回来，嫂子就该邋遢了，嫂子就是没事洗了洗。哎，嫂子，你洗得也太香了，熏死我了。嗨，就你这小叔子会嚼舌头，我拧死你。说完就动手拧老三的耳朵。老三骨酥肉麻，央求道，嫂子别拧，差点把我拧出尿来了，就跑出去搬车子。嫂子愣了，欲言又止，迟迟疑疑。嫂子，你还有事吗？你能不能捎捎我，我也去看，看一场。行，行，只是大黑天的就咱两个，我哥回来——老三抓耳挠腮。老二媳妇仿佛顿时壮了胆，你哥回来咋了，还吃了你？小叔帮嫂子忙，天经地义，有什么可怕的。老三从没见嫂子这样硬挺过。

　　小叔就跨上了车子，看咱俩封建的，来，嫂子，上车吧。嫂子就锁了门，侧身坐到车上，天渐渐黑下来，七十年代的风散乱地刮着，小叔把车蹬得风驰电掣。劳动一天了，也不知哪来那么些劲，嘴里还哼着小曲儿。老二媳妇总觉着自己的身子靠在老三身上，就向外挪一挪。老三哼哧哧地说，嫂子，你干吗硬向外挪呢？后沉了。嫂子就又向前挪一挪，老三就哼起了曲子。车轮飞转，转眼到了邢家庄。

　　邢家庄是一个庄，有几百户人家，全蹲在河的两岸。那电影场不甚宽阔，在河的岸边，挺清爽的。远远地听到货郎鼓的叫声，那仿佛是暗号，老二媳妇就抿嘴笑了笑。

　　晚风吹拂着河的两岸，绿麦荡漾，发散着清甜的香味。春天的晚上渗透货郎的叫卖声，多醉人呀！老二媳妇想，她是循着货郎鼓而来的吗，还是来看电影儿？怎么像个孩子，野了？！屏幕早挂上了，前脸儿早坐满站满了人，他们只好看后脸儿，来晚了。她非常感激小叔子，他已大汗淋漓。那时放电影一般都先放"假演"片，这"假演"一般都是纪录片。放这种片子激不起男女的注意力，人们大都在寻寻觅觅，左顾右盼。这时老二媳妇就发现了货郎两只大灯泡一样雪亮的眼睛，四目相对，如电光石火，果然是他，他也来了？中间隔着小叔子，两人仅是默默相视，不敢有半点造次。

　　终于放映了《南疆村的妇女》，多好的一部片子，随着剧情进展，小叔子看到嫂子流泪了，后来在嘤嘤啜泣。那一夜，款款的春风刮着，柳摆杨摇，月色阑珊，时光飞逝，转眼电影散了。老二媳妇又坐着小叔子的车向家奔了。嫂子，向前靠靠，再靠靠。不知怎的，老二媳妇一把搂住了小叔子的腰，搂得很紧，靠得很近，竟然忘了先时货郎那炯炯的双眼和在洋里漂泊无家的男人。这是她第一次出村看电影。

　　那场电影过后几日，货郎又来到这条胡同，他又添了几件营生，一会磨刀，一会磨剪。老二媳妇就搭讪地出来磨刀磨剪，考虑男人快上岸了，也顺手把裤子换了他，货郎趁没人时赶紧把那条裤子脱下来。这时，胡同头突然响起货郎声，却见另一位黄胡须、身材较为孱弱的货郎也来了。在一条胡同，狭路相逢。说时迟那时快，那位孱弱的货郎抢着扁担就上来了，口里大喝："你还我老婆，好好的娘们让你这色狼给抢去了。"壮实的货郎眼疾手快，就抡圆拳头抢先一步，把瘦弱的货郎打到草垛上。这一叫喊惊煞梦中人，老二媳妇一把将剪子拿过来，说道，呸，老虎戴念珠——假充善人，你们滚出胡同打吧。

大船上来时，已傍春末，男人回来了，村中再也不见那两个货郎的影子。可老二媳妇总觉着有些地方对不起老二，她不该在老二不在家时，出村看那场电影，还把身子紧紧地靠在小叔子身上。这些日子，她像个偷儿，她把这一切都怨货郎那个漆黑壮实的男人。于是，她就变着法儿犒劳老二，又烙饼又擀面，晚上百般温存。老二发现久别胜新婚，自己的老婆就像换了个人似的。

春去也，夏来了，鲅鱼和小麦都到了产子的时候，渔村进入疯狂的季节。

日暮里

　　我所要介绍的日暮里，是黄海岸边一座古镇，有数百年的历史。一百年前的日暮里，街上长满狗尾巴草，两三只黄蜂成天在草丛间采集标本，街面同街名一样古怪，甚至觉着街道稀奇的特征和不近人情的个性全是由古怪的街名衍生而来的。从鸟儿街上的古老的鸟儿客栈门前走过，二十世纪初，乔家、杨家、刘家三大家族主人漂亮的轿子或马车，曾驶过客栈的大院。他们来到鸟儿街，有时是为了解决与佃户的争端，有时是为接受佃户的贡奉。街上的树丛里闪出一钟楼，当钟声响起来的时候，不仅没有打破白天的平静，反而更减轻白日的烦扰。钟楼就像没有其他事情可干的闲人，只管既悠闲又精细地每到一定的时刻，分秒不差地来挤压饱和的寂静，把炎热缓慢地、自然地积累在寂静之中的金色液汁，一点一滴地挤出来。钟声响起，就飞起一片灰白的鸽子，钟声寂灭，又落下灰白的鸽子一片。

　　鸟儿街最动人之处，就是有胭脂河始终在其身边流淌，流进浩渺的黄海。如果你要过河，就从一条被称作"老桥"的跳板上过去。已由蓝天映得碧绿的河水在依然光秃秃的黄色田亩间款款流淌，只有一群早来的杜鹃和几朵提前开放的报春花陪伴着它，偶尔有一茎紫堇噘着蓝色的小嘴，一任含在花盏中的香汁的重量把花茎压弯。走过老桥，是一条纤道，每逢夏天，有一棵核桃树的蓝色的枝叶覆盖成荫，树下有一位戴草帽的渔夫，扎下根似地稳坐在那里。在日暮里，谁都知道钉马掌的铁匠或杂货铺的伙计的个性是藏在通红的炉火和喷香的小磨香油中的。唯独这位渔夫，始终没有人发现他真正的身份，倘有认识他的长辈经过时，他勉强地抬一抬他的草帽，有时有人想请教他的名字，可总是又有人比画着不说出声，怕惊动正在上钩的鱼。他是一位哑巴，不会说话，就像经历若干时光打磨，下巴短促如鹅卵石，又像一节小令。赶上纤道，下面是几尺高的岸坡，对面的河岸矮，是一片宽阔的草地，一直延伸到村子边，延伸到远处迷茫的盐田、高大的风车里。这里的金盏花多得数不清：它们选择这片地方，在草地上追逐嬉戏；它们有的傲然独立，有的成对成双，有的结伴成群；它们黄得像蛋黄，而且光泽照人。它们只能饱人眼福，却无法飨人以口福，只能把观赏的快感，积累在它的金光闪烁的表面，终于让这种快乐变得相当强烈，足以产生出一些不求实惠的美感来。哑巴也许自幼就这样做了：他从纤道上伸出双手，虽无法喊出她们的名字，但他觉得它们就像天上的星星一样漂亮稠密。也许是几百年前从欧洲迁来的，但早已在日暮里落户定居，哑巴的父亲，父亲的父亲，早已对它们熟稔了。它们对清贫的环境很知足，喜欢这里的太阳和河岸，对于远眺所极苍茫的黄海，以及黄海上风帆一样飞翔的雄鹰，它们不屑一顾。同时，它们还像我们某些古画一样在稚拙纯朴中保留西方特有的诗意光辉。

河里漂流无数细小的蝌蚪，密度已达到结晶的临界线。不久，胭脂河的水流被水生植物堵塞了。起初，河里先是长出几株孤零零的水草，例如有那样一枝水浮莲，水流从它的身边流过，可怜它在水流中间，很少得到安宁。水流把它从这边的岸冲到那边的岸，它像一艘机动渡船一样，无休止地往返在两岸之间。被推向岸边的水浮莲的株茎，舒展，伸长，绷紧，以至于达到张力的极限；漂到岸边之后，水流又把它往回拉，绿色的株茎又开始收拢，把可怜的植物重新引回到姑且称之为出发点的地点，可安生不了一秒钟，它又被反复地带来带去。哑巴一次次地见到它，它总是处于同样的境地，这常使人想起某些神经质的人，他们年复一年地让我们看到他们一成不变的古怪习惯，他们每次都声称要加以改变，但始终固守成规，就像哑巴扛着鱼竿来，扛着鱼竿去。有人说，哑巴在等一个人，也有人说，哑巴是为主人守更。但主人在瘟疫中死了一批又一批，换了一茬又一茬，哑巴还是扛着鱼竿走来走去。他们仿佛被卡进了怪脾气和不痛快的齿轮中，纵然使尽力气也难以脱身，只会加强齿轮的运转，使他们古怪的、劫数难逃的保守疗法像钟摆一样地往复不已。

这一天，日暮里在萧瑟与寒冷中破晓了。一堵灰暗的光线组成的移动的墙从东北方向接近过来，它没有稀释成为潮气，却像是分解成为尘埃似的细微的有毒的颗粒。当鸟儿客栈最后一位女主人，"吱呕——吱呕——"打开笨重的橡木街门伸出头来的时候，她手里依旧拿着一扇水瓢，用葫芦做的瓢。她有着胡椒盐一样铁灰色的头发，一笑就露出一颗高贵的金牙，脸上就倏地堆一层像羊肚一样皱缩的纹缕。她穿了一条紫酱色的丝长裙，又披上一条褐红色的丝绒肩巾，这肩巾还有一条肮脏的说不出什么种类的毛皮镶边。女主人在门口站了一会儿，对着阴雨的天空仰起她那张被皱纹划成无数个小块的瘪陷的脸，又伸出一只掌心柔软有如鱼肚的枯槁的手，接着她把肩巾撩开，细细审视她的长裙的前襟。那条长裙无精打采地从她双肩上耷拉下来，滑过她那对松垂的乳房，在她突出的腹部处绷紧，然后又松了开来，再往下又微微胀起，原来她在里面穿了好几条短裤。等春天过去，暖和的日子呈现出一派富丽堂皇、成熟丰收的色彩时，她会把短裤一条一条脱掉的。她原先是个又胖又大的女人，可是现在骨架都显露出来，上面松松地蒙着一层没衬

垫的皮，只是在膨胀似的肚子那里才重新绷紧，好像肌肉与组织都和勇气与
毅力一样，会被岁月逐渐消磨殆尽似的。到如今只有那副百折不挠的骨架剩
下来，像一座废墟，也像一座里程碑，耸立在半死不活、麻木不仁的内脏之
上；稍高处的那张脸让人感到仿佛骨头都翻到皮肉外面来了。那张脸如今仰
向雨云飞驰的天空和天空一片像她头发一样铁灰色的鸽子，那是她养的家
鸽。那些鸽子唧唧咕咕地落在一片片像波浪一样幽蓝迷蒙的鳞鳞屋瓦上，有
的干脆温柔地落到哑巴手持的钓竿和身披的蓑衣上。女主人的表情既是听天
由命的，又带有小孩子失望的惊愕神情。最后，她终于转过身子，回进屋
子，"哐啷"关上了臃肿的橡木门，又用一根粗大笨拙的门闩闩上。由于古
老的门枢发出耿耿于怀极不情愿的响声，这才惊动了很难听到声音的哑巴，
向这边看了看那扇严酷的大门。

　　紧挨着门的泥地光秃秃的，它有一层绿锈般的色泽，仿佛是得自一代
又一代人光脚板的蹭擦。古旧的银器和女主人父亲那幢113号房间用手抹上
灰泥的墙壁也有这样的色泽。厨房旁边有三棵夏季遮阴的桑树，毛茸茸的嫩
叶——它们日后会长得像巴掌般宽阔而稳重——展开在气流中，在一起一伏
地漂浮着。不知从哪儿飞来一对鸟儿，像鲜艳的布片或碎纸似的在急风中盘
旋翻飞，最后停栖在桑树上。它们翘起尾巴大声聒噪着，在枝上颠簸。它们
对着大风尖叫，大风把这沙哑的声音也像席卷布片碎纸似的倏地卷起。接着
又有三只鸟儿参加进来，翘着尾巴尖叫着，在扭曲的树枝上颠簸了好一阵。
厨房的门打开了，女主人再次赶了出来，这回头上扣了一顶男人戴的平顶呢
帽，加了一件大衣，在大衣破破烂烂的下摆下面，那件蓝格布的裙子鼓鼓囊
囊，在她穿过院子登上厨房的台阶时，裙子的破衣边在她身后飘荡。

　　过了一会她又出现了，这回拿了一把打开的伞。她迎风斜举着，穿过
院子来到柴堆旁，把伞放下，伞还张着。马上她又朝伞扑去，抓住了伞，握

在手里，朝四周望了一会儿。接着她把伞收拢，放下，将柴火一根根放在弯着的臂弯里，堆在胸前，然后又拿起伞，好不容易才把伞打开，走回台阶那儿，一边颤颤巍巍地平衡着不让柴火掉下，同时费了不少劲把伞合上，最后把伞支在门角落里。她让柴火落进炉子后面的柴火箱里，接着脱掉大衣和帽子，从墙上取下一条脏围裙，系在身上，这才开始生火。她把炉条通得"嘎啦嘎啦"直响，把炉门弄得"啪嗒啪嗒"乱响。她这样干着的时候，父亲就在113号房间的楼梯喊她来了。他站在后楼梯的顶上，很有规律、毫无变化地一声声地呼唤着"玉兰"。他的声音传下枯井般的楼道，这楼道落入一片漆黑中，接着遇上从一扇灰暗的窗户透进来的微光。"玉兰。"他喊道，没有抑扬顿挫，没有重量，也一点不着急，好像压根儿不期待回答似的。"玉兰。"其实自父亲死后，她就渐渐聋了，她总觉有火车样的声音"呼呼"传来，还有哑巴那半导体收音机一样的喊叫，那些声音杂乱无章，穿过无数房间，无数鬼眼一样闪烁的窗户，熙熙攘攘刮来，在暗黑的屋子里鬼鬼祟祟、缀缀缀缀，就像静电屏蔽。夜里，她总听见有人在敲门，是哑巴吗？又是半导体收音机的声音，她就赶快去摸门闩，好端端的，门外是充满杀机的青青的月光。黑幽幽的屋瓦也筛满白白的静静的月光。这时，她就觉113号房间，传来隐隐约约的腐臭味，有野猫从孤独的窗棂出出进进。野猫飞檐走壁，穿过浩瀚的屋脊，从一座房子，浪涛一样蹿到另一幢房子，像一个个小偷一样，仿佛偷到什么战利品。有时在寂静的白天，桑树枝上就会落下一条肥美的鲫鱼，用手去捡时，只见钓钩倏地从墙头拎过去。这时杨玉兰就想起自己的父亲，想起父亲那个寂静的113号房间下午温煦乳白的阳光，和父亲款款翻书的声音。父亲自母亲死后，就未续弦。家里那一大群袅娜妩媚的丫头，也都在一次次瘟疫中销声匿迹。父亲死后，113号房间就重重关上了，从此钥匙也没有了。那把生锈的大锁，就那么沉甸甸老气横秋地挂在那里，仿佛锁住一个时代的往事。从此，玉兰再也不敢到那幢昏睡百年的房子觑看一眼，但日重一日的臭味，却把她搅得心神不宁。由于听觉的退化，其视觉和嗅觉就越发灵敏。但是，有时哑巴那半导体似的声音，仿佛就像从恢宏的黄海海面，雾一样袭来，遂又被一道犀利的阳光击穿，就像一盏正在发亮的灯泡，突然短路。

杨玉兰，就像一朵兰花，或像河边一朵金盏花，被这数不清的房子，数不清的栈道、暗道、甬道、天井，湮没，吞咽，锁住，直至发不出一点声音，也没有一点声音传来。有时，她就像在千里无人烟的站台上，突然闯入一列火车，发出哑巴那半导体样的声音；但倘没有这半导体一样的声音，她就觉着有一种心脏被挖掉一块的感觉。

她的父亲千方百计想把她培养成一朵千古美艳的玉兰花，开在深深的黄昏暖融融的光线里，由其孤芳自赏。英国人杰弗里斯曾告诉我们，说造就一个十全十美的处女，需要一百五十年的时间。这种珍贵的气质，就是摄取天地万物之间所有一切魅人的精华。它——来自长达一个半世纪之久，轻轻地拂过麦田的南风；来自摇曳在沉甸甸的金盏花和欢笑的水仙花上面，并且隐藏着金翅雀，叫蜜蜂无处可逃的萋萋芳草的清香；来自缀满蔷薇的篱笆、忍冬花，还有高大榆树荫下金黄色麦秆之间的天蓝色矢车菊；来自弯弯曲曲的溪流在虹彩映照下的迷人景色；来自一切原始的树林所固有的美；还有漫山坡散发着百里香和自由的气息——这一切在三百年就是这样不断地重复着。

百年之间的莲馨花、风铃草、紫罗兰；姹紫嫣红的春天，金碧辉煌的秋天；还有阳光、阵雨、晨露，永恒的夜；正在展开中的时间的全部节奏。这是一部谁都没有写过，而且谁也写不了的编年史。一个世纪前蔷薇架下落下的花瓣，试问有谁记忆犹新呢？还有三百次飞回屋檐下的燕子——你就不妨想一想吧！处女就是从那里孕育出来的——而世人之仰慕她的美，犹如怀念昔日的花朵一般。芳龄十七的姑娘之妩媚可爱，就在于它具有历数百年之久的魅力。情欲几乎是可悲的，原因就在这里。

那时哑巴家的小破房子是在斜坡底下一条深胡同里，那斜坡高高通向杨玉兰家迷宫一样的房子。中间隔着两乘轿宽的马路，自然啰，是离得太近了。这片小房子，很不配在这里做邻居，都是些酱色的寒碜的小房子。院子里尽是些白菜根子，瘟母鸡，蔫头耷脑的鸭子，就连烟囱里冒出来的烟也是寒酸相儿，小条小绺的烟，很不像杨家烟囱里大股吐出的白色浓烟。胡同里住的是些洗衣女人，扫烟囱男人，一个鞋匠，一个箍铜匠，还有一个瞎子。小孩子成群结队的。杨玉兰小时候从不许往这胡同迈一步，生怕学了下流话或是得了传染病。记忆中那时的哑巴不哑，会说清亮的话。哑巴的哑是自从进了父亲那113号房子，跪着身子给父亲装水烟袋开始，特别是母亲死后，哑巴和那大群丫鬟进进出出。哑巴仿佛再也听不到那些女人灿烂的笑声了。丫鬟在叫他，他就像看皮影戏，用手不停地比画，发出半导体一样的呜呜声。父亲让哑巴喝一种浓浓的绿绿的茶水，但他不让漂亮的丫鬟们喝。哑巴喝着父亲为他单独配制的茶水，越来越哑。他幽灵一样来回进出父亲的房间，那种半导体一样的声音，就愈发显得低沉、浑厚，简直就像一头凶猛的狮子发出的咻咻声。每逢听到这样的声音，杨玉兰那猫样的脚步就迈得非常轻盈。她不再到父亲的房子，那里有凶狮一样的哑巴把持。

父亲的灵柩抬出去后，一把冰凉的大锁就挂上了。瘟疫就像潮水一样蔓延进这座庞大的房子，家翻宅乱，家无主，屋倒竖，天天都有出殡的。白幡飘飘，鬼影憧憧，杨玉兰的猫步更轻更飘，简直就像古宅的天井里，兀自落下的一片树叶。那位一向慈祥庄重自视清高自命不凡的父亲，已稳稳地睡在胭脂河畔金盏花丛里。哑巴的鱼钩从天亮甩到天黑，灰白的鸽子飞来又飞去，直到113号房子发出那种奇怪的味道，杨玉兰才想进去看看，但她找不着钥匙。那把死沉的大锁就像哑巴一样拒她于千里之外。荒寒的宅院不停地传出半导体样的呜呜声，早晨，晚上。

当杨玉兰做好早饭后，太阳就藏在一片云彩的后面，云彩使太阳的脸庞改变模样，太阳又把云彩的边缘抹上黄色。田野虽依然明亮，但没有光彩，草木生灵似乎都悬在半空，胭脂河那边的小村落在天边精致而细致地刻下一痕鳞次栉比的白色屋脊的浮雕。一阵轻风惊起一只灰鸽，它"扑扑"地飞到远处又重新落下，远处白皑皑的天空把树林衬托得更加清幽，像老式房子里点缀炉壁的釉砖，蓝得发亮。雨点像列队飞翔的候鸟，密集成行地自天而降。它们彼此紧挨着，在迅速的飞驰中，没有一滴离队，每一滴雨水都不仅各守其位，还带动着后面的雨点紧紧地跟上，天色顿时像飞过一群春燕似的暗下来。哑巴跑到林中去避雨。阵雨过后，偶尔还掉下几滴懒洋洋慢吞吞的雨点，就像哑巴那慢吞吞的脚步。他在一一数着这些树，几十年如一日，那棵遭雷击的树，那棵被虫蛀空的树，那棵被台风连根拔起的树，他都记忆犹新。虽不能说话，但他却时常到主人的坟上看看，有时还念念有词，像在向主人告诉什么。对了，他要告诉主人的是昨夜那场飓风，又将两棵树刮进胭脂河，向黄海漂去。当然，他也许还要告诉主人，他家的橡木门开了，女主人完好如初，门里依旧墨水样泼出一片灰鸽子，花瓣一样散入天空。

天黑了，雨住了，铁灰色的鸽子也像铁灰色的暮色一样，落进天井。杨玉兰在拼命倾听那半导体一样低沉的声音。从那些胡同，那些肮脏的街道传来，那种雄性磁性的声音，就像浓浓的豆油，点燃着她生命里那日薄西山的黄昏。多年来，倘没有这孤独的声音陪伴她，她就会像老宅一样迅速虚空、干枯、腐朽。当听不到声音时，她就会嗅到一股股强烈刺鼻的腐臭从113房间传来。不知今天哪来的勇气，她想马上找到那把钥匙，不顾一切闯进去看看。那所房子，自母亲去世后，她就很少进去。父亲那种正统古板道貌岸然的样子，见后总让她心惊肉跳。她看父亲就像看一座山，只闻其声，不见其貌。就像这所古宅，它究竟有多少房间，昨日里每个房间都住怎样的人，他们在房间里都演绎怎样的故事，她都是无论如何也说不上来。父亲死后，113号房间，成了块心病，房间的钥匙到底哪去了？偌大的宅子里，除了影子外，仿佛没有半点回声，一些房间里，只有胖大的蜘蛛在不停地结着网，只有从那里仿佛才看出时间的流逝。桑葚在树下悄悄红了，又落了，没有人去理睬。

这些日子里，杨玉兰被113号房间的气味，折腾得彻夜难眠，昏昏欲睡，要不是哑巴那半导体样的声音从清冷的早晨一阵阵传来，她简直浑然不晓这是白天还是黑夜。她依旧迈着猫步，悄悄冥冥地很费劲地开了那扇橡木门，发出"吱嘟"的响声，就见一把钥匙掉在地上。她伸头四处看看均无人，垂钓的哑巴也不见影，就匆匆把钥匙捡起来，立马就看出这是113号房间的钥匙。她神色慌乱地去开那把大锁，却凝然不动，她走回拿点油润润，再一开，锁就"吧嗒"响了，就像终日缄口不言的哑巴，忽然开口说话了。屋里那种浑浊的恶臭，就像一堵墙一样，差点把她顶出。三具斜面锐利的棺材向她睥睨，一些女人艳丽的衣服，就像纸灰一样叠在那里，完好孤清。她一看就知这是丫鬟春梅的衣服，那是秋香的衣服，父亲的一双鞋里装着秋香的一双绣花鞋，他的床上有女人一绺长长的头发。恶臭是从那三具棺材发出来的。父亲的书房上方挂其墨宝："玉兰花香深处，红袖添香读书"。杨玉兰见状，头重脚轻，和钥匙一齐倒在113房间，惊起乱纷纷扑棱棱的灰鸽一片，日暮里的钟声响了，咚嗡咚嗡，在时间之外，在时间之内。

三棵松

　　三棵松是一个岛，雾岛。晴天的时候，从柱子家看三棵松，就像在看一个外星球，烟波浩渺，小岛如豆。三棵松上只有三户人家，每户门前都有一棵古松。柱子的三姑，就住在一棵古松下，房子是青石垒的，斑斑驳驳，总是那么苍凉。柱子的表姐住在里面，袅袅娜娜，眼似雾，行如风，说话声音比雾还软，比水还柔。由于三棵松长年多雾，柱子的表姐玉笛的皮肤极其白皙，油润，光滑，就像大理石的石面。柱子跟着母亲第一次上岛，就有事没事儿总要去摸摸玉笛的皮肤。玉笛姐总是目光迷离散淡，幽幽地说："柱子，你这是干啥呢？""表姐，你的皮肤真好，像玉一样，我说叫玉笛呢！"表姐莞尔一笑，就对着柱子前额赏了一个吻。这下恰被三姑看到了，说："没羞没臊，才几岁呀，就懂那事。"玉笛害羞地趴在古松下，一天没回。

　　柱子站在对岸，望着雾岛三棵松，已有三天没放晴了。柱子隐隐觉着额头还有表姐的体温，那一吻简直把柱子的魂夺去了。其实，他们都是老大不小的孩子了，柱子十六，表姐十七。柱子云里雾里在想着三棵松，岛上仅有一个老师，表姐虽有上高中的年岁，但却仅有四五年级的水平。表姐用的本子很粗糙，笔也是那么落后，仿佛她们还生在原始社会，岛上没电。雾过去，柱子很想给表姐送几个漂亮的本子，送一支蓝色圆珠笔，一支中性笔。最主要他想去安慰安慰表姐，她太孤独了，没电的晚上，就像掉进一个大黑洞里。柱子在一本书上曾见过天文学家解释的宇宙黑洞。他想这个暑假把表姐领上大陆住几天。

雾岛上出了太阳，就像大白天打着一盏灯笼，看来天是要转好了。柱子叹了一口气。

柱子差不多每天都站在对岸望三棵松，三棵松那个静呀，静寂得就像鲸鱼的胃。三棵松上面有座孤坟，是姑父的，那一场台风夺去了姑父的生命，从此表姐那稚嫩的肩膀上就挑起了生活的重担。她会撒网，会捕鱼，一个猛子能扎出老远。表姐有两条修长的腿，两只颀长的臂，划水很快。她会各种各样的游姿，看她大海里游泳，就像看一只白天鹅在蔚蓝的天空翱翔。岛上只有一口井，从表姐家到那口井要走一里多路，表姐每天都掮着扁担去挑水，那水从井里打上来，就像从遥远的侏罗纪打上的琼浆玉液。岛上最惊人的故事莫过于发现恐龙蛋的那个午后。那天岛上有一汉子正在开荒，他顶着青天白日，挥动锹镢，就刨出一个个滚圆的家伙，西瓜一样乱撒着。后来岛上请来了专家，经检验是恐龙蛋。柱子真佩服表姐把那么一枚巨大的家伙怎么滚进了山洞里。岛上有很多的洞，大胆的表姐每每在那里捉迷藏，柱子总是找不着，因为那些洞很深很清幽。表姐把那枚蛋放进山洞，她等着它孵出一只大鸟。一想到洪荒蛮古时代，岛上恐龙恣意横飞，乱石穿空，惊涛拍岸，柱子就浑身战栗。可表姐却不以为意，她总笑微微地说："弟，看样子，你在怕什么，怕啥，有姐在。"于是玉笛就把柱子送到一棵古松上。表姐爬树的本领很强，比猫还快。表姐将柱子安顿在树丫上，就又下进那洞里，看巨大的宝蛋是否孵出大鸟。表姐对鸟蛋习以为常，她家的房前屋后全是鸟窝，在她的眼里蛋越大孵出的鸟越大。柱子看电视知道的事多，他生怕那只大鸟从山洞飞出来，把表姐吃了。当然他知道那是一只死蛋，可是万一？柱子有时大汗淋漓从梦中醒来，母亲问他这是怎么了。柱子说没事的，没事，妈，岛上没刮台风吧。母亲就告诉他没刮。表姐家有一小舢板，她时常把一只海豚放入海里，并给它喂鱼喂虾，和它一起表演各种舞姿。孤独的表姐和这只海豚，一起生活了将近十年。昔日，三姑父出海时，发现了这只受伤的海豚，他弄回家里，就成了表姐少年时的朋友。晴天的时候，她们有时在一块礁石上晒太阳，软语依依，交头接耳，不知说些什么。那些礁石黑而凄清，有时一个大浪拍来，溅起万斛珠玑，只见表姐和海豚死死搂抱在一起，又从浪里钻出来。那个岛太神秘了。表姐太勇敢了。

　　这几天，柱子想的最多的一件事是怕表姐藏在山洞的恐龙蛋被二道贩子发现了。岛上的考古队曾贴出告示：私藏恐龙蛋的必须如数交出，国家将予奖励，切莫给了二道贩子。贴出这一告示，岛上的人全都不以为然，他们认为这宝贝是他们的家产，任何人都无权到岛上采购挖掘。于是藏的藏，深埋的深埋，充耳不闻，不亦乐乎。

　　渺渺一海，挡不住柱子对表姐的殷殷思念。他生在电气和电子时代，各种各样的物质和精神享受应有尽有，可柱子却备感落寞，意犹未尽。而表姐那里晚上一片黑，没有电话，没有电灯。柱子的爸爸曾给过玉笛一块手机，不会用，又拿了回来。表姐似乎在拒绝现代一切文明，却又活得那么逍遥自在。她家里只有一台收音机，三姑爱听京戏，有时乱哼几句。可自从三姑父被台风夺去了生命，似乎这仅有的一点现代文明的通道也被切断了。姑母一天到姑父的坟上哭三次，她哭三姑父的声音比哼京戏还婉转凄凉况味。柱子爸有三次想把三姑接到陆上，都被三姑断然拒绝。她说我们去了咋样，把她爸一个人撂在岛上，有雾有风，我不放心呀。自从岛上有了恐龙蛋，考古队实在寂寞不过，就放了一场电影。从此，她们才知道，生活中的好多东西，包括人和影可以搬到一块布上。考古队一帮人看表姐长得俊，就围着她合了一个影，把表姐吓得三魂掉了两魂半。后来，她看到这岛上找恐龙蛋的人愈来愈多，照相机"咔嚓咔嚓"，表姐那颗悬着的小心儿才放了下来。再后来，岛上的其他两户人家通过贩卖恐龙蛋越来越富，房子越盖越高，由一层到二层，地面越扩越大，两家竟大打出手。

岛上再也不平静了。一个买恐龙蛋的跟表姐说："带上你的海豚跟我走吧！"

表姐瞪着两颗墨玉般的大眼睛怔怔地说："上哪儿？"

贩子眉飞色舞："就凭你这身条，干演员，搞体育，都不成问题。"

表姐忸怩地道："俺识不几个字，咋干得了那个？"

说着转身子挑水去了。那两家打得不可开交时，一家对柱子三姑说："你那女儿长得真好，来我家，帮着开店吧？"三姑摇摇头说："够吃就行了，我们干不了什么，你们开吧。"

店里的人越来越多，两家砌起高高的墙，鸡犬相闻，老死不相往来。三棵松越来越文明，却越来越孤独。

表姐每日去山洞三次，看那巨蛋是否孵出大鸟来。

海豚有时半夜从沙滩匍匐着身子来到三姑家，再也不敢大摇大摆大白天儿来了。除了洞里那个死蛋，海豚成了玉笛最亲密的朋友。岛上自然资源破坏严重，那两家已赛着劲儿盖起一栋栋别墅，他们用上了发电机，清纯的空气变得污浊了。三姑每每闻到那股强烈的柴油味，就要呕吐一番。水井里多了方便袋，岛上多了人的声音，杂沓的脚步。玉笛就像一只受惊的小鹿，诧异地打量着岛上的一草一木，花褪残红青杏小，枝上柳绵吹又少，这哪是往日的三棵松呀！

雾里观花，水中望月，十日雾退后，柱子接到一封信，是海豚送来的。

那时，一湾浅水，海豚成了两岸人家的信差。柱子摸摸海豚的胡须，海豚就摇头摆尾，从门前的沙滩上泅入水中，还回头向柱子颔首示意。信是这样写的：柱子弟，岛上人仰马乏的，全都没了人样儿，洞中那蛋可能受了惊吓，还没下（不会写"孵"）出飞鸟。一些鸟儿都走了，我家松树后那个鸟窝，一家子全不见了，有人说是让那两户人家抓去待客了。嘻，那都是些啥客呀，吹胡子瞪眼、粗声大嗓的，看人就像苍蝇叮上了，色眯眯的，满嘴满口除了烟味就是酒味。一天早上，我到井上去挑水，一家伙竟然攥住我的手脖说，好妹妹，小妹妹，让我亲口，你这皮肤就像六月的雪呀。六月还有雪，乱套了，你赶快到岛上来吧，我好有个照应。那两家人家也在打我们的主意，他们家的房子扒了，又看上我家这原汁原味的房子，说什么想租出开一个海鲜馆，我家的门槛眼看快踢断了，怎么，姐突然一个邻居、一个朋友也没有了呢？眼下，他们又瞧上了一种贝类——

　　柱子拿着这信，仿佛一下看到姐姐那受惊受辱哀哀无助的眼神。

　　暑期一到，柱子就去了岛上。这次，他买了一架照相机，好把那些纯朴寂寞的景色带回来，定格在记忆中。几个月的工夫，岛上已满目疮痍，挖掘机此起彼伏。恐龙已去，其没有破壳的后代惨遭劫掠。谁曾想，一个曾经生长恐龙的地方，如今只留下三户人家，而这三户人家，有两家打得不可开交。当天，表姐玉笛把柱子带进洞里，山洞幽凉幽凉的，有丝丝缕缕清爽的水汽。玉笛很大胆，小时候一旦调皮淘气被母亲呵责，她就趴在山洞里，有小兔子做伴，天黑才归。如今小兔子走了，岛上空空如也。在山洞里，他们点燃了松脂，柱子教她写诗作画。他让玉笛摆好姿势，当模特，柱子几笔就把她的肖像勾勒出来。他们喝着山洞的泉水，吃着岛上的野果，乐不思归。

　　到岛上搜蛋的人已愈来愈少了，玉笛洞里那枚可说硕果仅存。来岛的人已注意上一种漂亮多孔的贝，用这些贝类制造假山、制造盆景，供不应求。

柱子白天跟着玉笛下海采集这些贝类。那些最漂亮的贝类多在深水。在礁石的后面，表姐就让柱子趴着，一个猛子就下去了。一会工夫一篮子海贝就举出水面。表姐让柱子闭紧双眼，"唰唰"几下，就穿上了衣服。柱子在手指缝里看到表姐那白皙光滑的圆膀子，觉着比这水灵灵的贝壳还洁，还冷峻。晚上，他们吃了贝壳的肉，表姐就把壳儿送到了收购站。站上的人称了称，给了他们十元钱。表姐说："这东西岛上多的是，还值这多钱呀！"一个制造盆景的工艺人瞅上了表姐，悄悄嘀咕："多好的身条儿，可做模特儿，可惜了。"表姐害羞地说："你看他们都说啥呢，多腻歪人。"

柱子说："跟着我上岸算了，在这穷山恶水的地方干什么？"

表姐说："怎能呢，我爸还躺在这里，咋能留下他一人不管？还有那可怜孤独的海豚。"

姑父的坟在那山坡上静静地躺着，上面有毛毛草婆婆起舞，看起来也像一个家。表姐的家在它的上面，高高的全是虎皮石垒着，有些地方长满了青苔，约莫时光的年轮在上面滚过几百年了。

白天拾贝累了，晚上睡得很沉。听到天井的担杖响时，知道表姐又去挑水了。可柱子两眼皮直打架，就又睡了过去。柱子起来晚了，见表姐坐在对面的一块大岩石上，看水中冉冉升起的太阳。太阳饱满丰盈，就像一个熟透的瓜，红彤彤地从海里托起，越托越高，越举越圆。那时的光线透亮，环境也很清静。表姐就那么静静地坐在岩石上看着对面的海，红艳如流，红海如绸，照亮表姐的风鬟雾鬓水样剪影。柱子蹑步静足，悄悄地捂上了表姐的眼睛，闻到她身上有一种淡淡的乳香，这味道真好闻，后来才知道这是一种成熟女人的体香。表姐挣扎着说："柱子，你再调皮，姐就把你扔海喂鱼了。"

柱子说："怕什么，有你那么好的水性，保证能把我救上来。"

表姐说："我每天都坐在这里看海，望大陆，我总觉着能隐隐约约看到你的影子。"

柱子说："遇到雾天呢？"

姐说："一样，我就坐到这里呀，仿佛能听到你扯嗓子唤鸡的声音。"

柱子说："姐，这都是你的幻觉。"

姐说："不对，我能听到，也能看到。"

可不是，在冉冉升起的太阳那面，仿佛还能看见影影绰绰大陆的人家。

姐说："这世界是圆的，傍晚那火球又滚到西面去，正照在我爸那座孤坟上，我就和爸爸窃窃私语，好像我们还在一起补网呢。"

柱子说："难怪姐不孤单，原来有这些东西在伴着呢。我整天关在笼子样的学校，就像一只猛虎渐渐关掉了所有的野性，姐，我真羡慕你。"

姐说："我觉着岛上所有的东西无所谓生无所谓死，即便是死，也像睡了一样，明儿太阳照样把它唤醒。"

柱子说："姐，你念了几天书，肚子还不少学问呢。"

姐说："弟，你在笑话我呀，姐只不过从岛上这些怪怪的东西，看出点门道。你看恐龙那家伙多会活呀，它死了，还能把蛋留下。放在洞里的那枚蛋，姐就经常坐在它上面看太阳，起初姐真的不知道那是枚恐龙蛋，还认为是块石头呢，谁曾想是恐龙的孩子，这世界太奇妙了。"

柱子说："姐，把那恐龙蛋卖了吧，它孵不出大鸟儿，可赚大钱的。"

姐说："你们岸上的人，就知道钱钱钱，咱们不能把恐龙的子孙卖了，卖光分光，多不好呢，多恓惶呀，姐不愿意。"

柱子看到姐那白皙的脸上挂着两颗清澈的大泪，在太阳的照射下珍珠一样闪烁。姐，太美，太善了。这时有一个人走过，焦急地问姐："姑娘，你能告诉我到哪挖恐龙蛋吗？"

姐不假思索地说："到海里！"

客人问："多深呀？"

姐干脆说："几十丈深。"

那人身子一颤抖，不再说话，走了。

入晚，海风习习，海豚回来了。姐吻吻它的胡须，又拍拍它的背说："去那边吃鱼吧。"那边准备的是海豚的晚宴，一大摊小鱼。海豚一瘸一拐摇头摆尾过去了。姐告诉柱子自从海上人多了，海豚白天再也不敢上岸了，有时好几天未归，姐在梦中经常哭醒。姐说，海豚是岛上最懂人语的一种动物，比那些找蛋的人好。

那晚玉笛让柱子去挑水，她躲在池子里洗澡。她每晚都洗澡，洗的是淡水澡，无怪玉笛的皮肤玉一样白。一听柱子回来了，玉笛就把身子急忙潜在水里，柱子就从上面往下倒水，玉笛说："你别往下看呀！"柱子说："看什么？""看我呗。"柱子惊喜地说："我看到了。"玉笛说："你真坏，一个大男人了。"其实，柱子什么也没看到，那晚有雾，黏黏稠稠的雾，乳白的雾。雾和姐姐乳白的身体混在一起，水乳交融，柱子什么也看不到，仿佛又什么也看得到。柱子的心就像这雾一样愈看愈不真切，愈看愈被吸引，他干脆挑水去了，身后传来海豚那"啪嗒啪嗒"的声音，海豚也走了，不辞而别，它仿佛知道主人有伴了，不再孤单了。

云里雾里，一脚低一脚高，深一脚浅一脚，柱子仿佛就像走在银河里，是牛郎在给织女挑水。两只空桶，被密度很高颗粒很大的雾托举着，仿佛有了较大的浮力。柱子浮起在这缭绕的白雾里，飘飘如仙。有狗叫从这雾里咬开一个窟窿，随后又被细针密线缝上了。迷雾深沉，迷雾抑郁，柱子就像浸泡在牛乳的一个精灵，走入霏霏，想入非非，脚下一滑，差点仰面朝天。白玉一般的身子，牛乳一样的雾，表姐在雾里用瓦凉甘甜的井水洗澡，而又是柱子去挑水，皇后一般的生活呀。

　　柱子想做皇上，但又怕表姐不肯屈尊。他终于下定决心，这个暑假，他不带表姐上岸了，就在岛上住着，和表姐过这仙境一般的雾中生活。

　　柱子发现这雾中的景物分外凄楚，你看邻家那一大红灯笼，就带着一种惨淡的忧伤和落寞的凄美，雾中的声音也是那般忧郁和柔和，就连风儿草儿虫儿全都静定寂定在雾中。雾从树上绕下，仿佛那是离人的清愁；雾在水井上盘绕，那仿佛是美人的哈欠，不，是表姐的哈欠。零丁中有街门响，吱吱呀呀的，雾中显得很生涩，就像没上油"吱吱嘎嘎"的马车。雾中突然滚过一个东西，愈滚愈圆，愈滚愈远，近前再瞧，那是一只刺猬。刺猬不怕人，它在雾里滚来滚去，就像在洗缠绵悱恻的月光浴。依稀有两个客人出了房子，阖上街门，身材一高一矮，在雾中穿梭，从灯笼下飘逸，下了坡，上了青石板路，呱嗒呱嗒，呱呱嗒嗒，两只烟头相遇，突兀猩红，像两只狼眼，闪闪烁烁。脚步沉沉落落，人声空落，寥落。

　　"我看这岛上的蛋没有了，咱们该走了。""不行，挖地三尺，再看看。""老板，你这是杀鸡取卵呀。"雾粘住了人声，就像蛛网粘住了蚊子，却漏了时间，已近半夜了。

　　雾里有花，小巧巧的，张着小嘴，就像要噙母亲乳白的乳。有一只猫沿水井盘桓，被雾打湿的叫声却是那般呢喃，湿漉漉的，让人怀旧怀春怀愁。猫的肚子很大，拖着，雾中拖着，好像找不到下崽的地方。当年要是恐龙在世，那些小动物岂不贻笑大方，全都成了袖珍国的人物了。雾是棉花，盖在身上柔软喧腾；雾是海绵，起伏，跌宕，按下葫芦瓢起来。雾中的三棵松比平素来得庄严肃穆，擎天柱月，别有一番威严。那雾绊住了柱子的担杖钩，缠到了柱子的眉毛上，打湿了柱子刚生出的小黑胡子。沉甸甸的雾，压着柱子沉甸甸的水桶，白玉般姐姐的白身子在雾中晃动，一桶水下去，"哎哟，柱子，好凉呀！"夜凉如水，夜雾如笛。玉笛在雾中发出的声音传得很慢很柔，柱子听了好不舒服。他甚至过了这个暑假也不想走了，找借口在岛上辅导姐的功课，给姐姐讲讲恐龙的故事。这个家需要个男人，柱子仿佛一夜长大了。

正房的灯突地亮了，就像爆响一粒火星。

"你们还在玩水呀，都半夜了。"是三姑软塌塌的声音，又好像月亮上下落的声音。

一连三天，大雾弥漫，海豚未归；整整一个星期，白天黑夜，海豚仍未归。

下个星期一，海豚遭绑架了？难道他们真的要赶尽杀绝，斩草除根？看来，这个夏天柱子是无法回陆地了，他要和表姐找回那头不辞而别的海豚，它可是表姐唯一相依为命的伙伴呀。哦，雾岛三棵松！

五里铺

　　下县城向南走五里，看见海的时候，见一片清爽磊落的人家，就是五里铺。五里铺南北纵横，有一条幽僻的胡同，胡同十户人家门当户对列两边，有九家养犬，犬吠如豹。胡同的最深处住着姐弟俩，家中无犬，有猪，猪在圈里哼哼，牙疼似的。这一天姐姐玉儿起来得很晚，阳光把她那条油光水滑的大辫子差点点着，姐姐才起来。姐姐在穿衣服，她圆圆的两个光膀子，就像用白金铸造的，上面还有一些小窝窝儿，姐姐很胖很美。家里就一床被，炕是光板，严寒的冬天，我和姐姐挤在一床被里睡觉，有时免不了腿脚大战。姐姐说，你睡那头，我睡这头。于是早晨起来一看，我的臭脚丫，含在姐姐的口里。姐姐就用盐水漱漱口说："快起来吧，臭脚丫儿。"其实我的小名叫宝儿，是父母在世时起的，我们两人都没大名。姐姐把她那玉一样的身体裹起来的时候，就诧异地说了一声："怎么，今天大钟不响了？"

　　我家胡同前的操场旁有一口大钟，挂在一棵老榆树上。敲钟的是一个缺腿老翁，一跛一跛的，那钟声也一波一波的，就像海浪一样，一晃一晃地撞开我家的门扉、窗户，我和姐姐就醒了。敲第一遍钟是起床，第二遍是上工上课。那时我村没时间，一漫漫的，就像不醒的长夜，村民晨起晏息，都靠这口钟。当然村里有一座小钟在支书家里，那钟很小，很端正地坐在桌子上，像一个小学生。姐打一个哈欠，说起来晚了，就顺手向被里我撅着的小腚拍一下，说："宝儿，快起来，太晚了，日头照腚了。"

姐姐起床后，首先要瞅瞅圈里那头猪，看看是不是饿了，饿了我又要清晨出去讨猪草，我真怕那些露水和好长的山蛇。有一天清早，姐看我讨猪草没回来，发疯地跑。我藏在一棵柳树下，看姐姐火急火燎，飞也似的跑，日头照在她那浑圆的后背上，就像着火一样。姐姐的头发变成棕红色，就像苞米绒绒。我趴在柳下，既想笑，又想哭。后来，我在空旷的山野上吼了一声，姐姐才猛然止住了步子。姐姐骂了我一句："你怎么像狼一样，可吓死我了。"姐姐的胆量很小，晚上每有风吹草动，她都往我身上直偎，我抱着她，就像抱着一片柔软的波浪，那波浪清澈、柔滑、壮健。

我踩着露水去讨猪草，姐姐在屋里做饭，一是渣猪食，一是为我这个壮劳力做饭。星期天讨猪草，我不回来时，姐姐就把饭送到地头上。姐姐给我的饭也是两样，一黄一黑，黑的是地瓜饼，黄的是玉米饼。黑饼她吃，黄饼给我。姐姐看看蓝天白云，眼睛就像水洗的煤球一样，圆圆的，大大的，黑黑的，说："你看我干什么？吃吧。"我说："咱们是两口子多好！"姐"扑哧"一笑："就你人小心大。"这时就见山坡上跑下来一只兔子，后面跟着一个扛长枪的人，那人急喊："兔子，兔……"我从小长着一条兔腿，就倏地射过去。那兔子钻进灌木丛中，东躲西藏，六神无主。我看它那绿豆一样的小眼睛狡黠地闪着，就一个饿虎扑食，把兔子抓住了。扛长枪的在我眼前留下一条暗影，愤愤地说："兔子哪去了，奶奶的，消遁了？"扛枪的问姐姐："你没见一只兔子？"姐姐直摇头："没见，没见……""是不是你弟弟钻进灌木丛？""是的，他在里面拉屎。"扛长枪的猝然冷笑一下就走了。扛长枪的走下了山坡，把影子拉得老长。姐姐站了起来说："出来

吧。"我把那血淋淋的兔子擒了出来，姐姐惊愕地说："它挨枪了，怪可怜
的。别吱声，我把它带回去，给它养伤吧。"从此，那只兔子成了我家的客
人，它和猫一起睡觉。姐姐把它抚养得既壮又实，称称整五斤。我说："卖
了吧。"姐姐说："不用，留着给猫做个伴。我们家人丁太单薄了，它也算
一个。"可也是，自父母相继去世后，我们觉着一个大家子，仿佛一个早晨
消失了，孤苦伶仃。姐姐既要照顾我，又要喂鸡喂猪，家里各类小动物成了
姐姐的伴侣。猪每年要送走时，她都哭得泪人样。那时我们还小，猪那庞然
大物，我和姐姐都弄不了，于是就去求东邻西舍。叔伯大爷们来了，姐又
说不送了。晚上，我就在被窝里问姐姐："姐，怎么不送了？""再留一阵
吧，待地瓜下来。"可地瓜下来，猪很争气地恶长了几十斤膘，姐笑弯了
眉，看着哼哼唧唧的猪说："再养养它，你看它多么像一个菩萨呀！"一天
又一天，直等来年春天，青黄不接时，那猪才迫不得已送了。送猪的日子，
我家就好比过年，叔伯大爷都来了，他们把猪绑缚到车上，抬到供销社的磅
上称称，三百五十斤。猪杀了后，姐姐不敢看那残忍的场面，就吆我去割几
刀肉，给东邻西舍送去。我被肥猪肉馋得直哼哼，姐说："算了吧，不吃它
的肉，一吃就像剜我的肉。"

　　夜里，姐在炕上睡着睡着就起来了，说那猪还好像在圈里，就出去看看
瞅瞅，回来再睡。直到圈里又有了新的小猪，姐姐才让我拿钱去割一刀肉，
我们包个饺子吃。吃了饺子，我更加卖力地在山野剜菜打柴火。每次我在山
里干得正欢时，那钟就响了，一顿一挫地转到耳膜里。我知道是打第一遍预
备铃，于是挥汗如雨地从山下跑了下来，回家拿一摞地瓜干，就直奔学校。
姐在后面心疼地喊："宝儿，晌午回来多吃点。"我气喘吁吁地跑到学校，
上课铃就响了。老师呵令我站到门外，狰狞地说："怎么天天迟到？"我站
在门外墙角，看山上飘起一缕缕的云，雪白雪白，像新摘的棉花一样。我看

远处黄海风帆一页页的，比云还白，还缥缈。云里雾里，我站在窗外听课，那课讲的是《草原英雄小姐妹》，我听着听着，眼泪如雨，哭了。晚上，我和姐姐钻到一个被筒里，她那全是肉窝窝的小脚，暖着我这双干枯的大脚，我向姐姐讲着《草原英雄小姐妹》，讲着，讲着，就听到姐姐"嘤嘤"的啜泣声。《草原英雄小姐妹》，我尽管没上，但照考100分。老师和姐姐很纳闷，不上课，怎会考100分。我的诀窍是拾草篮里装一本书，忙里偷闲，闲来看书，在山深人无语的时光里朗诵，听着泉水叮咚，看着风拂柳叶，山影在一点一点地移，我轻轻阖上书页，背着满满的草篓回家了。那年月，圈里的猪，就是一个宝贝银行。我们卖了猪，姐姐过年，就可扯块花布缝个褂子，打扮得漂亮一点儿。那一年，我有小胡子的时候，竟然卖了两头猪。姐说："你该像小猪一样，要分窝了。"当时，我不知啥意思，晚上就见姐姐在整一块花布，炕上还放着大堆棉花。原来姐在絮一床棉被，姐边絮边嘟哝："这么大的一个人了，也不知害臊，和姐捂一床被。"我看灯下的姐姐睫毛细长，脸飞霞光，就说："姐，你今天真美。"姐说："美吗？给你找个好姐夫。"我知道"找姐夫"三个字，就意味着姐姐早晚要出嫁。一提到"出嫁"二字，我头发梢都发愣，倘若姐姐去另一个陌生人家，就好比树倒猢狲散，我上哪去呢？所以一听到姐姐要出嫁，我就直流泪。姐说："等给你办弄个媳妇，我再走。"我"嘿嘿"一笑："算了吧，要什么媳妇，有你就行了。"姐姐撇撇嘴说："那可不一样，男大当婚，女大当嫁，这是规律。"我始终违背这个规律，一到天黑就钻到姐姐那床旧被筒里，我觉着一切都是旧的好，旧人，旧事，旧朋友。姐原本把那床新的棉被让给我，可早上起来一看，我又睡在她的旧被里，我们身上擦着两床被。有一天，我终于像长大一样，自觉搬到另一间房子睡了。我把猫和兔子留给姐姐，我说："让它们陪着你。"姐姐嫣然一笑，说："家里有你这个大个子，我怕啥？"

　　有一阵子，我一到天黑，就跑到自己的炕上，就着油灯读书。姐姐就慢慢地偎过来，直到她那秀发水一样拂在我脸上，才猛然呼吸到姐那温馨芬芳的气息，那气息胜过世上最馥郁的香气，最娇嫩的花朵，姐姐的美如盛夏的水果。她几近害羞小心翼翼地问我："你在看什么书？"我说："《钢铁是怎样炼成的》。"姐说："看那干啥，化成水不就炼成了吗？"当我把保尔·柯察金和冬妮娅的故事告诉她时，姐抱头恸哭。姐说："他们太了不起了，咱们应像他们一样，活出个人样儿。"

　　在我离开那个小村，到三里外的中学读书时，校长问我："寄宿还是走读？"我不假思索地回答："走读。"我看出姐姐那双水汪汪让人欲哭无泪的眼神，她甚怕我寄宿呀。我安慰姐说："别怕，我晚上就回家。"姐点点头，会心地笑一笑："放心，走吧。"

　　没有人在离开那个小山村，那里的亲人，那暖暖远人村、依依墟里烟时不掉泪的。我看着姐姐站在山坡下越来越小的身影，一泓热泪兀自从眼眶滚出，滴落在地上。我走了，家里再发生什么事情，我也看不到了。

　　有一晚，我回家，看姐姐眼里盈满泪光，就问姐："谁欺负你了？"姐说："没什么，有你大个子在，谁欺负我！"姐姐闷闷不乐地吃饭，我觉着家里有些不地道，就四处逡巡一下，发现兔子不在了。我急问姐姐："兔子哪去了？"姐说："串门去了。"那一晚，我复习完功课很晚才睡下。第二天早上上学时，我碰到童年的伙伴，他说："你家里发生了事，你不知道？"我说："什么事？""你家养了好几年的兔子让强盗抢走了，他说那兔子是他打的。"一提起强盗，我就知那是支书的小舅子，整日游手好闲，常扛着一杆猎枪在山上打猎。我知那早兔子是他打的，但他没捡到，是我在灌木丛捡的。伙伴又说："难道你不知道，自你离开村里，那家伙盯你姐姐好久了，你姐没告诉你？"我说："我姐那人宽宏大量，什么苦水都倒在肚子里，我不在家，她说什么也不会和他们理论，逆来顺受。"

晚上我就问我姐："那家伙除了拿去兔子，还干了什么？听说他盯你很久？"姐详细地给我介绍了事情的原委，原来那家伙趁姐去井边挑水时，实施跟踪，上茅房时，就趴墙头看，从墙缝里瞅，我家里的门一响，他一准探头探脑的。我把袖子撸到胳膊上，气愤地说："我去揍他一顿。"姐紧拉我一把说："看把你能的，别去，他是支书的小舅子，咱们小胳膊拧不过大腿，算啦，把志气长在别处。"姐用会说话的大眼剜我一下。

东方不亮西方亮，黑了南方有北方，这口气总算咽下了。我把志气带到了学业上，我发誓要带着姐姐离开这个遥远的小山村，远走高飞。姐说："猪怎么办？鸡怎么办？上学的花销从哪里来？"我笑笑说："面包会有的。"

我们在各自的战线上奋斗，姐起早贪黑，山上打枣，海里摸鱼，解决我的学费。那一天，我回家好晚，姐才回来，她高高地挽着裤腿，露出雪白的大腿，在灯光下，瓷一样白。我说："姐，你这是干什么，当海碰子了？"姐眉飞色舞："是的，今天我捞了两个海参，咱熬个汤过过洋瘾。"我说："姐姐，算了吧，你卖了吧，看你衣衫破旧的，多久没换件衣服了。"我边说边兀自流出热泪。姐常说人靠衣装马靠鞍，自从出村上学后，姐把我打扮得干干净净的，她反而补丁摞补丁。她说她平日在家里锅台转，只要鸡鸭鹅猪们不嫌弃就行了，没什么，我是大男人，出门在外，要体面争气。姐那么金贵的玉体，穿这些破衣烂裤，实在玷污她呀。

第二天，我领着姐去了我上学的那个小镇。这里尽管也有村庄，但毕竟有点城市模样。姐拿着那两个海参和一些海螺，就在集上摆了摊。由于没有秤，姐就用碗量海螺，海参数个，一样卖。下两节课后，我去见姐姐。她站在那里，看着南来北往的人，脸上挂着笑。她卖了一个海参，五块钱。姐从衣兜里拿出那五块钱看一下，装进去；又掏出，再看一下，再装进去，如获至宝。一想到她到那么一个荒岛捡海参，我就心有余悸。姐说没什么可怕的，邻村有好多人。姐做小买卖，第一次尝到了甜头，晚上就悄悄对我说："这些钱攒起来，留着给你念大学。"钱在一分一文地攒，她甘之如饴。姐姐越来越丰满，越来越漂亮，海风像在她脸上镀了一层胭脂，白里透红，周身洋溢着一种渔家女的壮美。看姐心情那样好，我告诉姐，你知道那一早那口钟怎么突然没响吗？姐说，不知道。我恨那口钟，它天天让我迟到，在门口罚站，就像白蛇娘子恨法海，它应该在雷峰塔下。姐姐紧紧抱着我说："好弟弟，那些年可苦了你，既要讨菜喂猪，又要上学。"

　　一想到那个晨钟消失的早晨，我就好笑。那一早，由于没打钟，学校上课全晚；那一早，由于没打钟，婆娘们在家里睡了个懒觉。生产队长气得愤愤的，都睡死了，麦熟一响，不等人呀。支书命令小舅子千方百计抓到偷钟的人。打钟的人一瘸一拐地向支书解释，那一晚，他确实睡得太死，一点动静也没有。派出所派来了人，排查先是在学校进行，我怕了一天，一天没上课，躲在山里看书。支书小舅子，肩扛长枪，在山里走来走去，状若野鹤，面露狞笑，发现可疑的迹象，就拉开长腿火速向支书禀报。整整搞了一个月，人心惶惶，不可终日。最后矛头直指瘸腿敲钟老翁，老翁还是说，那夜我喝了点酒，睡得太死，什么也不知道。支书说，什么也不知道，罚你一个月的工分，看你知道不知道。瘸腿老翁比江姐还厉害，就是不知道。那口钟也许在水井下睡得太沉了，上面不知长了几层铁锈，那激昂澎湃的钟声早已从黄海海面消失，敲钟人为我受了委屈，我太对不起他了。

　　整不出谁偷的钟，就聋子放炮仗——散了。人们皆大欢喜了几天，又买了口新钟，日子照旧，但瘸腿老翁却解甲归田了。

后来，我和姐姐带着消失的钟声，来到我所在的那所大学的城里。姐姐在校门口租一爿铺子卖馄饨，一个常来铺子吃馄饨的大学教授，成了姐姐的意中人。姐不好意思地对我说："他看上了我，可我怎么和人家平肩膀呀，大字不认一个。"我说："姐，你长得美呀，心数又好，又勤劳，有这就够了。"后来，姐姐还是等着我有了意中人，她才结了婚，她那年已二十八了，第一次穿上了旗袍。当婚车在我村跑过去后，她那开衩很高的旗袍飞舞着，迷失了我的双眼。我想起了姐姐穿着的那些破衣烂衫，泪如雨下，姐，咱们终于熬出头了。

婚车在村里兜了一圈，让地下的父母和村人见到后，就开回城里。五里铺远了，晨钟消失了，黄海就像一面擦亮的镜子在眼前一闪。再见了，我那遥远的小山村。

遗失在时间河床里的钢笔

　　或许在书堆里长大的关系，我从小梦想当个小说家，以度过我的戏剧人生。做这样的文学梦，除了六岁小孩的懵懂无知外，大茔盘旁边村里那栋唯一的供销社，也产生过很大的催化作用。那支华丽的黑色钢笔，是我献身文学的目标，那精心打造的细致笔杆摆在货架上，宛如皇冠上最亮眼的珠宝，它的笔尖是金银交错的雕花，闪亮耀眼。有一次，我和父亲一起出门时，终于忍不住吵着要他带我去看那支钢笔。父亲说，那支笔起码是给大队会计或小学校长用的。我在想，这么精妙的笔，一定可以写出各种神奇的文章——从小说到《十万个为什么》（那时我把《十万个为什么》看成全世界最棒的书），甚至是最具神力的信。我还天真地以为，用这支钢笔写的信可以寄到任何地方，包括我母亲一去不回的神秘地方。

　　有一天，我们临时起意，决定进去问问那是支什么样的钢笔。一问才知道，这可是笔中之王：限量生产的上海金星钢笔。

　　"不知道这么珍贵的笔要卖多少钱呢？"我父亲问道。

　　"五十八。"

　　店员说出来的数字，让他的脸色立刻惨白，而我呢，从头到尾就只是目瞠口呆地盯着它。店员把我们当成物理教授似的，滔滔不绝地说着艰涩难懂的合金技术、德国的珐琅、革命性的活塞原理……一切都是上海制笔工艺的极致展现。我不得不替这个店员说句好话：虽然我们一副穷酸模样，但他还是很大方地让我们拿着它看个够，不仅如此，他还灌上墨水，让我用那支笔在破报纸上写下了自己的名字。接着店员又用呢绒布把它擦拭干净，放到货架的宝座上。

"或许，我们改天再来吧……"我父亲低声说。

走出店门后，父亲非常温柔地告诉我，那支笔的价钱不是我们能负担起的。迟早要送我去好学校，奶奶的病，圈里的猪才刚过门儿，至于尊贵的望不可及的上海金星钢笔，我们要再等一阵子。我没吭声，但父亲能读出我脸上失望的表情。

"这样吧！"他提议，"等你到了开始写作的年纪，我们就回来买这支笔。"

"如果被别人买走了怎么办？"

"不会有人买的，相信我。如果真的被买走了，我们就请铁匠铺的王老五帮忙做一支，他那双手巧啊，可是大师级的人物呢！"

王老五是我家附近的一个钟表匠，据说从他爷爷那代就会修理钟表，他可是我们这一代最有学问、最有教养的人。他是最懂得时间的长和短的，他家的钟响起来，一条胡同都在演奏。他还能让时钟倒转，走到过去，走进回忆。我想如果王老五让时钟倒转一年，让我再见见母亲，那有多好呀！我猛然沉思下来。

"万一王老五做不出这样的笔，那又该怎么办呢？"

单纯的我虽然小小年纪，但考虑得可周到了。我父亲听了，眉头一皱，大概是怕我听多了王老五那些神乎其神的传说，想入非非。

"王老五对机械原理非常在行，要他造一辆吉普车都没问题。"多亏，那年冬天部队来我村拉练，我才第一次见到吉普车。

我对那支笔的昂贵价格坚信不疑，对王老五的精湛工艺宠爱有加。不过，说实在的，如果王老五能帮我做一支复制品，我觉得也不错。时间长了，复制品一定能达到上海的层次。让我欣慰的是，如父亲所料，那支上海金星笔几年来，一直摆在货架上，我就像朝圣一样，每个礼拜都要去看看。

"还在那里呢！"我惊讶地说道。

"它在等你！"父亲说道，"它知道，总有一天它会属于你，而且，你会用它写出一本惊世大书，像《封神演义》。"我知道父亲每天晚上都在偷偷摸摸研读《封神演义》。

"我要用它写封信，写给妈妈，这样她就不会孤单。"父亲睁大眼睛，定定地望着我。

"妈妈并不孤单啊，她跟祖先在一起。而且她还有我们陪着，只是看不见她罢了。"

这个理论，学校最疼我没母亲的大胖女老师也给我说过，她最擅长解释宇宙各种神秘的事物了，从留声机的构造到牙痛原因。不过，同样一件事，从我父亲嘴里说出来，连地上的石头都不会相信。

"祖先为什么要把妈妈留下来？"

"我也不知道啊！哪天我们看到他了，再好好问个清楚。"

后来，我渐渐放弃了给妈妈写信的念头，因为我觉得，还是一部伟大的著作比较实在。家里没有钢笔，所以父亲给我一支做木匠活用的2B铅笔，让我在他那没用的账簿上随意涂鸦。凑巧的是，我的故事描述的就是一支充满传奇色彩的钢笔，和我在店里看到的那支很像，而且，它还着了魔！说得更确切一点：一个落魄小说家在饥寒交迫中死去，他那备受折磨的灵魂就附在笔上了。后来，它落到一个学徒手上，借由学徒的手，这支笔写下了小说家死前来不及完成的著作……我不记得这是从哪里抄来或者看来的故事，但可以确定的是，我后来再也没有过类似的灵感。我很想在账簿上把这个故事好好写下来，结果却惨不忍睹：文句毫无创意，故意表现的暗喻，让我联想到街上蹩脚的大字报《倒上潮》。我把一切都归咎于铅笔，更渴望那支使我变成大文豪的钢笔了。父亲一直很关注我的写作有没有进展，他的心情掺杂着骄傲和担忧。

"你的故事写得怎么样了？"

"不晓得！我想，如果有那支钢笔，一切都会完全不一样的。"

根据我父亲的想法，那只是在创作初期才会出现的情况。

"你继续写，在你写完第一本书之前，我会把笔买回来给你的。"

"你答应了？"

他总是喜欢用严肃或沉默回答我。还好，我的文学梦只是说说而已，没多久它就烟消云散了，父亲也不必为此白白破财。我只是一时对钢笔好奇罢了，随便买一支笔就可应付过去了，而且价钱便宜，也符合家里的经济状况。童年的兴趣，就像任性、不忠的恋人，没多久，我就变心爱上了钓鱼、拾草和种瓜点豆。父亲有一种极为矛盾的心理，他既怕我迷恋菜园大海，成了野孩子，荒度学业，又想着让我与胡同那帮整日撒欢玩耍的孩子拉开距离。他希望我懂得稼穑，又不忘学业。我后来再也没要求父亲带我去看那支上海金星笔，他也不再提起。对我来说，那是一个已经消失的世界。不过，这么多年来，父亲在我心目中的印象，始终是身材瘦削，有胃病，总是戴着和穿着那个当军官的姑父给他寄来的二手帽子和军用裤子。那裤子是的确良的，父亲总是把袖子挽起三道，仿佛怕磨破袖边。他买的一辆大金鹿自行车，天天挂在墙上，车梁和车把都用女孩扎头发用的塑料布片缠着。有人要借车的时候，车明明就挂在那个破烂的草棚里，奶奶也要说："不在，借出去了。"这么节俭的人，却愿意给儿子买那支昂贵的、根本用不上的钢笔，而且是上海产的？

　　父亲很内疚，虽然一直活在过去的记忆里，却绝口不提往事。我在"文革"后的风暴潮里成长，一直以为这个贫穷、停滞不前、隐藏着仇恨的世界，就像水龙头流出的自来水一样自然，我认为这个千疮百孔的村庄里那么多无言的哀伤，就是它内在灵魂的核。童年的陷阱之一，就是只存有对事物的感觉，却不了解原因。当理智成熟到足以了解它的来龙去脉时，内心受到的伤害已经太深了。那年初夏的夜晚，我走在阴暗的街头，一直想着母亲的死。她是一个大家闺秀，皮肤白皙，脸庞饱满圆润。她是在一场又一场突如其来、紧锣密鼓的风暴中吓死的。在我的世界里，死亡像一只无名氏的魔手，一个挨家挨户敲门的推销员，抓走了无数个母亲、街头乞丐，甚至还有九十多岁的老人，仿佛他们都中了地狱的彩票似的。死亡，可能就在身边，它有着人类的外表，内心却被仇恨所荼毒；它可能早上还带孩子去洗衣服，下午却无情地让某个人消失到无名之冢……这些都是我这个小脑袋想不透的事情。我把整个事情想了一遍，突然意识到书本里的世界并不是我想象的那样真实存在，它只不过是舞台上的背景和道具而已。在那些逝去的年代，童年的终止，就像远去的风帆一样，谁都不知道什么时候回来，也许消逝到季节的风暴里，一去不复返了。

　　那时，我和胡同里的一位姐姐，放学后就到山里拾草剜菜。圈里养着一头大肥猪，父亲告诉我把它喂大了，就可给我买那支钢笔了。那时，我在班上的作文，经常被老师念，有时还贴在学校的墙报上。胡同那位姐姐长我一岁，经常瞪着两颗美丽空洞的大眼睛看我，因为她的父亲已告诉她不能再上学了，家里的收入仅能供她弟弟一人上学。她拾的草每次都比我多，我每次拾的都比她少很多。天愈来愈黑了，两只大雁向北飞去，冬天来了，我急得哭了。姐姐说，没关系，我帮你拾。姐姐很勤劳，一会她就帮我把篮子拾满了。沿着崎岖的山路往外走时，天上就出现几颗硕大的星星。我看到姐姐背着一个小草垛在移动，气喘吁吁。姐姐说，等你长大后，就别拾草了，到大城市里念书，可别忘了这个姐姐。我看着姐姐那补了一块又一块补丁的毛蓝裖子。姐姐说，你盯我干啥？我说我想有钱时给你买件衣服。姐姐将那件破烂的衣服向上提了提，就露出一截玉白的肚皮。姐姐羞赧地看着我说，人小心大。说实在的，我那时确实比一般同龄人多读了几本书。村里有一个光棍，家里有一本《三国演义》。我上他家里借了八趟，每次都给他推磨，挑水，最后那家伙终于让我看了一个下午。我把这事告诉了姐姐，姐姐在一个小山坡上紧紧搂着我说，弟，好好干活，等姐攒够了钱，咱也上城里买本什么"义"呀！那个时候，我经常看到姐姐把一些破网线、碎玻璃什么，送到供销社卖了，她把钱存到一个小罐里，说，等攒够了，姐带你到城里买那本书。我说，姐不用了，咱供销社有一支笔，我挺喜欢。姐说，我说你天天跑供销社呀，原来是为它呀，多少钱？五十八。姐姐看看那个钱罐里，才五块八。在那个年代里，那也是一笔不菲的存款呀。我的姐姐，省吃俭用，尽管穿着很破，时常捉襟见肘，但她总喜欢哼哼一些歌曲。我给她讲故事，讲《林海雪原》的白玉和少剑波，姐听得眉飞色舞，常说你再讲一遍。

我那时又怪又坏，常常把姐姐哄着引到幽僻一点的稻草堆下去，且别出心裁，把中部的草拖出，挖空成一小屋，就在这小屋中陪姐姐谈天说地，显得既谄媚又温柔。有时话语说得不大得体，使姐姐生了气要走，我就设法把姐姐的一件东西藏到稻草堆的顶上去，非到姐姐有生气样子时不退。

慢慢地，各个山坡各个村落各个人家门前的大树下，把稻草堆成怕人的巨堆，稻谷已上仓了。这稻草的堆积，各处可见到，浅黄的颜色，伏在叶已落去的各种大树下，远看更像一个庞大兽物。有时人家还将这草堆作屋，就在草堆上起居，以便照料那些山谷中晚秋方能成熟的黍类薯类。我和姐姐常常在稻草垛里照料这些待成熟的庄稼，有时我趁解手的空当，故意走掉，让姐姐找不着。姐姐在秋风中声嘶力竭地呼喊我："弟弟——弟弟——"我在草堆里故意笑她那痴情的模样，多么恶作剧呀！后来我从稻草堆里钻出来时，看到姐姐两腮挂满泪珠。姐姐说："就你坏，让姐急死了。"姐姐非常喜欢我，因为我会给她讲好多的故事，她那苍白平实的生活里，自然需要有这么一个弟弟来填充。

　　后山上那柿子已红了，姐姐一天总为我去偷几次。偷到也不能吃，太涩，就放在草垛里捂。姐姐诙谐地说，柿子感冒了，发发汗就好了。我知道姐姐是骗我这个馋嘴弟弟。一天，我一憋气偷吃了四个。草也不能拾，腹胀如鼓。姐姐说："我的好弟弟，怎么了？"我说："孙悟空在蟠桃会上，偷吃了西天的桃子。"姐姐掐我一下，说："让我来看看？"她就掀起我的衣服，在我的肚皮上拧了一下，我疼得"哎哟"一声，姐姐说："就你馋，疼死你这个馋猫。"然而说着说着，她就开始轻轻地抚摩着我的肚子，眼泪就"吧嗒吧嗒"地滴在我的肚子上，幽凉幽凉的。姐姐喃喃私语："肚疼找老猴，老猴在家磨刀儿，吓个小孩蹦高儿……"我在姐姐温馨的絮语中睡着了，梦中我看到她脸上挂满了晶莹的泪花。有了姐姐，我似乎终于从父亲那严肃凝滞的影子里溜了出来，那个在遥远的地方的母亲也似乎忘了。有一次，我和姐姐拾草路过妈妈的坟边，上面已长满萋萋的荒草。姐姐说："我至今记着妈妈的样子。"她也叫我的母亲是妈妈，又说："妈妈总是扎着两条大辫子，皮肤白得透明。"仿佛我们的妈妈没死，她还款款甩动着两条大辫子。后来，我和姐姐渐渐大了，看到母亲那日渐塌陷、日渐瘦小的孤坟，总是隔老远瞩望一会就走开了。有时我们在山里干活累了，就回头向那坟望望，坟上的茅草在不停地点着头，就像母亲的长睫毛在不停地眨动。每逢我们拾掇一大背草，总在母亲的坟旁站一会，显摆一会儿，那意思是让妈妈看看她儿子已长大了，一天的收获多不多呀！后来还是姐姐牵牵我的衣角，幽幽地说："妈妈看到咱们了，咱们走吧。"哀伤，凄楚，无声胜有声，姐姐的眼里滚着泪花。

卸过柴草后，站在门边望天，天上是淡紫与淡黄相间。放眼望各处，村庄的稻草堆，在薄暮的斜阳中镀了金色。各个人家炊烟升起以后又降落，拖成一片白幕到天边。远处割过禾的空田亩，禾的根株作白色，如同一张纸画上无数点儿，一切光景仿佛全是诗，字句韵脚说不出的和谐，说不尽的美。

在光景中的我和姐姐倚在门前老槐树下，听蛐蛐叫，早忘了世界上还有眼泪和别的什么东西。

我们家猪圈里的那头猪，越来越圆，越来越肥，肥得懒得动，懒得叫，整天睡觉。一睡觉就打鼾，鼾声震开所有人家的门。人家睡不着觉，都来看那猪，那猪浑然不知，只是睡。人们对我奶奶说："猪好送了。"奶奶皱皱眉："不急的。"姐姐也来了，站在院里说："不急的，让它再长长。"猪不愿吃饭，只吃草，吃糠咽菜，一天只吃一块地瓜，还得送到嘴边。我和姐姐把地瓜送到它嘴边，它看看我们又睡了。我们就给它挠痒痒，它睡得更沉更实了。猪像是充足气的皮球，大得那窝愈发小了，家里来人了，准备把它送走。姐姐的爸爸来了，拿了大秤。那猪乖乖束手就擒了。猪沉得无穷大，超过大秤的上限，于是又搬来供销社的磅，它躺在磅上，还打着惊天动地的呼噜，又重重放了三个响屁。称了一下，整五百斤。我们村约有六百年的历史，从没见过这沉的猪。它真造化了我家。我和姐姐都哭了，供销社的店员说："看来那钢笔有主了。"是的，自从有了姐姐的陪伴，我有好长时间再没到那店里去了。原来那钢笔还在那里。肥猪卖了二百多元，在当时不啻一个天文数字。我看父亲把那钱数过来，数过去，一会放在炕席底下，一会又放在抽屉，仿佛那钱会长腿跑掉似的。我家那条胡同很深很长，但绝少听到有失盗的。王老五家摆了满屋的钟，钟一响，七零八落，纷纷扬扬，就像悠悠飘落的树叶，给胡同铺了一层又一层。有一年，他家丢了一挂钟，被村中一游手好闲的小偷盗去，但是他不敢用呀，到点就响，于是他就放在被窝里捂，埋在柴草里藏，藏了一阵，那家伙居然不响了。不响了，他觉着心里空得慌，就把它端端正正放到了桌上，拍了又拍，拧了又拧，按了又按，那针又走了，但未响。小偷高枕无忧去赶集了，刚走不远，那家伙又响了，恁清脆的，就招来很多人。小偷像那头猪一样束手就擒了。从此，小偷在我村差不多绝迹了。

　　我们家里的猪卖了二百元钱，总不算冒富，因为那是猪的功劳，谁家能养出那么大的猪。我看到父亲这几天来犹犹豫豫，似乎在下一大的赌注，所以我和姐姐很卖力地干活，拾草剁菜，圈里又放进一头新的小猪。

　　那天我下狠力地背着一个大草垛回来了，蓦地看到桌上那支亮晶晶的金笔，老远光芒万丈。奶奶说："你爸把那笔给你买来了，从此，你就是我家的秀才，长辈你老姥爷是秀才，满清的秀才。"我家终日放在炕上的那本《西游记》，就是老姥爷的，上面写满"孙行者"，所以我时常问大胖女老师"孙行者"什么意思。父亲依旧很严肃又很慈祥地把我叫来，如释重负地说："那笔，我已买来了，你把它藏好用好，用你奶奶的话说，咱家要出个秀才！"是的，那时我就是我们家喝墨水最多的学生了，有初二的学历。对门的姐姐非常羡慕我会看《三国演义》，能讲《水浒传》。有一次，王老五很害羞地请教我："你说，这钟是谁发明的？"我毫不含糊地说："伽利略。"王老五有点耳背，贴着耳朵说："什么亮（略）？""伽利略！""噢，家里亮，外国的名字吧？"我说："是。"从此，王老五见人就说咱胡同出个念大书的，知道"家里亮"。他一说，我姐姐就脸红。我别着那支金笔出村念书了，姐姐背着草篓拾草去了。放学回家，我要过一条河，姐姐在河边等我。我看她眼圈红红的，就说："姐姐，你哭了？"姐说："没有，你看我眼里是不飞进了一只蚊虫，你给我吹吹。"我很认真给姐姐吹着眼，她有一双丹凤眼，那么好看，简直随时都在向我问好。这下姐姐真的哭了，眼泪突涌，哽哽咽咽："弟弟，今天一天，我像掉了魂似的，你是不把我忘了？"我说："姐，哪会呢？"姐姐从兜里摸出一把山枣塞到我手里："我知道你喜欢吃这东西，刚熟的，以后，每天姐在这等你，给你送山枣。"我说："姐，星期天，我回来与你一起拾草剜菜。""不用的，好好学习，这不我又给圈里的猪剜了一篮子菜，它会像你在时吃得一样好！"我把姐姐搂在怀里："我的好姐姐，想得真周到。"姐姐抬起头来，眼泪汪汪地望着我："你都有小胡子了，你大了，以后再不能这样搂姐姐了，让人看了多不好！"姐姐看到我兜里别着的那支钢笔，眼睛亮闪闪的："你把那笔拿下来，让我也能看一下，摸一下。"我把笔拿了下来，姐姐一面抚摸着一面说："好沉，好亮呀，一下能写好多的字吧？"姐姐把我说笑了，但这是苦涩的笑。我说："它与普通的钢笔一样，也是一笔一画地写。"姐姐会意地说："好好地写，写一本大书，把妈写进去，把姐写进去。"我说："把那头五百斤的猪也写进去。"姐姐笑了，她的笑竟是那样灿烂，明眸皓齿。

那支笔，陪伴我念完了高一，有一天丢失了。那是一个星期天，我陪着姐姐去后山洼拾草。那里有一片浩大的苇荡，苇荡里一些鸟叫嘹亮生动，那水湛蓝清澈。又是一个热天，我对姐姐说："我去荡里走走。"姐说："可小心，里面有蛇。"我说："你当我还是个孩子。"就一人钻了进去。苇荡里好静、好深沉，一些鸟儿一动不动地在静静地孵着卵。我把衣服脱了下来，放在一片柳丛上，就洇进水里洗起了澡。西天已布上了晚霞，我还在水里扑腾。姐姐柔柔地喊："弟弟，回来吧，快黑天了。"姐知道我大了，也知道我一丝不挂在里面玩水，不能近前，我们之间已不知不觉产生了距离，于是只能远距离喊："弟弟，快回来，天眼看黑下来了。"我知道姐姐怕黑天，于是就仓促地穿上衣服出来了。姐一脸兴奋和恐慌地瞧着我："想不到我弟弟这样好看，好一个迷人的小伙子。"姐姐给我将着头发上的水，深情地说："刚才你在水里那阵子，我好怕呀！有毒蛇。"姐姐指着旁边的一个篮子说："你那篮子，我已拾满了。"我们各自背着一篮草，姐姐一直拉着我的手，她甚怕我走远。自从上了高中，姐姐每天都在小河旁等我，不是给我一捧山枣，就是一个桃子或甜瓜，我看出她甚怕我越走越远，就硬拉拢我。

　　真的越走越远，我把那支钢笔遗失在时间的河床里，那片苇荡成了我丢失钢笔的源头。钢笔丢失，我不敢告诉父亲，只告诉了姐姐。姐姐说："不要急，我觉着它不会走远，就在那片苇荡里。"有一天从学校回来，父亲突然向我要那支钢笔，说是要给远在新疆的三姑写封信，我一时目瞪口呆，吞吞吐吐地说："钢笔，丢了……"父亲一个耳光捆了过来，愤愤地说："你怎么不把自己丢了，我看你天天翅毛撅腚的，鼻插葱装象……"父亲的一句话重重的，如钉子一样把我钉进三层地狱。父亲暴跳如雷，声音穿过整个胡同，把王老五家的钟声也盖过了。我觉着那钟声不是响在现在，似乎响在过去，响在有母亲的年月，响在我和姐姐一起钻草垛的那段日子。那天我真的不该洗那个澡，要是有心细如发的姐姐陪我多好，可我是大人了，人长大多么糟糕呀！

　　姐姐来了，她瞪着两颗会说话的大眼睛看着我，生怕父亲打伤我，就猛拽我父亲的手："大伯，算了吧，弟弟不是故意的。"父亲两只手气得颤抖起来，我知道他是心疼那五十八元。那一晚，要不是姐姐甜言蜜语劝父亲，父亲非揍扁我不可。

第二天，我上学时，姐姐站在小河边等我，她说："弟，旺相点，吃一堑长一智，那笔，我去苇荡找。"我说："那里有蛇。""姐姐不怕，能找到的。"姐姐的眼神告诉我让我相信她。姐姐已开始丰满了，她是我在这个世界上最欣赏的女人。姐姐还是背着那草篮子，沿着那条山道远去了。

一连几天，姐姐在小河边告诉我，没找到。

又过了一个礼拜，放学后我在小河边没见到姐姐，觉着事情不妙，就急急赶回家，看到姐姐家的门前围着一群人。我赶忙挤进去，见姐姐躺在炕上，胳膊肿得老高，她用真挚的眼神定定地看着我，断断续续地说："要写……一本……大书……"又一手指着放在炕上那支金笔。姐姐被蛇咬伤，由于治疗不及时，晚上抬到医院，就死了。这下子，她和我天各一方，隔着比宇宙还远的距离。

第二天，我母亲的坟前，又多了一丘新坟，我声泪俱下地告诉姐姐："姐，别怕，有妈陪着你……"

那支钢笔，我至今还在用着，我有负姐姐的厚望，没写出一本像样的大书。惭愧。

临海的人家

夜幕刚刚褪尽，清晨接着来临，正是一个晴和爽朗的天。昨天，一场透雨把天空洗得蓝湛湛的，像刚从染缸里浸润的蓝布。远处天水相连处有叶叶扁舟，却也完全融于这苍茫的海天空阔处，谁也分不清哪是天，哪是海。天高远空旷，无际无涯，而太阳正在那天边处尽最大努力从海水里挣扎。近处有迤逦蜿蜒的沙滩，沙滩上有一片墨绿的树林。这正是城里的风雅人所谓的秋高气爽季节。

沙滩的这边隔着一条长带一样的海域到这岸，正站着黑魆魆一片人，他们大都是凤凰泉村的弄潮儿。不一会儿，可听到南岸"呀呀"的开门声，睁大眼睛可看到一个老儿，从一幢被花草树木掩映的茅棚里出来。他手搭凉棚向岸这边望望，接着抄起横在门旁的一根长橹，扛着径直向岸这边蹒跚走来。这岸上的人并不言语，只向老人轻轻一招手，你就会看到：老人站在船尾上，起了锚，又用那长橹只轻轻朝岸边一点，那小船便晃晃悠悠地向这边驶来。岸边无一人不知道，这是凤凰泉村有名的倔老头，他的大名仿佛也被取缔，故人人都叫他"老倔头"。这倔老头也真有股倔劲，凡事不求人。先前他还住在村里，搬在这里不几年，据说是和他两个儿媳妇闹矛盾，说穿了还是因为那倔脾气。小媳妇刚过门三天，他就闹着要分家，两幢新房子都让给两个儿子，他胸脯一拍，两手一肩就要单枪匹马地盖房子，另立锅灶。那些日子你可以看到：他天天推着一辆小车，从山上推石头，从山洼里推泥，两个儿子推着车子要帮他一把，被他三嗓子呛回了家。小儿子是个刚出师的瓦匠，零打碎敲地要帮他垒起五行墙，他把嘴一噘，眉毛一皱，粗声大嗓地说："去，去，看你那扎扎，好眼也让你疗治瞎了。"于是他搬来邻村最出名的瓦匠，整天细米净面地伺候。这几个瓦匠也投其所好，天天精挑细选，挑花绣朵，把石头凿得成镜片，到最后錾到像面粉一样簌簌掉时，那倔老头才让他们班师回朝。新房子住了没几年，他又觉得隔海太远，于是就用小独轮车把老伴搬到海上，偏安一隅，倒也落个清静。

一片咿呀的橹声过处，小船转眼驶过来。这老头，依旧精神矍铄，不减当年。他五冬六夏，刮风下雨不戴帽子，就连一顶草帽也决不沾边，所以他那头顶经日炙雨淋，风吹雨打，早已秃成一片，露着油光光、红殷殷的头皮，围着头顶留下一圈抖擞的白发，如秋天山顶上那枯败苍白的茅草。日月的年轮在他脸上刻下风雨剥蚀的印记，宛如常年在他脚下滚动的层层波纹，他古铜色的皮肤上也像抹了釉子。两双大脚板踏着厚实的海岸，眯细着眼睛露着慈祥的光，看着一个个渔家儿女接踵上船，好像这都是他的儿女。他弓着腰把船顶入水里，又向岸上回眸一笑，接着小船就飘飘悠悠地向那岸驶去。他几十年如一日，就这样摆了一拨又一拨，摆过他的上辈，也摆过他的下辈，现在又要摆他的孙子孙女，日出时将他们摆到那岸，日落时又将这些渔家儿女摆过这岸。有时大白天正中午，有人过水时，只在那岸将手轻轻一招，他那眼睛好使的孙女就会蹿身跑进小屋，叫出爷爷。如果老人正在吃饭，也将筷子一顿，准时将那人摆过这岸，晚上又摆回。也有那么不过意的外来客，将捕到的鱼抽一条给老人，老人一手挡过，摆头道："你们山里人没尝过，我都吃腻了，快走吧，家里大人孩子都等着你尝鲜呢！"

　　当红火球从海里跳到天上一竿光景，这时老人差不多摆过最后一拨人，门口孙女端着碗等着，小嘴嘟囔着说："爷爷，快吃饭吧！可饿死我了。"胖胖的老太太坐在整块树根劈成的木墩上，摇着纺车理网线。刚停火，烟囱里还冒着淡淡的炊烟，一缕缕地划入天空，袅袅地钻入那茂密的森林里。那草房矮矮的，房基都是整块长条石铺就的，也不上錾，凹凹凸凸的，洋溢着一种天然的风味。台阶的石缝和墙壁上尽敷着一层碧绿的苔藓。翁郁青翠，不透一丝缝的松涛，低低压在房檐上，小鸟可以在上面尽情地搭窝垒巢，伸手可及。有时老人一出门，刚一抬头，鸟粪就洒在他头上，于是他这一天就无精打采的，牢骚满腹。院里有七八只鸭，三五只鸡，在恣意走跳，两只鸡争着一个大肚蚂蚱，打得脸红脖子粗。

　　孙女把一条山梨木做就的饭桌就地放到沙滩上，一只小猫穿来穿去，亲昵地吻着她的裤腿，咪咪地叫着。整条鲅鱼放在碗里，顶上飘着狭长的韭叶，扑鼻迎来阵阵香气。老人把一只大橹放在地上，直接坐在上面。旁边走来几个七八尺长的男子汉，老人头一点，他们就围过来。老太太便把大把朱红的筷子分给他们。他们便弓着腰，很直爽地夹着肥白的鲅鱼肉，含在嘴里，尝了两口后，嘴也不摸一把，向老人微微一笑，就溜溜达达地走了。

　　退潮了，只听到沙滩"唰唰"地响着。蛤蜊的两个小孔在冒着气泡，蟹子也在慢慢地蠕动，小虾俏皮而欢快地蹦着，只听这里"唧"的一声，那里"哗"的一声，从沙滩那边涌起一片白花花的海猫，排着整齐的方队在慢慢向这边偷袭。它们在空中飞行，沙滩上便留下它们的阴影。于是一片"沙沙"声，蟹子在拼命地往窝里钻，正在晒太阳的蛤蜊也闭上了口。它们仿佛觉察到这场即将来临的风暴。渔家女便旋即挽起裤腿，露着雪白的、油黑的、白里透红的、白里透紫的圆滚滚的腿，那长裤直拉到大腿根，一窝蜂地扑入。她们敏捷地寻找着蟹子、蛤蜊的痕迹，凡是有蛤蜊孔，有蟹爪印的地方，她们都不放过。一阵窸窸窣窣地掏摸，蛤蜊和蟹子全都成了她们的俘虏。而这时的海猫便成了她们的探路者和侦察兵了，凡有海猫处必有妇女，凡有妇女处必有海货。于是远瞧近看，那沙滩上红褂子，绿褂子，蓝褂子，五颜六色。手脚麻利的妇女，兜子不一会满了，就撑着衣襟，大把大把地将蛤蜊扔在上面，毫无顾忌地露着一大截白花花的肚皮，男人们斜着眼睛直瞅，她们却脸也不红，心也不跳，仿佛这是情理之中的事，照样在日光下做她们的。

这时如果这些妇女们抬起头来向沙滩上一望，就会看到一个标致的渔家少女，在一挂渔网旁边织网，她那水汪汪的大眼睛宛如这日光下的空气，里面有热浪在滚动。她不时向下边刚没膝的水流看看，当看见爷爷拿着三齿叉子在没膝的水面上走动时，就又放心地低下头。在太阳底下，她红扑扑的圆脸冒着细汗，满脸漾起的红晕宛如雨后停在月亮边的疏云，鲜润的光圈层层漾开。

这时，打沙滩那边走来两个小伙子，一高一矮，那高的膀大魁梧，一条长裤搭在肩膀上，皱巴巴的裤头箍在大腿上，本地人唤作"拉北网"的便是。那矮的白皙面庞，温文尔雅。两个都来到姑娘身边，高个俯下身来给姑娘系网扣，一边慢慢腾腾地向姑娘靠拢。姑娘似笑非笑，娇嗔地斜睨他一眼说："看你裤也不穿，穿条裤头还泥一块，水一块的，快到我屋里换一换，弄不好，别过来磨蹭，猴急急的，也不知害臊。"这彪形大汉如听将令一般，一错身就窜到小屋里。那白皙的小伙叫海龙，一看黑油油的大汉二傻走了，就搭讪地跟海花说话："海花妹，你看我穿的这件套头紧身衫好吗？"海花头一仰，指着横爬过来的一个螃蟹说："好呢！可就是有点像它，没肠子，是一个无肠公子！"这时站在他俩身后的二傻子，还一手抓着裤子，八字站着，嗫嗫嚅嚅地说："海花妹，你看我像一个什么？"那口气含着百分之九十的讨好。海花"噗嗤"一笑，瞪着水汪汪的大眼睛，向四周一瞧，恰好看见挂在屋檐下的一串墨鱼，指着吞吞吐吐地说："你像一条墨鱼，黑不溜秋的。"这两个小伙子可不算了，一拥而上，将海花放倒抬起，准备撞碌碡，摆好位置，把那大腚就要朝树上撞。海花嘴还生硬："无肠公子、墨鱼两个不要脸的家伙，也不看这是什么时候，将来你们娶老婆还生无肠公子、墨鱼！"二傻子来了傻劲，瓮声瓮气地说："我就要娶你做老婆，生个墨鱼。"弄得海龙、海花哈哈直笑。两人抬着向后一送，眼看就撞在树上，海花连声地央求："海龙哥，二傻弟，你们饶了我吧！以后再也不敢骂你们。"其实心里早有了底，要不是海龙故意扯着她两条腿往后一拽，要让二傻那大的劲头早把她送上了树。海龙心里明白：要是海花撞个大青包，他还得给她吹呢。"海花，快拿网兜盛鱼呀——"是爷爷的声音。慵倦地躺在滩上的海花，一下跃起，拖着长长的、清脆的声音说："好来，孙女就去。"于是三个人一蹦一跳地向下跑去。

　　老人拿着一柄颀长的三齿叉，一条鱼从他脚边滑过，老人耸耸眉毛，瞪瞪眼，那叉子瞬即向鱼影叉去，捞上来一看，真是手到擒来，多好的手艺呀！海龙、二傻高兴得直蹦高。海花嘟嚷着小嘴说："我们家里的鱼都是爷爷这样叉的。天天这个时候，别人摸蛤蜊、抓蟹，爷爷却在这里叉鱼。"说话的时候眼睛斜着爷爷，露着钦佩、羡慕的光。他们都看到老人屏声静气，只见那锋利的钢叉"嗖"地飞出去，在阳光下闪着银色的光，如一道银狐划过，抬起叉来一瞧，又是一条活蹦乱跳的鲜鱼。海花高兴得手舞足蹈，溅起一裤腿水。细心的海龙好像看出门道，他和气地说："爷爷，来，让我试一下。"他像军人瞄靶一样，大气也不敢出一口，叉同样"嗖"地飞出。老人脱口而出："你捞上来看看，保证没叉着。"海龙不信，红着脸捞上来一看，果真如此。老人语重心长地说："这东西不是一朝一夕可学会的，我闯荡了半辈子，到头来，也就这么一招鲜。"孙女在一边偏着头说："爷爷，那你给我们讲讲它的要领。""叉这东西，首先要讲好姿势，身子向下微倾，手不颤，眼向下斜，看见鱼瞄准它的头部向前叉去，因为我们看到的鱼头是假象，由于隔着一层水，实际鱼头没在那位置上，而在我们看见的位置前面。"聪明的海花早领悟了，她高兴地对海龙说："海龙哥，这种现象不正是我们物理上学的光的折射现象吗？"老人接着说："老古语说，不怕读书少，就怕死读书。你们念了那么多年的书，也该懂这道理，来再试一下。"海龙试了好几次，才叉了一条鱼，乐不可支。

太阳在头顶时分已涨潮了，海猫从海滩边向树林里飞来，细浪微噬着沙滩。海上的妇女们撸着大脚丫，袒胸露怀，你挑我拐地向岸边涌来。海岸上来了一群人，有戴鸭舌帽的，有骑"电驴"的，有穿牛仔裤将腚分成两瓣的，这是一群小商小贩，头一次来这里。他们将一群女人团团围住，拨弄着算盘，拈斤播两，大把大把的票子从袋里掏出，扔给女人们。女人们掩掩怀，将手指在嘴里吮一下，一板一眼地点着，接着就见那笑像花瓣一样在脸上盛开，于是将篮里的蟹子、兜里的蛤蜊统统倾入"电驴"后座的箱子里。买主用手向上按按眼镜，甜蜜蜜地说："大嫂子，明天我们还在这里等着，你们还来送呀！"女人们神魂颠倒，脸红到脖根，言不由衷地说："明天我们不一定来呀。"她们都喜在心底，乐不可支地将厚厚的一沓钱揣在怀里，按了又按。

一个胸脯狠狠向前挺着的大黑老婆朝前面一个趿拉鞋的娘们说："我说他婶子，从来我也没卖过这么多钱。"前面的回头说："是呢，我也从来没见说过一个蛤蜊值这么多钱的，莫非咱们撞了财神呢？"前面那个俊俏的、露着白腿肚的新媳妇说："你们不知道，我们那大集上净是卖这样钱的，家家富得冒了油。"其他媳妇也都以好奇的眼光，看着这个从大县城里嫁来的新媳妇，心里憧憬着有朝一日能到大县城里风光风光。那县城离这里远着呢。

老人的小船驶到了水中央，当他看到岸上那黑压压的人群和突突冒烟的"电驴"时，橹戛然而止，小船在水中央徘徊了起来。老人眯细着双眼向岸上瞅着，岸上的人频频向他挥手。老人从来没看见那突突冒烟的"电驴"和那些花里胡哨的人，他鼓了鼓气将船向岸上驶过来，踌躇地在岸上抛了锚。鸭舌帽与墨眼镜都跳上船，将老人刚打上来的鱼尽情翻动着。鸭舌帽靠在老人旁边随手递过一支烟，老人一手挡过去，抽出长杆烟袋，衔在嘴里，点着就吸起来。那家伙依旧是甜蜜蜜地说："你的鱼我都买下，四块钱一斤，你看怎样？"老人的脑袋"嗡"的一声，双眉又是一阵耸动，眼睛眯细着看了鸭舌帽好久才说："你这不是胡来吗？我打了一辈子的鱼，还从未听说这等行市，这不是让我明睁眼色地骗人吗？这样的事我活了大半辈子还未干过！"那鸭舌帽翻动着两扇红嘴唇，红口白牙跑舌头："大爷，看样子你还不懂做买卖的规矩，素来物以稀为贵，我们买卖人搭在篮里便是菜，提在篮里便是蟹，犯不上给您老人家讨价还价。"老人将烟袋朝船帮上一磕，起锚就要走，鸭舌帽愕然了。墨眼镜又走上来也是甜蜜蜜地说："大爷，这鱼卖给我五块钱一斤，你看怎样？"这可真是火上浇油，老人愤愤地说："不用啰唆，这样的鱼你们贩给人家，人家吃了去死呀？你们活脱是一帮骗子，我的鱼贵贱也不卖给你们！"老人起了锚把他们轰下船去，那几个家伙一蹬"电驴"，一溜烟地跑了，尘土滚过，老人泥塑木雕一般。老人觉得好像他们又在骂他老倔头。

老人把小船悠悠地向回摇着。这时，海龙开着"嘭嘭"响的运沙的机船在他眼前驶过，冒出的青烟直冲云霄，螺旋桨翻起层层波浪，像盛开的白莲。孙女站在船边嘟囔着小嘴说："爷爷，你把鱼卖了吗？"老人没有吱声，他想起三年前买这船的时候，他拉着海龙的手直摇晃，绷着脸，耸着眉说："这船不能开，这样嘭嘭隆隆的，什么样的鱼不让它吓跑了！"然而，孤掌难鸣的犟老头，惯揽闲事的犟老头，到头来得到的只是伤心孤独，谁会听他的呢？

可怜的老头在水中漂了一阵，就靠了岸，抛了锚后，他把十多斤鱼一股脑儿都卸下来。今晚他已算计好要大摆筵席。

小茅房里又冒起了缕缕青烟，低压在屋檐上，盘旋不已，从窗口里冒出乳白色的水汽。老人在菜园的墙根旁撕几片大叶茴，割几垄马莲韭，摘几根柳条青黄瓜，弓着腰从篱笆内拱出来。大叶茴用来煎鱼。老伴儿就拿那大葫芦瓢将岸边的海水舀来。"吱啦"几声，起锅后，再将那整条的鱼方方正正地送入锅底，又是"吱啦"地冒出腥气和香气，接着将那大瓢内的海水倒入锅里。渔村人煎鱼时用的都是海水，说是那样煎出来的鱼鲜味不走。北山的人听说了这个妙法，买了鱼后还用那小罐提海水回去，于是城里高明的厨师有时也到海边提水。

一阵像高山流水一样的"咯咯"声传来，奶奶知道是孙女回来了，爷爷当然也知道。

沙滩上，一片松林围着一眼泉子，水汩汩地往外冒，海里的水是咸的，但这里的水却是甜的。海龙、海花各自细心洗着手脚。海龙问："海花妹，你到底看好我还是看好二傻子了？"海花脖子滚动着水珠，微歪着头说："二傻子虽傻乎乎的，但心眼好。"隔墙尚有耳，野外岂无人。他们的话被趴在树丛窥探的二傻子听见了，他的心里这个美呢，就像开了蜜罐罐。心里话：海花妹够意思了。又听到海花接着说："你肠子弯弯多，二傻子直肠子，你买船想当万元户，可他还在打蒙蒙呢！我当然是爱你了，可我总觉得二傻子有些可怜。""这没什么，买了船，我让他和咱在一条船上。可是海花，你怎么叫我无肠公子？""因为你想当万元户，把我都忘了，所以我才叫你无肠公子，也就是无心肠的公子。"海龙呵呵笑着，他捧着海花的白脸胖就吻上了。听到这里，二傻子愤愤地说："谁喜去，我才不去呢？"

夜幕徐徐降临了，松涛如泼墨一般低低压在屋檐上，寂静肃穆。蓦然一声枪响，一只兔子应声撞在一棵树上，身上中了数弹。远处断臂武松，一只袖子甩着走来。他老远就吆喝："海花妹，捡着吧，到口的菜。"海龙说："大哥，你好枪法呢？""什么好枪法，还不是王二麻吃烧鸡——藐而言之。"一边说，一边来到茅棚前。

老人已将风灯挑上，遗憾的是圆圆的大月亮只露着半个脸儿，而那半个脸已被浓密的松树罩住了，要是那半个脸也露出来，在这样晴爽的天气内，定能如同白昼。

断臂武松将一只血淋淋的野兔擎在老人面前说："大爷，这里有兔子，给你下酒呢？"这时，胖老太走了出来，颤颤巍巍地说："可惜晚了点，酒菜已准备好了，这东西留着明天你和老家伙下酒吧！"断臂武松在园子内扯了一棵山草，系了一个扣在兔腿上，就那屋檐下挂着。孙女将酽冽的酒从大口坛舀出，甜甜地叫断臂武松、海龙哥坐下，老人也忙着招揽说："都坐，今天你们一个也不许走，咱们聚在一起喝个痛快。"老人四下一看，疑问道："二傻子没来吗？"断臂武松说："刚才我还看见他在林里。"海花说："我找去。"接着听到海花那撒欢一样的脚步和清冽冽如甘泉一样的呼喊，她将嘴罩成一个小喇叭，"二傻哥，快来呀，爷爷找你——"沉静清脆的声音传入二傻子的耳畔，他步子有些踌躇，但听到是爷爷找他，又踅转朝林外走来。

等在林外的海花，看见他从林里钻出来，满头都是茅草，上去轻轻给他摸弄着，似乎将姑娘所有的温柔都用在那纤细的手指上。二傻子晕乎乎的，即使没有喝酒，也有些半仙了，宠辱皆忘，和好如初。女人真有一种神秘的力量，能使倔强的小伙变得婉顺，哪怕你是一头歪脖子牛，也能使你拐弯。

月亮半个脸露出来了，静静地停在两棵松树的空隙处，仿佛就那茅房顶上，用一根树枝挂着。房外是一片"哈哈"的松涛，满地都是散碎的银子，四周都浸润在水一样的世界里，仿佛门前台阶，老人坐的木墩、姑娘的脸上都浸润着秋天的恬静。酒已半酣，老人吧嗒着嘴唇，眯细着眼睛，开始说古道今，姑娘小伙子听得都入了迷，老人咳嗽一声接着说："咱们这个村子为什么叫凤凰泉，大概你们都不知道。沙滩上有一眼澄清的泉子，咱们至今还在用它喝水。泉子旁有两棵不知多大年纪的梧桐，那梧桐枝繁叶茂，冲天一样高。也就在这样的一个秋天里，两个金鳞丽翅的凤凰落到这泉边上，和着对鸣，被一位长年上海的老人看见了，这老人就是我爷爷的爷爷。一夜后，那凤凰走了，四周却留下这一片绿油油的森林。后人为了纪念它们，于是把那泉子叫凤凰泉，我们的村子也就叫凤凰泉村。"

从深海刮来阵阵海风，松涛咆哮着向这边滚来，房顶的葫芦藤被掀下来，耷拉在房檐上。老人四周看了看，孙女一手支在嘴巴上，正对着他；二傻子的眼睛瞪得铜铃一样大；海龙紧紧地偎依着老人；胖老伴倚着旁边的干草垛打盹，像老僧入了定；断臂武松两手箍着枪，很怕走火。老人说："讲得都忘了喝酒，来，快喝。"大家拿起酒杯，一饮而尽。"来，我再给你们斟上点。"海花先给爷爷斟了，又轮换着给三个小伙斟。老人咂摸酒味说："从前咱们吃鱼很容易，现在却是人多鱼少，看吧，那鱼还要慢慢少下去。那个时候，一涨潮，海滩上尽是白花花的一片海蜇。咱们村里的人都推着车子来推，推到家时按入坛里，用白矾一矾，撒上精盐，封住口儿，一个冬天够受用了。那时家家门前都挂着一长溜鱼，晒得流油，全是长条鲅鱼和刀鱼，那尾巴一色拖到地面。现在你挨门挨户看看，家家门前空荡荡的，见了鱼就像苍蝇见血一般。庙小和尚多，家家都打鱼，即使海底全是鱼，不上几年也网个干净。看着吧，到那个时候，你们喝西北风去吧！"说到这，老人脸上露出凄然焦虑的神色。老人呷了口酒又说："没见说，现在的鱼差不多同金子一样贵，五十块钱一斤，那不睁着眼欺买主吗？那样不是富了咱，亏了人家，况且谁又吃得起呢？"老人满脸都是看戏替古人担忧的神色。海龙插言道："这不是骗人，大爷你想政策一变，城里对鱼的需求量大了，那固然要水涨船高。""水涨船高我懂，可就这样让我明睁眼色骗人我不干。"老人的倔脾气上来了，似乎那寥若晨星的数茎白发也倔强着。老人倔了一辈子，孩子们知道和他据理力争也无济于事，于是只好就坡下驴，顺水推舟。

　　入晚，老人醉了，海花给爷爷铺好铺，老人睡着了，鼾声从窗口冲出，在屋外也可以听到。她眼皮有些发涩，于是躺在奶奶的身边呼呼地睡着。

　　半夜里老人起来解手，陡然听到树林传来"咚咚"的声音，老人耳背，听不大清楚，于是进屋喊起海花。海花揉揉惺忪的眼，长长地打一个哈欠，嘟囔着嘴说："爷爷怎么回事？""海花，你出去听听外面什么动静。"老人急促地说。海花敏捷地闪出来，她竖起耳朵听了听，说："不好了，爷爷，有人在偷砍树木！"老人心里"咯噔"一声说："赶快回屋拿手电。"边说便抄起门旁的三齿叉。

　　爷孙二人，进入那一片茂密的树林，顺着声音巡去，只见树林的空阔处，横七竖八地堆着木头，七八个彪形大汉，挥着长斧在那里乱砍。

　　老人一看这残忍放肆的场面，老泪横流了，他护了十多年的树，还从未看到今天的场面。他保护这片树林，往日连一根镢柄也没有被偷走，他像爱护孙女一样护着它们。

　　老人气红了脖子，一声断喝："大胆放肆，没有我的命令，你们就偷偷摸摸地砍伐！"几个大汉吓得魂不附体，回头一看是一个老头和一个姑娘，就又重新振作。一个戴鸭舌帽的家伙，双手叉腰，当空一站，撇撇嘴说："你老人家就睁一只眼，闭一只眼算了，没看你多大岁数了，半截入土的人了。"老人也当空一站，像一尊古代勇士的雕像，那银亮的三齿叉，在月光下闪着咄咄逼人的寒气，真有点一夫当关万夫莫开的武勇。"你们看看我的筋骨还硬着呢！只要我活一天，这树林就要好端端地存在一天！"海花用手电指指照照，她看见一个家伙鬼鬼祟祟，手电光在他脸上一晃，他就往树林里直躲，眼睛犀利的海花，已经看到这人是本家的一个哥哥，他是村委的一个委员。海花倏地上前把他揪住，捆了一个巴掌，说："净干些败兴事，丢人现眼！"又转过身来对老人说："爷爷，你看这是谁？"老人瞪瞪眼，才看出他是本家的一个孙子，气得他上前指着那家伙的脑门颤颤巍巍地说："你给我们老祖宗丢尽了人！"那家伙结结巴巴，像一堆稀泥："大爷，你就饶了我吧，亲不亲一家人，好歹你的孙子在村里混了一官半职，以后你有什么事，也可行行方便。"那五六个大汉一看这家伙是一条扶不直的井绳，鸭舌帽随即踹了他一脚，就地抢起两根木头扛着。海花说："爷爷，你在这里呼着他们，我出去。"海花像小鸟一样飞出林外，有几个家伙见老人抵挡不住，也东躲西藏，转弯抹角从树林出来。轻车熟路，海花早冲到海边，她明白这是他那个本家哥哥结识的走私商人。要走，渡口只有这一条小船，现在刚满潮顶，把小船藏起来，他们插翅也难逃。海花猛然看到岸边垒着一堆木头，原来这几个家伙提早下手了，赶快……

海花起了锚，小船悄无声息地向下游溜了，那几个家伙"吭哧吭哧"地把木头费劲扛来，一看小船没了，气急败坏，撒腿就跑。海花藏了小船，走回来说："别跑，跑了和尚跑不了庙。"

"嘭"地又是一阵枪响，树上的鸟儿纷纷落地，铁砂子像细雨一样在树林洒落。不知什么时候，断臂武松从树林钻出来，他大喝一声："站住，再跑我要开枪了！"二傻子也跟在后面，傻劲一来，顺手扳倒一个。老人也握着三齿叉站在他们面前，七个家伙束手就擒。

这事过后，老人差点被开除出这片沙滩，要不是几个得力乡党的保驾，恐怕再也不能悠然大海边了。原来，他那个本家孙子神通广大，事后，几篇检查敷衍了事，买通人情，又来个恶狗反扑，妄想把这个本家爷爷赶出滩去。一连几日，老人吃不下饭，睡不好觉。孙女天天泪涔涔的，甜甜的小嘴总是说："你吃吧，咱们不能和他们怄气，留得青山在，不怕没柴烧。"胖老伴也说："吃吧，人是铁，饭是钢。"老人瞪大眼睛往下咽，他还要活下去，他还要管，他要犟一辈子。然而，再也没有看见他拉着鲜网出门打鱼，人们只看到他拿着三齿叉，围着沙滩，围着树林，围着海边转，有时看见他叉几条鱼放在篮里，他已很少吃鱼。孙女哀怨地说："爷爷，靠山吃山，靠海吃海，你还能活多大岁数。"老人瞪了孙女一眼，孙女知道说错了话，红着脸，慌忙低下头。在老人的头脑里从未想到死，他认为他能与这白茫茫的沙滩和这一片树林一起寿终，只要它们存在一天，他就要存在一天。孙女怎么也估摸不透爷爷的心思，他总是犟着不吃鱼，仿佛他在鱼身上留下了债似的。

忽一日，新造的三十条船一齐下海，马达震天响，好像立即要把整个大海的鱼一股脑儿吞噬。海花看见老人慌了，他的小船在水中直打转，他把小船横在水中央，企图要挡住这三十条船的去路……

隔海相望

当一轮饱满的朝阳从海水中汩汩涌出时，就像婴儿从子宫分娩时出现的一个血球，生活在长山岛上的两个人，每逢看到这个生机勃勃的血球时，就知道新的一天又来了。矮个的是一个和尚，穿着土灰色的衣服，留着一个光葫芦脑袋，人称瓢儿和尚。高个的是一个灯塔看守者，长条身材，就像灯塔一样矗立。高个没来时，是矮个的和尚看守灯塔，那时寂寞疯长，大雾弥漫，被海风和盐粒洗亮双眼的和尚正在擦拭灯塔的窗子，蓦地看到雾海里好像有两个东西一沉一浮的。瓢儿和尚眼尖，灵机一动，启动塔上的灯光，光线一扫，他看到水中一沉一浮的两个动物，是活的，可能是两个溺水者。瓢儿和尚莲步飞动，"噌噌"下了塔，塔根有一小船，瓢儿和尚摇起橹，向那两物摆去。小船是用来接货的，每次陆地上送来衣食，都是用这船摆渡到岛上。瓢儿和尚很快接近那两个活物，这才看到是一人一狗。狗很吃力地牵着主人的衣角，主人已奄奄一息。狗长得膘肥体壮，善解人意，倘没有它的鼎力相助，恐怕主人早就石沉大海了。和尚下水，费尽九牛二虎之力，才把主仆搬到船上。狗不停地用舌头给主人洗着脸，主人的脸已布满青苔和血污。狗给主人舔舔脸，又用嘴蹭蹭瓢儿和尚的长衫，那意思是你真好，救了我们两个。落水的主人终于开口说话了。那时的和尚正在参禅打坐，他面壁向隅，敲响木鱼，橐橐的木鱼声，就像碎石一样敲击着小岛，孤寂荒寒，没有半点回声。狗看着和尚手中那个东西，一行老泪从眼里滚出。和尚在向海神祈祷。大个落水人呢喃地说："谢您的救命之恩。"和尚木木的，依旧不停地敲着木鱼，就像不问千秋事。这时的狗已稳妥地坐了起来，用前脚搭着和尚的肩，以示慰问。主人会心地点了点头。

　　岛上有了狗和另一个主人，和尚不再寂寞了。这另一个主人名叫福禄，当他和伙伴们一同出海时，遭遇强台风，他的狗和他一同落水了，他和狗相依相偎三天三夜，终于在第四天早上被瓢儿和尚救上岸了。狗四肢发达，游技精湛。它每天早晨都对着出事海面不停地汪汪。那边的岸有他们漂亮的家妇。

　　家妇正在岸上守着半围柳篱，一亩田园。她眼泪熬干，心儿熬焦，一个孩子噙着她那白胖的乳房正在睡觉。日子一天天过去了，她的男人和狗儿总不见个踪影。家妇望眼欲穿。

　　灯塔一会亮，一会熄。当灯火都熄灭了，月亮落下去的时候，一阵细雨"沙沙"地打在屋顶上，黑暗无边的夜幕开始降临。似乎没有任何东西能在这黑暗的洪流中幸存：无穷的黑暗从钥匙孔和缝隙中溜了进来，蹑手蹑脚地绕过塔上的小窗子，钻进了卧室，吞没了水壶和脸盆。塔上的楼梯上，没有一丝动静。只有从那阵海风的躯体上分离出来的一些空气，它们穿过生锈的铰链和饱吸了海水潮气而膨胀的木板，偷偷地摸过墙角，闯进了屋里。你几乎可以想象：它进入餐厅，到处徘徊、询问，和挂在那儿噼啪扇动的袈裟嬉戏，问问它还要在那儿悬挂多久，什么时候它将会剥落下来。这时狗已睡熟，和尚的木鱼已哑了，福禄已不在照顾灯塔的眼睛。三周前，和尚把管理灯塔的任务交给了他，自己就下塔住到塔边的庙里去了。在这个莲叶一般的小岛上，除了福禄、和尚就是狗，再没有其他活物了。眼下，福禄正在忍受作为一个男人的莫大耻辱。他真想从灯塔上跳进海里，喂鱼算了。但他每逢看见狗那哀伤忧愁的眼睛，就打消了念头。狗的眼睛在告诉他：你好好活着，咱们养好伤要回去呢。狗不时站在海边，看海的那面，没雾没风的天，大海像一块莹洁的玉，高天滚滚，一碧如洗，隐隐约约看到对面的一些影子，听到一些响动，似乎动一动，岛上每个地方都在响。晴天如涧，小岛如舟，心都摇碎，狗在礁石上一待就是几个小时。作为一个男人，失掉什么不好，偏要失掉它呢，它可是男人的根呀。他无颜见江东父老，见他的女人。

夜晚充满了寒风和毁灭。大海浪花四溅，波涛叠起，如果有哪位失眠者幻想他可能在海滩上找到他心中疑问的答案，找到一人来分享他的孤独，他掀开被子，独自到沙滩上去徘徊，却找不到那非常机敏、随时准备伺候他的倩影，来把夜晚变得井然有序，使这个世界反映出心灵的航向。

岸上的女人一直在心中珍藏着他的形象，保留着他的物件。一架挂满海藻的渔网，正在漏着时间的缝隙，一双靴子，一顶猎帽，衣橱几件粗陋的衣服。只有这些东西，才保留了男人的痕迹，并且在一片空虚之中，表明它们一度曾经被多么充实而富有生机的纤纤玉手匆匆忙忙地挂上衣钩。就这样，优美和寂静统治着一切，它们俩共同构成了优美本身的形态，像一个黄昏的水池一般寂静、遥远。从一列迅速开过的火车的窗户中望出去，那个在黄昏中显得苍白的水池骤然消失，虽然被人瞥了一眼，却几乎没有稍减它的孤单寂寞。

有人告诉他的女人，说到岛上送粮的人看到福禄，他用一架蓑衣，紧紧裹住了自己，身后跟着那条狗。后来又有人告诉他，男人在岛上看守灯塔。她就问那渔人："他好吗？""他很好，只是头发有些白，怕你认不出他来了。"这时儿子已五岁了。当儿子十岁，能在海岸捡贝壳的时候，送粮的人又对她说："那人不是他。""那又是谁呢？"送粮的人果敢地回答："前几次，我可能看错了。"女人轻咬一下嘴唇，咬出一点红，两滴泪就滴在晶莹的渔网上，女人哽噎地说："这不，我还在给他补网呢，前些日子，网被老鼠咬开了一个洞，我等着他回来。"女人顿了一下又说："我晕船，等儿子长大了，一定去看他。"说到这里那女人又哭了。

　　每逢有渔船靠岛，那狗就跳跳跃跃起来迎接，仿佛他乡遇故知。十年过去，福禄已变得憔悴，他怕见生人，怕看到狗那双充满乡愁十分忧郁的眼睛。狗有时站起来，用前脚向船上的渔人热切地握手问好，仿佛说："回去告诉女主人，我很想她。"这时福禄就背过脸去。到了晚上，他把塔上的灯开到最大，那光一直射到岸上，射到自家屋里。

　　福禄的女人觉得，一个人为了使自己从孤独寂寞中解脱出来，总是要勉强抓住某种琐碎的事物，某种声音，某种景象。她侧耳静听，斯时万籁俱寂，孩子正在酣睡，只有大海的涛声不绝于耳。她睡不着，就起身给男人织起袜子。她看见了那灯光。她的审视带有某种讽刺意味，因为，当一个人从沉睡中醒来，她和周围事物的关系就改变了。她凝视那稳定的光芒，那冷酷无情的光芒，它和她如此相像，又如此不同，要不是还有她所有的那些思想，它会使她俯首听命，她着迷地、被催眠似地凝视着它，好像它要用它银光闪闪的手指轻轻触她头脑中一些密封的容器，这些容器一旦被打开，就会使她周身充满了喜悦。她曾经体验过幸福，美妙的幸福，强烈的幸福，而那灯塔的光，使汹涌的波涛披上了银装，显得稍为明亮。特别当夕阳余晖褪尽，大海也失去了它的蓝色，纯粹是柠檬色的海浪滚滚而来，它翻滚起伏，拍击海岸，浪花四溅。狂喜陶醉的光芒，在她眼中闪烁，纯洁喜悦的波涛，涌入她的心田，而她感觉到这已经足够了！这已经足够了！有一天她和儿子一起赶海，她面对着的是一望无垠的蔚蓝色的海洋。那灰白色的灯塔，矗立在远处朦胧的烟光雾色之中。在右边，目光所及之处，是那披覆着野草的绿色沙丘，它在海水的激荡之下渐渐崩塌，形成一道道柔和低回的皱褶。那夹带泥沙的海水，好像不停地向着杳无人烟的仙乡梦国奔流。一片暗绿色的海水，点缀着几叶柠檬黄的帆船，而在海滩上是穿着粉红色衣裙的妇女。她情不自禁地对儿子说："你爸住在仙乡梦国，无怪他不回来了。"儿子听不懂她说的什么。可一到刮台风的季节，她又慌了神，她就会这样沉思：如果你被禁锢在篮球场大的岩石上，一困就是几十年，在暴风雨季节里，没有运粮船，没有信件和报纸，什么人也见不到；如果你结了婚，你看不到自己的妻子，也不知道自己的儿女情况如何——不知道他们是否病了，是否摔断了大腿和胳膊；一天又一天，一年又一年，你看着单调不变的浪花飞溅，而后可怕的暴风雨来临，窗户上溅满了浪花，鸟儿撞击着那灯塔，整块岩礁都在震动，你可不敢把头探出门外，恐怕被巨浪卷入大海，要是遇到那种情况，你又会觉得如何呢？她特别向她的儿子提出这样的问题。因此，她用一种相当不同的语气说，必须尽可能帮助你爸。

台风季节，她为男人做了大量干粮，忐忑忑忑地送给运粮船上的渔夫，渔夫冷冷地说："不是早告诉你了吗？那不是你的男人。""大哥，我求求你了，把这干粮带过去，晚上他托梦给我了，他还在那灯塔上。"船上七八双如狼似虎的眼睛一齐射来，女人羞红了一脸，背转身子哭哭啼啼地走了，干粮袋放到船上，只听身后有个后生悄悄地说："女人大都熬不过男人。"说者无心，听者有意，分明男人还在岛上，女人一路窃喜。

台风季节过去了，运粮的船还没回来，听说触礁了。岛上既缺淡水，又缺粮食。浪涛就像鼓槌一样日夜不停地敲击小岛。和尚整天敲着木鱼，面对沧海祈祷，老狗就像人一样卧在一块礁石上，不错眼珠地看着海那面。乡愁就像海浪一样一阵阵袭上福禄心头。一连几天，他皱着眉头，领着老狗，在小岛上转来转去。他走遍岛上仅有的几簇红柳丛，挑选过一根又一根柳枝，砍了其中数根。然而，老狗看出主人始终未能找到他所需要的材料。他依然愁眉不展，又往前继续寻找。最后他看到一棵歪脖红柳树，他突然断定，他所需要的东西就在这里。他脑门上的皱纹舒展了，从靴筒抽出一把系小皮带的折刀，把低头沉吟的柳条仔细地打量了一番。他不知为什么用手指在树干上弹了弹，满意地看了看在空中富有弹性地摇晃起来的树干，又听了听树叶"沙沙"的响声，接着点了点头。"嗯，就是它。"福禄得意地嘟囔了一声，狗满意地汪汪了一声。他做了一杆笛子。笛子做得棒极了。他先把柳树枝晒干，再用烧红的铁条把它镂空儿，捅出六个圆孔，又斜着掏了第七个圆孔，用木塞把一头堵死，木塞上留出一个小小的斜缝。然后用细绳儿拴好，把它整整挂了一个星期，让它日晒风吹。而后，他用刀子精心把它削平，用玻璃片刮光，又用渔网使劲儿蹭亮。笛子顶端呈圆形，中段往下是几道平滑的犹如抛光的棱面。他又用几块小弯铁在上面烙出各种精美的花纹。他试吹了几个快速的音阶变奏后，激动地点了点头，"嘿嘿"地叫了两声，就连忙把它藏到床边一个僻静的地方。他不想在白天忙乱的时候做第一次试吹，而就在当天晚上，灯塔上涌出了一阵阵轻柔曼妙的颤音。福禄对他的木笛儿满意至极，木笛儿仿佛成了他自身的一部分，这笛声仿佛就是从他那感到快慰和温存的胸膛里倾吐出来的。他情思的细微波折，他愁绪的些许变动，都会立即在这神奇的木笛的颤音中表现出来，这颤音缓缓地冲出木笛儿，伴随着其他音调，在谛听它的夜空中响亮地散播着。这时，如有人在月光下仔细观察老狗的眼睛，就会发现它那昏花的老眼挂着两颗晶莹的泪珠儿。音乐是相通的，音乐感动了心如枯井、面如死灰的和尚，他和狗一起做了福禄两个忠实的听众。和尚那泥塑木雕般的神态终于随着冉冉升起的音乐缓缓动了起来，他嗫嚅道："师傅，你还会这个……""我小时候放牛时跟着村里一个瞎子学的。"和尚道："阿弥陀佛，善哉，善哉。"有了音乐，小岛就有了生气。音乐使三个活物的心紧紧连到一块。

有一天晚上，一直坐在炕上盼灯塔亮光的女人，突然听到一种悠扬的声音，那晚刮着海风，可声音是从家里发出的，那女人就蹑手蹑脚下了炕，寻寻觅觅找那声音。这时，就见挂在墙上的那杆竹笛，在来回晃动。多少年了，那竹笛一直挂在那里，上面布满灰尘，挂满蛛网，可吹笛子的人走了，人去楼空，余音不再绕梁。自福禄遇事后，她就再不敢看那件伤心的东西。可明明声音就是从那里发出来的，她搬来一个凳子，站上去，仔细聆听，确确是从来回晃动的笛子中发出悠扬的声音，海风从笛孔吹过它，又从另一端流出。久违了，那时她还是一位含苞待放的少女，当她在一丛沙柳下发现那个吹笛子的少年后，怀春少女就非他不嫁了。这时灯塔的亮光，抹上了那杆笛子，亮光从一孔穿过另一孔，与声音演绎着遥遥远逝的过去的时光。女人顾不得沾满灰尘的笛子，把脸紧紧贴上去，不禁泪潸潸而汗涔涔了："福禄，我爱你，你回来吧？"可她一旦下了那凳子，就发现笛子不再响了，也不再晃了。只见窗户纸在不停地晃动，好像声音是从那里发出的，于是她就开了门，见月光一院，满满的，溢到墙外，墙外那棵无花果树，挂满累累的果实，在月光下金子一样璀璨，丁丁当当的，仿佛声音又是从那里发出的。可仔细分辨，又好像音乐是随海风吹过来的。灯塔的光柱一会长，一会短，又一会长，长长短短，平平仄仄，在吧嗒吧嗒地吻着这个小院，好像音乐又是从那里播出的。每每看到灯塔那一长一短极为亲昵温暖的光束，这女人就像在听男人的呼吸，就知道他还活着，无论别人再怎么说那人不是他，可她总觉着就是他。所以她总没有勇气去见他，如果触目相见，近在咫尺，又发现那人真的不是他呢？说来还是不见的为好，于是就指望儿子赶快长大，让儿子当他们的信差。这时儿子也起来了，懵懵懂懂地问她："妈，你在干什么？”“听你爸吹笛子。”“哪有笛声？”“灯塔上。”“不是，是海风的声音。”“不是，就是笛声，我见咱家挂在墙上的笛子动了。”“妈，你听，你听，呜——呜——海风的声音。”女人踟蹰在院中，半夜也未回屋，下半夜，灯塔不再亮了。

　　没有人知道笛声能漂洋上岸，但狗知道，每逢笛声扬起，狗就兀自来到海边，坐在一块礁石上，向岸上望去。其实，它面前就是一望无际的海和穹隆似的天，间或发现几点渔舟，狗也仅是谦逊含蓄地点点头，目送它们远去，可它永远看不到对岸。其实，在这个世界上，眼睛达不到的地方，有音乐，音乐达不到的地方，有月光，有阳光，还有灯塔上的灯光。家里的女人每晚睡前必等待那束从高高的塔上发射过来的温馨的灯光，尽管经过海风的吹拂，海浪的摇曳，到了岸上已成强弩之末，但总能穿过女人那薄如蝉翼鲁缟般的心扉。台风过后的好几个晚上，女人再也没见过那束光芒。她在经历万箭钻心般的难受，但又不能为外人言。这一天，儿子正好去了姥姥家，她就愈发孤单寂寞，坐在炕上怔怔地等那束亮光，可是已经七天了，那亮光还是迟迟不来。台风去了，风平浪静，天地清明，月华似水，一种不祥的征兆涌向她的心房，莫非他出事了？再看那杆笛子，也一动不动。海浪声呢喃着从窗户送进来，像半身不遂似的。怪呀，宇宙这个静呀。

　　就在这时，传来清脆的敲门声，女人下了炕，想是儿子回来了，就神不知鬼不觉地去开门，问：“谁呀？”一个含糊的酒糟鼻子的声音：“岛上送粮的。”“原来是大哥呀，带回来什么好的消息呀？”女人隔着门缝说。“你开开门，我当面对你讲，是大事儿，快，快开门。”女人终急不可耐地把门开开。那家伙满嘴吐着酒气，瓮声瓮气地说：“小娘儿，可想死我了。”说着就半偎半搡地把女人搂进怀里。“我告诉你，你想的男人再也看不见了。”女人搡了他一把，但渔人的胡楂已经蹭了她脸皮一下。“你胡说！""我不熊你，你没见那灯塔不亮了，我早说那不是你的男人，我看错的。""不会，他是我的男人，他每晚都把灯故意往我家照一照。""你真迷信，那亮光谁家不照，单照你家。""那我每次给你带的东西，都给谁了。""我和船上的伙计吃了。""衣服呢？""扔海里了。""大哥，你真损。""没办法，人不在，放哪里？"渔人向前跨了一步，女人直躲闪。"每次你上船送东西，我都知道你在想男人，没命地想，今晚我就秃鹫占雀巢，满足你，一样的。""大哥，使不得，我在等他，他一定会回来的。"女人用力把渔夫推出门，小院传来"咣当"一声，门闩落下。月影寂寂，深巷响起渔人的脚步声。

盼星星盼月亮，儿子大了。她把儿子打扮好，千叮咛万嘱咐，把他送到船上，去看他爸。

寂寞的人老得比任何人都快，福禄满头稀疏的白发，两只眼睛一动不动地盯着儿子看了半晌。儿子紧紧地抱住他："爸，你回去吧，我妈一直等着你。"福禄逃出拥抱，背过身子，决绝地说："谁是你爸？""你是呀？""你爸早死了。"说完，他就上了灯塔，老狗也跟了上来。上面海风很大，只见两个一唱一和，步调一致，像两片树叶，从敞开的天窗悠悠飘出去，一直飞进海里，与跃起的浪花融为一体。儿子拾级上了几层楼梯，怔怔地傻在那里。和尚迈着蹒跚的脚步也赶上来，向大海作揖打躬："阿弥陀佛……"

儿子像大病一场被前来送粮的渔船接回岸。他告诉母亲，父亲已跳海自杀了。女人直摇头："不会的，不会的。"儿子转身说："妈，你就死了这颗心吧。"

确实过了几天，灯塔亮了，就像死去的人又活了过来。当时，那灯塔对她来说，是一座银灰色的、神秘的宝塔，长着一只黄色的眼睛，到了黄昏的时分，那眼睛就突然温柔地睁开。现在，她似乎能够看见那些粉刷成白色的岩石，那座灯塔，僵硬笔直地屹立着；她能看见塔上划着黑白的线条，似乎能听到悠扬的笛声，能看见塔上有几扇窗户；她甚至还能看见晒在岩石上的衣服。她对儿子说："怪了，你爸怎么愈老愈爱干净呢？你看那灯塔粉刷收拾得多利索漂亮呀！"塔顶的灯光一长一短地射来，就像有人不停地在上面眨眼似的。女人重重地叹了一口气："我等着他……"

一九七六年的地震

　　我真乐意忘掉我和我们全家1976年那次地震中的遭遇。不过，我们忍受和经历过的艰苦和骚乱并不能冲淡我对老家羊角畔的感情。我现在日子过得挺好，并且希望爷爷、奶奶还在世，和我们一起共享天伦之乐。可是有谁放着好端端的日子不过，希望一座家园陷入一场大混乱的话，那么要数1976年大地震那个吓人而凶险的下午，最合他心意了。那次经历既使我们身价倍增，也使我们声名狼藉。特别是爷爷所表现出来的那种高大形象，在我心目中永远不会磨灭。尽管他对地震的反应是基于一种深信不疑的错觉，也就是说，他认为我们被动员起来对付的威胁是日本鬼子的宪兵队。当时，我们可能采取的唯一办法，就是齐家而逃，可是爷爷严厉禁止，他手中挥舞着自己那把用秃的锄头，吼叫道："让那狗日的来吧！"这当儿已经有好几百人慌乱地从我们家门口跑过去，他们惊慌失措，声嘶力竭："快往东边跑！快往东边跑！"我们不得不用绳子把爷爷捆起来。由于老太爷那死沉的身体拖累着——他足有一米八，将近八十公斤，我们在头半里路时，几乎让村里的人全部赶了过来。望着疯狂逃命的村人，我和我的家人，心中恐惧极了。

　　那种惊呼的喊声像潮水一样蔓延开来，以往，我们这些祖祖辈辈生活在羊角畔的居民，如同卧在炉灶下面的猫咪一样安全，然而这一事实却似乎没有减轻我们那种既敏感又荒唐的心情。村里有几位顶高贵、顶稳重、顶善于处世而且头脑绝顶清醒的人，居然也撇下自己的老婆、孩子、猪狗和家园而径直朝东奔去。世间很少有什么惊慌要比"大地震啦！"更叫人胆战心惊了。那种响亮而清晰的喊声传入人们的耳鼓中，没有几个人能停下来冷静思考一下，就蚁拥蜂蹿趋之若鹜亦步亦趋人云亦云落荒而逃。

据我回忆，大地震时，村里的唯一商业中心——供销社所在地，响着各种各样的嘈杂声——安安稳稳的买卖人讨价还价啦，算账啦，善溜街头的有闲者搬是弄非、吹胡瞪眼、牛皮吹得吱吱响啦等等。当然，这些有闲者，只能是会计、出纳、残废军人、书记老婆和从深闺里穿着崭新衣裤出来显摆的谁家小姐。于瞎子慢悠悠地拉着二胡，嘴里念念有词："要斗私批修，要斗私批修，斗私批修，斗私批修……"他三十年如一日枯坐在那里，要移动他比移动北极星还困难。别的男人一边夸耀自己鸡毛蒜皮的小事，一边比画着小小的手势。突然有一个家伙拔腿跑了起来，紧接着又有一个人奔跑起来。另一位颇有身份的大队会计，也跟着小跑起来。不到十分钟，大街上，从狗屎胡同到鸭巴湾那一段路上，人人都在奔跑。一片嘀嘀咕咕的响声渐渐具体化，变为两个可怕的字眼——"地震"。"大地震啦！"这种恐惧究竟是由献街卖俏的小老婆，还是由一名正在出海的渔民，或是由一个调皮的男孩讲出来的，这可谁也闹不清了，反正此刻这事已无关紧要。二千人突然都在飞快逃跑。一片腾空而起的喊声尽是"快朝东边跑哇"。东边有山，东边安全保险。"往东边跑！往东边跑！往东边跑哇！——"瞎子扔了二胡，飞毛腿箭一般射出。

几百黑压压的人在所有通往东边的小巷、街衢上移动。这人流起源于供销社、记工屋、大队部、饲养员，接着又把流出来的家庭妇女、孩子、瘸子、白胡老头子、猫狗合成的一道道涓涓细流卷进去。人们撇下燃着的炉和煮着的食物，敞开大门就往外跑。可是我记得奶奶仍是把家里的灶火灭了，随身还带上十来个鸡蛋和两个饼子。她原来计划只穿过两条马路，到弟弟上学的学校躲一躲，那些青砖瓦房刚盖起来，比较坚固。然而那群人声鼎沸的男女老少，嘴里高喊着"往东边跑"，把她和我们全家也卷进了洪流。到了烟台顶根，当年打鬼子的地方，爷爷才被松了绑，他像一位复仇心很重的预言家那样转向逃命的人群，规劝大家按次序排成行列行进，挡住那些"日本鬼子"。后来，他本人也终于意识到原来是大地震了，便大声吼道："快往东边跑！"他一只胳膊夹住一个小孩儿，另一只掖着一名四十开外回家休假模样的小个子职员，我们就这样渐渐追上跑在前面的人群。

一个小姑娘跑过一个门洞，见有一位臂带黑箍可能回家奔丧的陆军连长，正坐在门槛上打瞌睡，便扯起嗓门尖叫一声"快往东边跑"，这位军官受过服从命令是军人天职的训练，当机立断，顿时纵身跳下门廊，全速向前冲刺，很快就赶过了小姑娘，嘴里也喊着"快往东边跑"。他俩没费多大工夫，就使一条小街上的住房全部撤空了。"怎么回事？怎么回事？"一个摇摇晃晃的胖子拦住连长问道。连长放慢脚步，问那个小姑娘到底出了什么事。"大地震了！"小姑娘气喘吁吁地说。"大地震了！"连长也随声附和。"往东边跑！往东边跑！往东边跑哇！"转瞬间，他变成一个活雷锋，随手夹着那个筋疲力尽的小姑娘，率领一支从磨坊、地瓜窖、猪窝、小粪坑召集出来的三百多人的浩浩荡荡的队伍拼命向前逃。一位披头散发的女人，从浴盆里忽地站起来，也一丝不挂地跟着跑去。朝前跑，人腿猪脚土豆地瓜三教九流五行八作前呼后拥此起彼伏万人空巷缕缕行行络绎不绝。跑，跑，猪哼狗吠人欢马叫风声鹤唳余音绕梁三日不绝。

村里那位两手打算盘的会计，也不能精确估计出1976年那次大逃难究竟有多少人参加了，因为从村西土地庙到村东烟台顶，绵延40华里的土地上所发生的那场劫难就像开始那样突然，"轰"地一下子便结束了，逃难的乡人像一滴墨水滴入大海，慢慢溶散了，撇下街头一片空旷和宁静。那时全村义无反顾地卷入那场哭喊嚎叫、乱糟糟、纷沓沓的大撤退，有几个人居然远远跑到几十公里外的县城东村，另有五十多人到达几十里外的柳树庄，看到了安静的军营里已挂上了白而亮的电影幕。大部分人筋疲力尽了，干脆不跑了，或是爬到了两百米高的烟台顶的大树上去躲避。民兵们骑着自行车四处奔波，终于恢复了秩序，驱散了恐惧。但没有一个人敢擅自回村，小心翼翼而骚动无比地迎来了黑夜。

现在回忆一下出逃的那段时间，阳光普照大地，逃命的人群犹如万马奔腾，如果在空中朝下观望，简直难以推测出这种现象的原因。

我有一位老师叫"老王婆"，是我那群捣蛋鬼同学给她起的绰号。当时，她正在给三年级的孩子们上音乐课，忽然间响起一阵愈演愈烈、"咚咚"的跑步声，把校园里的喇叭声盖住了。喇叭里正播放着当时流行最广的歌曲："蓝蓝的天上白云飘，白云下面马儿跑，挥动鞭儿响四方，百鸟齐飞翔……"再看我们那位为人师表的"老王婆"，跟着别人一齐尖叫："快往东跑！"于是便连推带搡，连揪带拽地把儿童们推倒在地。

太阳照着街上的许多东西闪闪发亮，但最亮的是"老王婆"那小马驹样浑圆瓷实的臀部。她已是五十开外的人了，以前总找出各种理由不参加学校的运动会，看今天她跑步的姿态，轻松优美，就像充足气的皮球。

老师不愧为老师，非常精明，男人像潮水一样穿过校园，跑不及的就往树上爬，一名女教师，不知怎的，"噌噌"猴子一样爬上校园正中的旗杆顶上，引逗着猎猎飘扬的旗子，向她频频掴着响亮的耳光，像打学生一样亲切。

"老王婆"曾心血来潮地对我们说："我跑上去烟台顶的道，就累得筋疲力尽了。你们必须记得马老师，不，马校长，蓄着整齐黑胡子的马校长。反正，在十六队记工屋拐弯的地方，赶过了我，那年他五十八岁。'它追上咱们啦！'他喊道。我也确信，不管那是什么，它真的追上我们了，因为你们知道学识渊博的马校长论断一向很有说服力。我当时没有听懂他的意见，可后来才搞清楚。原来他身后跟着一匹溜溜达达的马，马校长误把马蹄声，当作地壳爆炸声了。"马校长最后跑到十八队记工屋，一下子瘫倒在地动弹不了了，等着那石破天惊的地球裂缝把他吞没。一匹漂亮的雌马，从他身旁绸缎一样滑过去，"嘚嘚"的马蹄声如梦如幻，如流水如落花。马校长这才意识到他一直在逃避的是什么。

他回头向恍如隔世的校园望去，看不见丁点地震的蛛丝马迹，只听到"蓝蓝的天上白云飘，白云下面马儿跑……"的歌声，可是他休息片刻之后，还是朝东慢吞吞地照跑不误，"青山遮不住，毕竟东流去"。他在烟台顶的山麓下追上我，我们俩便在那里一块儿休息。我敢说那一阵子足有七百多人从我们面前跑过去。叫人好笑的是他们个个在徒步奔跑，好像没有人有胆量有时间停下跨一辆轻便的自行车，或者随手跨到那匹悠闲自得的骏马上。不过我记得那年头，全村就四辆二十马力的拖拉机，二小队和三小队各有一辆十二马力的，都得用手摇把，也许这就是不坐车的原因吧。

第二天，全村一切事物照常运行，好像啥事也没发生过似的，不过没人开玩笑逗乐。

出逃的村人陆续回家了。回家的村民在奔波劳累之后又吃惊不小，吃惊的原因是村中有十几座草房已化为灰烬，很明显，是出逃时太匆忙遗留下的火种所致，好在没有人员伤亡。于是，像昨日出逃时一样，村里又响起了哭喊声，只是此时的哭喊声比昨日的喊声多了几份真切。没有被烧毁房屋的村民便在哭喊声里主动捐出了衣物和粮食，一边小声劝慰着哭喊的人，一边张罗着修盖房屋。村中人来人往，像昨日一样川流不息，鸡狗猫猪夹在人流中忙个不停。有顽皮的孩童恶作剧地叫喊"地震啦！"便立刻有大人的耳光刮在顽童脸上，顽童带着压抑的哭声悄悄地退去。

村中很长时间没人敢提"地震"这两个字，只在两年多之后，"老王婆"才敢轻描淡写地提一下那次大地震的故事，她大概不愿误人子弟。直至现在，二十多年过去了，仍然有些人避讳那件事。黑胡子变成白胡子的马校长就是其中之一，你一提起那次大逃亡，他就会紧闭双唇，守口如瓶。

故乡故事

1988年春，乔家三少爷从美国回来了。一条曲折的山道上，整整排了十辆小轿车。一个五百余户的小山村刚从杏黄的朝阳里醒来，一柱柱袅娜的炊烟轻轻向天空吐着，就像慵倦的村妇打出的阵阵哈欠。这就是乔家三少爷离别近半个世纪的凤凰峪。

"呼啦"一下，一大群人拥到三少爷车旁。三少爷西装革履，高挑笔挺，白皙丰满的脸上架着一副镶金的宽边眼镜，眼镜后两颗黑亮的大眼睛射出深邃的光芒。他躬身把三夫人从车里牵出来。只见三夫人两条光膀子坦然地露在金丝绸缎的旗袍外，大腿处叉得很开。看她的头发，一朵乌云欲倾，轻贴在她的前额上，好像苍冥的暮色，笼罩着西方的晚霞。她的眼睛富于夜的神秘，地中海的气息。眼波去而复来、来而复去地流动，就像一泓流动的深潭。她的嘴与其说为说话而生的，不如说为颤抖而生的；与其说为颤抖而生的，不如说为亲吻而生的。特别是她那白腴修长的大腿，尽管裹在玻璃纸样的丝袜里，也被料峭的春寒偷偷摸摸蹭上了一层红晕。她紧紧搂着光膀子，凄迷地望着眼前重峦叠嶂的群山，眉头便紧紧蹙起一个疙瘩。这时，车上的另一女人麻利地给她披上了毛茸茸的狐皮大氅。五叔手忙脚乱，简直傻了眼。三少爷静静地凝视着眼前这个干枯瘦小、像一捆干柴一样的五叔，一股汹涌的激情，就像打开的水闸，差点将他轰倒，两颗豆大的泪珠，"噗噗"跌在了干燥的土路上，发出轻微的叹息。叔侄俩情不自禁地拥抱在一起……

夫人到底忍不住春寒的折腾，只在车旁逗留片刻，就差点冻成了冰棍，接着就被县上的招待人员护送去了宾馆。

五叔不住地埋怨三侄子，怎么娶了这么个外国娘们儿，像头凶猛的美洲豹子，能使唤得住？不辱没咱乔家的祖宗？三少爷不以为然，"嘿嘿"地笑着。

当他跟着瘦小干巴的五叔来到家里，只见一间低矮的黑屋，像一把秃尾巴草伛偻在他眼前。他一阵天旋地转，怔怔地倚在摇摇欲坠的门框上。他瞪大眼睛质问五叔，这就是咱的家？五叔骨碌着两颗小鱼样的眼睛，是的，我现在就住在这里。三少爷勃然作色，咱们那三层楼哪去了？五叔脸上虚汗阵阵，老泪婆娑，浑身颤抖，如寒风中一株茅草。他面对屋里屋外黑压压的人群，噤若寒蝉，似乎不敢直接回答侄子的提问。

五叔把侄子领出门外，来到了他那魂牵梦绕、朝思暮想的老房子前。耳畔书声琅琅，笑语喧哗，飞出的是一群慌张的小学生。乔家三少爷久久凝视着眼前这物是人非的情景，竭力控制着自己的感情……他看到六妈坐着那顶软皮红顶暖轿，轻轻落在了乔家雕花镂空的院墙外。门前两侧石狮憨憨嬉笑，谦恭地迎着它们的主人出出进进，它们全都炯炯有神地看着六妈。这位六妈只大他五岁。这是他爹在五十岁上娶的第六房太太。当时爹在北京做买卖，遇到一位名扬京华的算命先生，为他算了一卦，说要活过六十大寿，必娶一位水嫩的太太压房。于是三少爷就有了大他五岁的六妈。六妈身材白嫩丰腴，特别是她两只素手，纤纤玉指，就似象牙的雕刻，手掌就像粉红的玫瑰，无名指上戴着一个金色的顶针。三少爷自小聪明伶俐，美丽异常，从未生育的六妈非常喜欢他。他有一个奇怪的欲望：他很想去触摸六妈的手，但又不敢。这一次六妈牵着他的手过院里的甬道，他就使劲地握着她。他小小的拇指埋在她右手的柔软掌中，就像暖融融的天鹅绒。

乔家的每一条甬道，都用整齐雪白的花岗岩砌就，但差不多每条甬道上都留有很深的车辙，可以想见当年这里是怎样的车水马龙。这实在是一个神气十足叱咤风云的家族。精致的屋宇接连不断，森然的高墙紧密呼应，经过一个世纪的风风雨雨，处处显出苍老；但苍老而风骨犹存，竟然没有太多的破败感和潦倒感。当年，车马来去全国各地，驮载着金钱驮载着风险驮载着骄傲，驮载着九州的风俗和方言，驮载出一个南来北往的经济大动脉。设在北京的"日升堂"日进斗金，白花花的雪花银一站站辗转从北京运来，全部封存在楼底的地下室里。长长的金条码成垛垒成墙，闪着高贵灿烂的光。无穷无尽的贪婪，无昼无夜地搜刮。那时早已记事的三少爷清晰地看到，佣人乔柱领着人，膀上垫着麻袋，一箱箱地从车上搹下，发出"哐啷哐啷"清脆的响声，而每做这事时大多在晚上，声音传得很远。挂在檐头的大红灯笼赤红烫金，暧昧的光线透着阵阵猩红的喜气。六妈两手按腰，呱呱啦啦与五妈四妈说着话儿。乔柱脸上汗珠流淌，络腮胡子黑亮生动，六妈打发玉儿递给他一条毛巾。只有在这时，乔柱才可乜斜着眼睛掠一下六妈这位美得惊心动魄的女人。

那时六妈由于漂亮精明，便镇日主宰着这个钟鸣鼎食之家。六妈那颀长颤动的身子，像一株亭亭玉立的荷花，芬芳了整座乔家大院。她的荣耀与地位与日俱增，完全得益于她刚进乔家的一段佳话。

那年夏天，从海边——也是一个显赫的大家族，连人带轿把六妈接来。这一天别提阳光多丰盛了。

　　轿子走进一片浓密的原始森林，幡带轻飘，轿夫轻捷。六妈觉着脚下
一条凉凉的长长的东西滚过，她俯身一看，却见一条细长的浑身盖满绿色斑
纹的山蛇。蛇似乎很温柔，轻轻缠到了六妈的膝上。六妈十分惊悸，春衫濡
湿，香汗涔涔。她想呼喊帘外的轿夫，但一俟看到眼前这盘神虫，就浑身酥
软麻木，欲喊无力。朦胧中这轿就颤到了乔家。四妈五妈和玉儿把六妈搀下
了轿，她们全都没有看到六妈腿上那条长蛇。当乔老爷把六妈抱到洞房，才
发现了这一神奇的秘密。他欣喜若狂地把蛇捧到粮仓里，惴惴地将蛇放在了
一个圆滚滚的囤子里。回来就紧三火四地把六妈搂上床。只听乔老爷喘着粗
气说，你给我们乔家送来神虫，从此乔家要飞黄腾达了。对老爷的呓语，
六妈并没多作领会。后来，乔老爷在那场铺天盖地的"革命"中，就是用了
一条长蛇样的麻绳，在井口的辘轳旁，匆匆结束了他那极尽贪婪龌龊的一
生……

　　叔侄俩一齐踏上了那栋古典建筑。小楼尽管已是村里一所学校，但往日
那气吞海内的气象依稀可辨，一块块庄重肃穆的匾额静静悬挂着，被西下的
落日映照得宛如梦境。天边蓦然闪出一点楚楚的小星和一勾残缺如耳环般的
凉月，紧紧勾住那曾飞扬跋扈、不可一世的檐头。五叔两窝浑浊的老泪绿豆
一样闪烁。这时的三少爷却心驰神往，陷入了沉思。

　　这位早年留学西班牙、德国，而今定居美国的天文学家、物理学博士，
怔怔地观望西方一钩残月——家乡的残月，辽阔的思维像蝙蝠的翅膀，轻轻
地翱翔在夜的海洋里：海勒——波普彗星，三千年等一回，上次武王伐纣时
我们的老祖宗见过，如今仍在宇宙的某一域兀自流淌。这静静的充满杀机的
月光，仿佛有隐约的重量，细小的微粒轻盈地打湿了他宽阔的额头，看着这
蓝蓝的月光，他想起了美国的家和委屈在宾馆里的夫人。

　　三少爷在美国领略了小时候所没有的现代文明，特别是获得知识的愉

悦，使他那颗智慧的头颅包藏着孔子的理性和爱因斯坦的想象，以致他那丰满得如一块雪糕样的西班牙女人一下子扑到了他的怀中，融化成水时刻滋润刺激着他向科学进军的神经。

这天晚上，他与五叔睡在同一铺大炕——这久违了近半个世纪的北方大炕。

一个家族如日中天、红极透顶之后，接着是物极必反、一落千丈。当那些穷了几代的农民、长工纷纷拿起棍棒镢头，潮水般涌入这个家庭时，家庭里十几个精壮的男人落荒而逃了，留下的只是一群孱弱无力、美丽如花的女人，以及那些绕膝儿孙。对这个家族最了解最仇恨早想造反的乔柱，第一个把六妈五花大绑起来。当一道蛇样粗细的绳子把六妈像粽子一样捆起来时，六妈清晰地看到那条盘踞粮囤的家蛇已生长得镢柄一般粗。它抬起头来，瞪着两只绿莹莹的小眼睛，温情似水地看着六妈，久久不肯离去。六妈一歪脖子，示意那蛇快走。蛇眼含绿泪蠕蠕而去。

在一座乌黑潮湿的磨坊里，六妈和四妈、五妈、七少爷、八少爷一同被吊起。开始六妈身着春衫，没失尊严。后来当她的玉体刻下第一道鞭痕时，那薄薄的春衫便碎了，露出了细瓷样的玉体。乔柱和他的伙伴们，两眼均瞪得铃铛般，呼吸沉重，像推着一车牛粪艰难爬坡。六妈粉面含春，她嗔怪地看着乔柱，喃喃地道，乔家对你不薄，你干什么这么折腾我们？哈哈，天大的笑话，我天天给你家扛活，驴马般使唤这也叫不薄？话音未落，又是一阵清脆的鞭声。这一鞭恰好触及了六妈的后背，露出了一大截白花花的圆膀子。快说，银子都藏到哪里？六妈强忍疼痛说，南山乔家坟里歪脖子榆树旁埋了十罐。于是六妈及她的姐妹从高吊的梁上被放下来。这些穷得叮当响的光棍汉们蚁涌蜂蹿，纷纷拿起锹镢向南山奔去。屋里只留着乔柱一人。乔柱痴迷地看着六妈。他舀来一瓢水给六妈。六妈接过水瓢"咕咚咕咚"一饮而尽。她那些"共患难"的姐妹，也向乔柱要水，但均被乔柱呵斥回去。姐妹个个抿着干裂的嘴唇，苦苦哀求着，乔柱纹丝不动，因为他是一个坚定的"革命者"，必须坚定不移地与地主婆划清界限。

那座磨坊里，天天夜里传来女人们鬼哭狼嚎的尖叫声和撕心裂肺的呻吟声。这些革命的光棍汉们总算开了洋荤。他们不仅肆无忌惮地看到了女人的身体，还听到了她们那柔弱沙哑的苦苦求饶的声音。他们心里早就不安分了，但终不敢越雷池一步。于是他们这些按捺不住发泄不出来的欲望连同家仇国恨一起只有频频地残忍地施加在这些柔弱的也曾霸道过的女人们身上。

这天，他们终于使出浑身解数，给女人们撕下了最后一块遮羞布。六妈和两个姐妹被赤身裸体、一丝不挂地高高吊起。众目睽睽之下，六妈那披散的头发紧紧挡住了前额。她的两条腿出奇地细美，闪着金缎一样高贵的光芒，像地下没见过阳光的根茎。快说银子还藏在哪里？东房山墙底下还有一盆。是六妈蚊样细弱的声音，然而乔柱那高高举起的鞭子终于没有再落下来。

晚上，六妈睡在茅草铺上，发出连续不断的呻吟，像海潮一样起起落落。在隔壁值班的乔柱听得清晰。他舀来一瓢水，送到六妈跟前。六妈依旧毫不客气，"咕咚咕咚"喝下去。乔柱躺下辗转反侧，难以入睡。他的伙伴均已鼾声如雷。忽然一个奇异的想法钻入他那简单的脑壳，于是蹑手蹑脚地起来，大胆地走进六妈躺着的草地，用一块布轻轻将六妈的嘴封住，接着就像老鹰抱小鸡一样，把六妈叼走。这是一堆温热绵软的肉。六妈不做任何挣扎，半推半就像猫咪一样温驯地偎在乔柱怀中。二十多天的苦苦折腾，她似乎太累了。乔柱叼着六妈离开磨坊，那紧张慌乱的脚步快似野兔。野外月华如水，山影迷离。六妈发出一声尖叫，这叫声惊动原野栖息的鸟儿。她在一种沙砾一样粗糙大理石一样光滑的感觉里，呻吟细小渐无。说来也怪，这是六妈做女人以来从未有过的感觉。他们搂得更亲更密。只听六妈说：柱儿，你救救我，我再也遭不了这个罪了。六奶奶放心，我家三代贫农，根正苗红，谁也不敢蹭你半根毫毛。干吗还六奶奶六奶奶的？六妈用小拳头捣他的心窝。

第二天，乔柱就宣布和六妈结婚，他说只有结婚，他才能更好地管教报复这个地主婆，才"革命"得最坚决彻底。

于是，只有六妈有权享用乔家大院那些金银细软和铮明瓦亮的屋舍，而只有乔柱才能在后来数不清的运动中安然无恙地保护六妈，并理直气壮地生下一个像六妈样美得惊艳的女儿乔妞。

当六妈听到三少爷回来时，喜得心花怒放。

她叫乔妞去县城置办了很多酒肴，准备第二天清晨为三少爷洗尘。翌日清晨，三少爷刚起床，乔妞就风摆杨柳地来了。她亲切地叫着三哥，三少爷就问五叔，哪又冒出这么个妹妹？五叔恶狠狠地说：呸！你也配叫三哥。我配叫三哥怎样？他就是我的三哥嘛——声音带娇含嗔。"文化大革命"不是我妈保护你，你还能看到我的三哥吗？接下乔妞就亲昵地挽起三哥，娇滴滴地说，我妈很想你。三少爷丈二和尚摸不着头脑。你妈是谁？还能是谁，你的六妈呗。三少爷一听说是六妈，喜不打一处来，说，我要去看看我这个最年轻最美丽的六妈。

当乔妞一路领着三哥来到自己的家，当年乔家的三少爷简直不敢相信眼前的六妈：一个龙钟的老婆，头上白发苍苍，脸上一道道很深的皱纹交叉辐射。他们紧紧抱在一起，泣不成声。六妈亲切地呼唤着他的乳名华林。三少爷紧紧握着六妈的一双手，似乎还在寻找那个闪光的顶针，可是他见到的却是光秃秃树枝样的手指，于是他毫不犹豫地把一个金光闪闪的戒指套在了六妈的手上。

　　饭桌上，乔柱浑身颤抖六神无主。他既怕六妈捅了他的老底，又担心三少爷向他要房子要人。然而这一切全被睿智的三少爷看到了，他顾左右而言他地说：我离家这多年，村里变化不大，特别是土路较多，这与开放的政策不相适应。乔柱如释重负，忙不迭地：是的，是的，可是眼下村里没有钱，无能力修路。三少爷打开密码箱，爽快地说：修一条横贯东西的大道，需多少钱？乔柱略一沉思，大约得二十万。三少爷说，我给你三万美元足够了。乔柱怔怔地接下这厚厚的三匝钱，眼里闪着奇异的光，急煎煎地说：这钱能用吗？能用，去银行兑成人民币就行了。乔柱做梦也没想到三少爷这样慷慨，这样无私。三少爷看着疑疑惑惑的乔柱说：我们这个家族的上几代为凤凰峪造的孽不计其数，今天我献出的三万美元，算是我对乡亲们的补报。乡亲们也许不理解我的做法，但作为在海外漂泊半个世纪的游子，我深感离国辞家之苦。美国虽好，终不是我的家，我的根仍旧在这里，金钱再多，比起荣誉和名声又如何！在场的乡亲，人人惊愕，个个震惊，他们简直不敢相信这是一个世代以囤积金钱搜刮民膏的后裔发出的肺腑之言。

　　三少爷被五叔领着来到他小时候汲过水的井台旁，他用双手捧起两捧湿漉漉的泥土，放在一个精致的塑料袋里。无疑，他是要把这捧家乡土带回美国了。

鞋匠与女人

　　鞋匠五十多岁，姓高，秃顶，矮个，天天骑着一辆三轮车，在马路对面的路边石上停下，卸了家伙，就专心致志地修鞋，有时也磨刀剪。夏天支着一把红色的遮阳伞，冬天就用一块油布遮着西北风。鞋匠终生未娶，看样子主要个子太矮、太丑，三寸枯树丁，女人见了绕道走。可自从他抄起家伙，开始修鞋，磨刀，女人蜂拥而至。他磨的刀快而亮，他修的鞋漂亮又结实。俊的，丑的，高的矮的，苗条的丰满的女人来了，让他修鞋。他不敢直视女人们，就低头做他的活计，由于眼睛下视，或说斜觑，有一次就看到了女人两条腴白的长腿，白腻腻、油滚滚、凉滑滑的，就像两条海鳗。女人昂着头，头发飞舞张扬，眼睫毛长长的，就像两把雨刷，嘴唇饱满丰润，牙齿釉一样白，两颊光洁丰盈，脖颈油亮而细长，可谓美得倾国倾城。这女人高贵的姿容，拨响了他心中寂灭将近30年的琴弦。作为一个处男，何日不想女人，于是就贪婪地拿眼向女人的大腿深处看去，巨大的深邃，朦胧的诱惑，让人一看掉进陷阱，鞋匠的眼睛掉了进去，三魂走了两魂半，针把手都扎了，也满不在乎。而那女人就更不在乎，两眼高高在上平视前方，气宇轩昂，原来她在瞅树上两只唧唧咕咕谈情说爱的鸟儿。女人长挑身材，玉树临风，但她的脚却娇小玲珑，涂得朱红透亮，脚指头珠圆玉润，璀璨闪烁，脚背饱满丰厚，像蒸笼里的包子，鞋跟约有七寸高。女人从不穿袜，光腿修长展露，就像两根从未见过阳光的地下玉笋。女人从不讲价，修好鞋，留下钱，不用找零头，就走了。她坐过的地方，好长时间飘一阵香雾，留一阵香风，鞋匠就在风里雾里二晕二晕的，想入非非。有时女人把鞋丢给他，就跳到一辆黑色轿车上，扬长而去了。女人大咧咧地来，大咧咧地去，杳如闲云野鹤。女人的鞋千变万化，千奇百怪，有长筒，有矮腰，有短筒，有坡跟的，有高跟的，有羊皮的，有牛皮的，有鳄鱼皮的，有网状的，有草编的，有露跟的也有露背的，还有膝盖遮得严严实实的马靴。女人差不多隔三岔五，就送来一双鞋，可以看出她非常喜欢鞋，各个流派，各个风格，她都买，买来上油打蜡，钉跟护底，都由鞋匠全程服务。鞋匠就更爱鞋，他在给这女人修鞋时，先把手洗得净净的，戴上一双雪白的鹿皮手套，手套外又套上一双乳胶手套。鞋匠把这鞋看成一件艺术品，把女人看成艺术品的魂。别的且不说，就鞋匠用的油，是他跑了几家商场，花上千元买来的，有棕色的，有红色的，有红棕色的，有棕褐色的，还有宝石蓝的。一般女人送来的鞋有一种脚臭味，或穿旧的皮骚味，但这女人送来的鞋，总有淡淡的栀子花香味。他在给女人修鞋时，就像在抚摸女人那饱满殷实小巧玲珑的脚。每逢拿起女人的鞋，他总那么轻轻的，静静的，轻拿轻放。有一天下了雨，女人没来拿鞋，他就把鞋用一件皮大衣裹着，带回家去。晚上睡不着，他就起来把鞋仔细端详，就像把女人带回了家，金屋藏娇。下半夜，地下有声音，是不进来贼了，可别把女人的鞋偷去了。于是他就把女人的鞋转移到床底下，可一想不妥，辗转反侧一阵子，又把鞋锁进柜子里，那里面有他一万元的存单。他想，这鞋值不了一万元吧，要是丢了，我可提那一万元还她。

　　第二天，风停雨霁。女人穿着大红旗袍来了，那旗袍一直开衩到大腿根，露出一角粉红的裤衩。鞋匠就像小偷一样，嗫嗫嚅嚅把鞋送给她："不知该不该问你一句，这鞋值多少钱？""一万二。"女人淡淡地说。鞋匠吓得双手急忙缩了回去，心中忐忑："好家伙，要是这鞋丢了，把家当全搭上，也赔不起呀。"女人又钻进了那辆黑色轿车里，一溜烟飞了。

这天鞋匠非常舒坦，他觉得今生能给这么美艳的女人修这么一双值钱的鞋，总算没有白活。于是他就和旁边修自行车的拉呱。修自行车的问他："你艳福不浅呀，交了这么一位有钱的女人。""咋说的，修鞋呗！""可来我这里的都是穷人，不是坐轿的，都是骑自行车的。"看出修车的颇嫉妒。"是的，咱哥俩儿，有些差池，可退回30年，到你那儿的又都是富贵的，谁骑得起自行车。"于是两个都笑。修自行车的说："是的，那时全城只我一人修车，还闲遥遥的，于今全城十几个修自行车的，还忙不过来。"鞋匠就说："还是穷人多，不管坐轿抬轿的，咱们都在为他们忙活，咱们这活儿不错。"鞋匠能从每双鞋的质量、品种、肮脏度或洁净度上，忖度每位女人的性格。有的女人鞋，臭气熏天，顶风臭出四十里；有的女人鞋洁净漂亮，再旧再破，也穷不改其貌，破也不丧其志。有一次，一位女人给他送来穿了十年的一双鞋，底跟磨秃了，但鞋帮硬挺，他就问那女人，你怎么保护的。那女人说，下雨天，她从不穿。有一次在街上遇上雨，她就找一小店，买了两个塑料袋把鞋包上，赤脚走回家里。那不让人笑话，老高问她。不会的，这鞋是我男人生前给我买的。你男人咋啦？老高欲言又止。已死十年了。老高又用了近半个小时，费九牛二虎之力，把鞋从外到里修好。女人拿出钱来要给他，老高说，算了，我替你那死去的男人谢谢你。钱推来推去，老高说啥也不要。最后女人哭着走了。傍晚时分，刮起了大风，老高的摊子眼看被风掀走。那女人却出现了，给他送来一钵子热气腾腾的水饺，如雪中送炭。老高老泪纵横。

　　那一晚，他拾掇了十几双没拿走的女人鞋带回家，由于风大，他的车子骑得很慢，就像载着十几个女人爬坡。老高没有家庭，光棍一根，出门一把锁，进门一把火。炕冰凉冰凉的，他灶里插一根木头，就把十几双女人鞋放到炕上，就像把十几个女人搬到炕上。这时，他发现有一双鞋沾满了干干的牛屎，这女人也太马虎了，怎么这么邋遢。谁要娶这么一个女人回家，保证猪上桌，鸡上炕。这双干干的牛屎鞋，一直被他带来带去三天了，无人问津。鞋的主人，他似乎忘记了，模样也记不住。第四天早上，老高刚要摆摊，来了一个小姑娘，约有十五六岁，瞪着两颗纽扣一样的大眼说："大伯，把鞋给我吧？"老高说："哪双？"姑娘就在摊里找来找去，就这双。老高一看是双牛屎鞋，这才忽然想起当时送鞋的一位中年妇女，就问："不是你的吧？我记得那人，似乎有花白的头发了。""那是我妈，她已去世了。""我看她身体很结实，怎么突然……""我妈放牛时，一脚不慎，掉到山沟里。"老高心一咯噔，我干吗埋怨这双牛屎鞋呢，原来这是一双牛倌的鞋呀，多宝贵多可爱呀，可惜那女人。老高在不停地忏悔，我狗眼看人低，怎么能以鞋论人呢。姑娘拿了三块钱要给他，老高说："算了吧。"眼里不觉滚出两滴清泪。这天老高吃不进饭，他一想起那个花白头发结实的女人，就心酸，就在心里翻江倒海般地难受。这时，走来了一个痴肥的女人，看那样子横向发展，纵向静止，两条腿如水桶，摆来晃去像一座山，或说一座坟。痴肥的女人说："修鞋的，给我磨磨刀。"老高说："我修完这双鞋。""不能等，我家等着排骨下锅呢！？""一会就完了，人家要来拿，上午就送来的。""那排骨好吃呀，你赶快给我磨磨。""等等……"老高犟上了。"不能等……"女人唾液津津，仿佛那排骨已到了嘴里。每逢遇到这样急性的女人，老高就铜盆碰上铁扫帚，磨磨蹭蹭，针尖对麦芒。女人急了，眼里布上血丝，瞪得牛铃铛一般，横起刀："你磨不磨……"修自行车的见状，心想她要杀人，老远就喊："住手……"跑过来一看，又是那个痴肥的女人，昨天压塌一辆自行车，修完后还未付钱呢。女人说："磨完刀，我一块付。"刀磨完了，女人低头用手一试刀刃，转身就走。老高后面喊："还未付钱呢？""你看，千刀杀的，要吃排骨，把我急得忘了拿，磨刀的，你等等，我回去拿……"修车的说："我的呢？""这就拿，这就回去拿……"女人一去不复返。三天后，传来噩耗，女人得脑溢血死了。修鞋修车的钱也呜呼哀哉了。两人就像木偶一样注视着南来北往的车，一个瞅着无数快速旋转的车轱辘，一个瞅着莲步飞动、多姿多彩的鞋。那样子，就像两只企鹅，蓦然发现新大陆。

有一位老妪，让鞋匠修了三十多年的鞋，从娉婷少女到艳丽女郎到端庄老妪。老妪的脚移动了无数步，崴过脚，扭过臀，老高没移动半步，还坐在那个地方。老妪临死前，把孙女叫来，说："你到对面的马路看看那个修鞋的在不在，我有半年没能上街看他。"孙女跑去看看，回来说："在。""哪你叫他一下，我有话对他讲。"老高蹒跚着罗圈腿，横过马路来了。这一带的人老的少的，都穿过他修的鞋，都给他让路，都说："老高，忙呀。"老高罗圈着腿，一步一步上了二楼，推门看到骨瘦如柴的老妪躺在炕上，就老泪横流了："老姐姐，我说这些日子未见你，原来你病了。"老妪已起不来炕，摸着老高那草根一样粗糙的被各种鞋跟磨起老茧的手说："千条道走成河，多年的媳妇养成婆，老高你该成个家了。"老高哼哼唧唧地说："成什么呢？半截入土的人了……"老高想起老妪年轻时的样子，那可是这一带的鲜花，她花枝招展，蝶飞蜂舞，引得多少男人贪婪的眼睛，可她一辈子未嫁，她的孙女，是老高早晨修鞋时，在马路上捡到的一个女婴，老高早出晚归，无法料理，就把孩子给了已是徐娘半老风韵犹存的老妪。老妪让老高坐到自己的身边，就敞开心扉："老高，你给我修了30年的鞋，我快不行了，总想见见你。"停了一会说："我想死前让你亲自给我做一双鞋，我好穿着它到那边去。"这句话重重的，如一击鼓槌敲到老高的心坎上，就像老师在考一个刚进校门的孩子。老高为难了，他修了一辈子鞋不假，但从未做过一双鞋。大考之际，老高冷汗热汗直冒，窘得很。老姬就问他："你怎么啦？"老高用袖子擦擦脸上的汗，就抹了一个鬼花脸。老姬娇嗔地说："看你把脸抹的，过来让我给你擦擦。"老高把头伸过去，老姬就轻轻地摸着："你也见老了。"一边摸着，一边老高的眼泪就滚滚直流了。老高仅一句话："这事中，你放心，等穿我的好鞋吧，你等着我呀！"老姬惬意地点点头。老高仄斜着身子出了门，下了楼。

老高开始拼命地采购、置办，跑了九九八十一个商店，上了七七四十九个鞋店，他一面想象老姬那白皙丰满的脚，一面构思着鞋的模样。老姬要穿着这双鞋到那个世界去，带去是老高的一颗纯朴的心和他那绝代的手艺。尽管老高这辈子没见过一个女人完整的肉身子，看到的只是脚，脚，大脚，小脚，间或看到女人一截玉腿，也是昙花一现，芒刺在背，局促不安。可他在梦中，有时会想到老姬年轻时的模样，那么丰满的保养完好的身子，总是裹着旗袍，像南方的白米粽子一样。她穿着老高修的鞋，修腿颤颤，坚挺踏实，气度的完美胜过天边的彩云。不知为什么，老高形容女人，总是把她们比作天边傍晚的彩霞，过一夜就没有了。这可能与他的职业有关，阅人多矣，司空见惯，美稍纵即逝，美也是空，空也是美。但他今天面对的是老姬一个真实的活体，看我忘了，怎么忘了向老姬要一双样鞋呢。其实不用要，他也能做出一双可脚的鞋。然而他依旧心存疑虑，就又去了老姬家，向她索样鞋，老姬说："你就量量我的脚吧？"老姬接着从被里伸出一只白脚，没穿袜子，就说："你直接量吧？"老高搓搓手，颇为迟疑："这怎么好呢？""看你害羞的，像个孩子，有啥？"老姬年轻的时候，也是这样说："有啥？"老高颤颤巍巍地用手隔老远比画着那脚，"老高，看你忸怩的，有啥，把手放上去量吧？"老高就摸摸索索，小心翼翼，把手伸过去，就像小时候要偷吃母亲放在花瓶的糖。那脚白得放光，亮得耀眼，那不是脚，是玉，是瓷，是性，是女人，老高又把手缩回去，说："你没穿袜子？""看你，好死的人了，穿那干啥？"老高终于把手放到脚上，一股暖流沿胳膊直通到腋窝乃至后背，老高从未看过老妪的裸脚，真的，三十年如一日，她总穿着袜子。老高一直把老妪的脚，想象成神圣不可侵犯的白鸽，总在步履匆匆、亭亭玉立，展翅翱翔在蔚蓝的天空，那是一双充满活力，总没被男人动过的比金子还高贵的脚，它矜持着、庄重着，总是那么鲜活活地珍藏在老高记忆的水池里，出淤泥而不染，濯清涟而不妖。想当年，那双脚，在刚铺上青石板的街上款款飞动，惹得多少男人的目光像多少双狼眼一样盯梢窥测，他永远记得有一个男人，一听到响声，就紧紧尾随，直跑到女人的前面看一眼，才如释重负。可女人古典冷艳，旁若无人。他为她献花，隔着门缝瞅，站在楼上眺，可谓望断天涯路。西风凋碧树时，那男子像一片树叶一样从六楼悄然落在女人戛然而止的脚前。男人的头像摔碎的西瓜，两颗死不瞑目的眼睛，依然瞪着那两只绝尘拔世的脚。百闻不如一见，一见不如一摸，今天这双脚就在老高的手里。"哎哟，老高，你捏疼我了。"女人发出微微的喘息。老高云里雾里，他已顾不得这些，鸽子在他手里，怎能跑掉，老高丈量着，默记着，他看到女人少了一个脚指头。老高认为是兴奋过头，一时眼花，怎么这么好的脚会少一个指头呢？老高愣在那里，小声嘀咕："你咋少了一个指头呢？"老妪似乎返老还童，窃喜："莫不是你捏掉了一个，你也太贪太狠，没轻没重的。"没有这个脚指头，老高仿佛从云端里掉下来一样。好端端的一只脚，失掉一个指头，就失去整体的和谐和平衡，可这脚从年轻的时候，就那么脚踏实地、埋头苦干。女人的身子给人感觉劲条高拔豪迈，可她缺着一个指头呀，这一点瑕疵，让脚失掉了固有的宁静和美。老高心里很疼，很烦躁，痛不欲生，烦不可奈，我干什么仔仔细细的，不来量多好呀，她的脚我像数小九九一样全背下了，这不是脱裤子放屁费二道手续。可不量行吗？谁知她缺着一个指头呢？老妪翻了一下身子，白赤，乌黑，一闪，像只慵懒的羊羔，原来被里的老妪全裸。老高赶紧用手蒙起眼，可折煞我了。老妪又伸出另一只脚："你看它缺不？"老高从指缝里就能看到："不缺。""这就对了，今天我逗逗你，也就这一次啦，看把你吓得，没啥？"老高心想：这么高贵的女人，今天怎么一反常态，全裸着呢，是不是像古书讲的。"人之将死，其言也善；鸟之将亡，其鸣也哀"。老妪的眼泪顺着两颊流淌，就像打开水闸，哽咽地道："老高，咱们是天涯同鸣鸟，我也是孤儿，自小在破庙里冻掉一根脚指头，后来因长得漂亮，被一大户人家收养……"老高紧捧着那脚，仔细端详着："你别说了，这鞋我一定做好！"老高是个爽性子，他禁不住女人的眼泪，他抽身下了楼梯，边走边想：我是一个做鞋修鞋的，把鞋做好修好，是我的本分，再有其他非分之想，就好比多了一个脚指头，六指。老高深深记得：他要做的是一只四指鞋。

　　老高白天依旧修鞋，晚上备料、挑选、剪裁，挑灯夜战。他为老妪用的是小羊羔皮，质地轻、暖、软，裹着她那双又白又细又胖的脚，再般配不过。底用的是软塑聚酯，坡跟，敞口，露着圆鼓鼓的脚面。当然，老妪一定会穿上又轻又薄的丝袜，看着就像光着脚背，比玻璃还亮，还刺眼。老高做鞋时想象着老妪年轻时的模样，是不是要配上一朵花，是白的还是红的，老高斟酌再三，就用红丝线，缝上了两朵白花。这时老妪的孙女又来催了，让他加快进度，老妪快不行了。听到此话，老高依旧不慌不忙，既然老妪信得过咱，人家那么金贵的玉体，也让咱见了，尽管匆遽一闪，但从前谁见过。

老高就像给心爱的情人缝嫁妆，他拆了缝缝了拆，总觉美中不足。无数个白天熬过去，无数个晚上又流走了，老高终于把鞋缝好了。

这天，他依然骑着三轮车来到摊点，带着那双鞋。修自行车的问："老高，来了。""来了。""昨天你早早收摊后，那个坐黑轿车的女人送来一双鞋，让你赶快给她修修，听说又要嫁人了。"老高自言自语地道："这是第几个了？""谁能数过来，老高你真有造化，专门伺候有钱女人！"老高"嘿嘿"笑了几声，露出一口金牙。这时，只听一个稚嫩的声音传来，路对面站着老妪的孙女，"爷爷，快过来看看我奶奶，她不行了。"老高拿了鞋，就斜着抄过去，显得比任何时候都麻溜利索。这时的老妪家挤满了亲人，浑身已打扮齐整，专等穿鞋了。老高让其孙女给其穿鞋，孙女穿了几次也穿不进去，伸手向鞋里一摸，说："怎么里面还有一根东西挡着？"老高会意地点点头："哪我来吧。"老高轻轻地将老妪的脚放在手里，揉了揉，捂了捂，老妪的脚开始活泛软活。他轻轻地问老妪："你不穿袜子？"老妪张了张嘴，说不出话来。孙女说："我奶奶早告诉我了，她穿了一辈子的袜子，捂着那只没有脚指头的脚，今天到那边，赤裸裸地去，不穿袜子了。"老高眼泪徜徉："鞋里我给你造了一根脚趾，你配合我，我慢慢给你穿上。"老妪的眼泪兀自滚出。两只鞋经老高的手痛快地穿在老妪身上。再一看老妪两颊绯红，桃花盛开，泪水涟涟，孙女再叫她，她却再也听不见了，而且永远不醒了。老高弓着身子，向老妪郑重鞠了一躬，推门走出去，已泣不成声。老高绝没想到的是，他为这女人修了一辈子的鞋，最后又为她送终了。她穿着鞋子走向那个世界，以后再也不会找老高修鞋了，这是老高的绝笔，值得。

一连几天，修车的看出老高丧魂落魄的样子，就问："你又看上哪个娘们了，傻兮兮的，也该成个家了。"其实，在这个小城里，老高见过各式各样的女人，从前年轻的时候，也曾有过这个想法，总觉着一个摆弄臭鞋的，谁会看上咱呢？后来，他每逢看到鞋，就想起某个女人，他觉着女人就是鞋，什么样的女人穿什么样的鞋。他给女人修鞋，就像在与女人亲热，他把自己的温情热心，年轻时血一样的激情，全缝进鞋里去。他爱一个女人，爱在鞋里面，他不愿去考究女人的性格，看看她们的鞋就知道了。这不，这位立马又要结婚总是坐黑轿车的女人，一双长筒马靴总是飘着栀子花的香气。他没机会端量这女人的脚，也许还是个六指呢？老高捧着长筒马靴，就像搂着软软的女人，闻着总是扑鼻的栀子花的香气，他可是入鲍肆久而不闻其臭了。他按着每个女人的性格给女人修鞋，保证水到渠成，让她们乘兴而来，尽兴而去。可是这双长筒靴，老高修了六次，擦了六次，每次都像久别胜新婚。然而，总是不见女人半个踪影。老高心想，如今的女人都较浪漫，办一婚姻也不容易。于是他就早盼晚，今盼明，等那女人来拿鞋，死去的老妪早忘到脖后了，他要等的是再婚女人，开黑轿的女人。每有一辆黑轿从路上刮风开过来，老高总赶快抬起头来溜一眼，把眼看得生疼，女人仍不见来。

　　看看冬去春来，长筒马靴快过季了，老高知道事情不妙，他就骑着三轮车沿街打听，找那女人。他一一找那些开黑轿的女人，摊也不摆了。有人告诉他有个黑轿女人出国了。老高就纳闷：是她吗？难道她出国结婚去了？修车的也劝他："女人，破鞋一双，扔了算了，人家开的是宝马、奔驰，早忘你那双鞋了。"老高顽固地说："咱是生意人，得讲个信用，我摊上有女人的鞋，忘了一个月，还回来拿了。不行，得打听打听。"修车的说："老高，莫非你看上她了，她一夜能换两个男人。""我认的是鞋，咱不能莫名给人丢掉。"老高就像疯了一样，从此再也不修鞋了，满街打听那女人的下落。有人告诉他："老高，回去看看今晚的电视吧，听说有一辆宝马车钻进水塘里，从车里打捞上一男一女……"老高有一台破电视，但尚能收几个台，他清楚地看到那辆黑轿子，但没看到一男一女。第二天，他去了交警队，交警队给他出示了女人的照片，老高猛地一看，倒在地上，吃吃地说："就是她……她的靴子……"老高死擎着两只马靴。

从此，老高每逢拿起女人鞋，就想起古典美人那只缺了一根指头鸽子一样的白脚，就立马看见现代美人那两条白如凝脂的颀长秀腿，老高魂不守舍，战战兢兢，蹀蹀躞躞，终于彻底疯了。鞋匠，啊！

晨光

　　七、八月份，鸭蛋岛就进入一年一度的休渔时节，船进港，网入库，人上岸。

　　这一天，鸭蛋岛像往常一样随着黎明醒来。人们亲眼看到它一层层脱去了夜晚的雾衣，轻柔的波平如镜的海面，闪闪地亮了，这时的雾像幽灵偷偷地从每个方向退隐入森林中，露水挂在树梢，笑眯眯地闪着金光。雾气蒸腾的小岛显示出海市蜃楼的效果，它好像沉在水盆底下的一个天然铸成的铜币。

　　一个女人盈盈地从渔家小院走出，面向东方，深情地向曙光顶礼。她抬起手来掠一掠遮在面颊上的一缕秀发，蓦地显示出了她那一张周正的圆脸和洁白的臂膀。

　　又是整整一夜，她和丈夫苦心经营的那间草包作坊，机声嘈嘈。这是一座足有六十多平方米的普通渔岛平房。白铁房盖，水泥地面，空荡荡的。屋里铺着草席，二十多名妇女排成两行，聚精会神地织着草包。其中有两名专管搓细绳，她俩用木槌将稻草轻轻敲打，再把捶得柔软的稻草坐在臀下，从胯下一根根地抽出，接连不断地插进双手合十的手掌中，灵巧地"吱吱"

地搓成草绳。这便是织草包作经线用的绳。身旁排列的那些织草包的女工，在穿一眼横木的所谓"木马"前落座，用绳捆住稻草当作压石，名叫"玛子"。她们拿镰刀把稻草切齐，再灵巧地一根根抽出，插进织草机，发出"咔嗒咔嗒"的响声，熟练地织成草包。她们从早忙到晚，坐定不动，也只能织成八张。织一张两角钱，不论怎样拼命干，也不过赚一元六角的手工钱罢了。但是，邻近的妇女却争先恐后地聚到这里。她们似乎有一种追求，一种埋在心田不说的憧憬，恐怕不给钱，也乐此不疲。说起来，织草包坐着就可以完成，倒蛮舒服哩！因为二十名妇女相对而坐，难免闲磨牙儿，也是由于中年妇女居多。其中也有老妪，有像房主水玉那样的小媳妇，间有待字闺中的姑娘。婆娘们的话一说到兴头上，即便在少女面前，也无所顾忌。

水玉时刻思念身在南方的丈夫水贵。水玉、水贵一村之隔，去春他们才结成夫妻。丈夫买了一条40马力的船，一舵在手，吆五喝六，当上了船老大。水玉在家里闲着无事，就重新拾起了做闺女时的老行当，办起了这草包作坊。

看看一屋的草包垒成山，可装满当当的一船，她就急盼丈夫一帆风顺。特别当她从电视上看到长江发生第五次洪峰时，就更是心急如焚。

夜幕徐徐降临，云蒸霞蔚的鸭蛋岛，就像晒了一天的贝壳一样，徐徐关闭了她轻启的朱唇。这时岛上来了一个人，是一个小个子男人。这个男人进了岛，他就四处打听岛上的草包作坊。由于岛上只此一家，别无分店，他很快就找到水玉家。这时的水玉刚打发作坊的婆娘们回家做饭歇息去了。她插上门，刚要洗个冷水澡，就听传来一阵匆遽的敲门声。水玉心想，可能是水贵回来了，一阵惊喜，就蝴蝶般飞了出去。可刚一开门，发现不是水贵，而是一个黑不溜秋的小个子南方人。水玉疑惑地问："你是谁？你找谁？"小个子男人回答说："我是水贵的战友，从南方过来。"水玉见这男人挺和蔼，又听他叫出水贵的名字，觉得不能慢待客人，便开了门。

男人告诉水玉说他叫和瑞会，和水贵曾在一个部队。前几天他在南方见过水贵，是水贵告诉他家中的地址的。由于他的南腔北调，水玉听起来他的名字叫"黑水混"。他不理会水玉叫他"白水混"还是"黑水混"，他直接告诉水玉说，他是来做草包生意的。

"草包有啥生意可做？"水玉问。

"生意可大着呢，现在南方发大水，急需这东西。"

水玉心里一嘀咕，想起了押船去南方送草包的男人。觉得这"黑水混"也够鬼头了，他可能像猎狗一样嗅到了丈夫去南方送货的消息，就把发财梦做到了这里。

"南方的草包价格贵吗？"水玉问。

"咳，可贵啦，物以稀为贵嘛。"

"那也不能趁人危难，大发横财呀。"

"黑水混"撇嘴笑了笑说："马无夜草不肥，人无外财不富。你们小两口，这回可是黄海漂上来的运气，不捞就没这个机会啦。"

说着，就从兜里扯出一条足有小拇指头粗的项链，递到水玉手中说："拿着吧，这是咱们的见面礼。"水玉的手烫了似的紧忙缩回去："我从不随便收别人的东西。""黑水混"坚持说："拿着吧，别客气。"

水玉知道，"黑水混"想用这条金项链换取他的草包，而她的草包一经到了"黑水混"手中，他再一转手，就远远不是这条金项链的价值了。

水玉正想着，"黑水混"似乎看透了她的心思，便又拿出了一块亮晶晶的手表说："这是钻石的，黑夜都能看到亮光，还有这指南针，又可为你的水贵导航。"

"亏你想得出，水贵的船上有比这更先进的雷达导航器。"

"你看这表，像不像一颗心脏？她象征爱情。"

"既是这样，这表就留给你妻子吧。"

"不，这表正是我妻子给我的信物。"

"那么，你就是在出卖妻子的爱情了？"

"嘿，都市场化了，一切都可出卖！"

水玉坚持说："我不要。"

"黑水混"又笑了，他说："你真让我佩服。"

这时候一阵犀利的电话铃声响了起来。

水玉去卧室里接电话，"哐当"一声，门被带上。"黑水混"迅速地支棱起耳朵，只听到水玉说："回来了。"又说："明天早上装船。"零星的只这么几句，水玉把声音压得低低的。"黑水混"恐怕夜长梦多，在暗暗地想着计策。一会儿水玉接完电话走出卧室，"黑水混"把金项链和钻石表一并递给水玉说，"我饿了，麻烦你给我弄点吃的怎样？也好顺便商量一下草包的事情。"

水玉不动声色地问："你打算怎么做？"

"我全包了，装满一船8000元！"

水玉微笑不语。"黑水混"又说："这是个多好的机会呀，你和水贵就要发大财了。"水玉心中有数地说："好，一言为定，我去给你弄饭。"

好酒好饭，"黑水混"喝红了脸，一遍又一遍地说："要发了，我们都要发大财了。"不多时，"黑水混"便倒在沙发上醉了过去。

水玉来不及收拾碗筷，她心事重重。天亮前，她要做的事情还很多。当她听到"黑水混"像一截木头一样睡死实了，就轻手蹑脚地出了院门，向草包作坊匆匆地走去。她走过一个小胡同，又拐过一个小胡同，一连串了十几家，把姐妹们都叫了起来。草包作坊集了很多女人，她们飞快地捆着一卷卷草包，然后又两人一卷抬到车上。小胡同、街上缕缕行行排满了小推车。这时大潮还未涨起，远航的船儿在天亮前才能靠上岸，时间仅有几个小时，她必须带领众姐妹，把所有的草包运到码头。

她们虽不能和男人们一样驾船出海运草包，但随着男人们半个月半个月地在海上漂荡，她们也锤炼得更加顽强，更加执着了。她们每个人暗暗地赛着，一会儿工夫，码头上崛起一座小山样的草包垛。她们都狂喜地盼望男人们驾着的船，像大潮一样赶快涌来。

天渐渐地亮了，鸭蛋岛像一个婴儿样睡醒，她是在天地的羽翼下睡醒的，是在女人们那摇篮曲一样的呼唤中惊醒的。醒来的鸭蛋岛，大潮又把它包围。船急煎煎地靠过来，就像靠在女人的胸脯上，稳妥、甜蜜。男人们终于个个找到自己的港湾。

水贵健步走下船，他一眼就看到自己的女人在女儿国里亭亭玉立，脸上喷着一抹熹微的晨光，就像秋日山野一颗熟透的柿子。他急急地把她摘下，搂在怀里，兴奋地说：“电话里我就知道你一天天地强大成熟了。”

缠绵还没有半刻工夫，所有的男人们都绘声绘色地描绘着南方的大水。女人的心儿都很软，眼睛就红红的。水玉第一个带头，扛起一捆草包，飞也似的上了甲板。男人们纷纷赶来帮忙，女人们纷纷地说：“你们全歇着，我们自己干。”闲不住的男人们，也缕缕加入了女人的队伍。高亢雄性的北国，传来一阵粗野的“吭呦——吭呦——”的声音。

约莫七点钟光景，船装好了。男人女人们在船上吃着喷香的早饭。水玉想到那个人，她风风火火地下了船，走到家里，见“黑水混”还在睡着。水玉“哧哧”笑了几声一把将他搡醒：“船已装好了，去验货付钱吧。”“黑水混”急忙收拾停当，跟着水玉一溜烟上了码头。这时水玉一个箭步就蹿到船上。“来，拉我一下。”“黑水混”在后面战战兢兢，就是没有勇气蹿到船上。马达响了，"黑水混"弄不明白怎么回事，便朝着他们声嘶力竭地喊叫："你们不要开船，这船我包了，说好的8000元！"这时一个粗犷的声音震天动地地传来："你付得起吗？"这人便是人高马大的水贵："对不起了，我的战友，在这种时候，我们顾不得昔日的友情了。""黑水混"都明白了，他像一摊稀泥样塌在了码头上，还不住地吆喝："我有钱，这船我全包了。"女人们一齐呐喊："放下你的钱吧，船上的货，我们无偿献给灾区了！""是金山银山，多少钱也买不来呀！""黑水混"在一阵笑声中，倒退了几步，被身后的一截木桩绊倒了，口袋里的金项链和钻石表溜了出来。"黑水混"爬起身，捡起项链和钻石表，眼望着越来越远的船只，他感到自己就像一只孤雁。

太阳正升起，一层层的浪花在阳光下翻卷着银白色，"哗哗"的涛声震荡着"黑水混"的耳膜，他想将手中的项链和钻石表抛进大海中，但他实在没有勇气。

水塘

　　一大早，苗村的当家人胡富便去了村委，对着喇叭叫喊不停，从雾里看花到日上三竿，胡富对着喇叭直吹。吹来吹去，人们便听明白了：全村的三座池塘要叫行，召集大家饭后到队屋开叫。

　　苗村的三座塘坝，是当年学大寨的产物。这几年，村民一直拆用坝上的材料。今天这家盖房，从坝上推车泥；明天那家垒屋，顺手搬块石头。并且，人人都觉得理所当然，没人管，没人问。时间一长，塘坝便被糟蹋得走了样。去年那场大旱中，塘坝上曾发生过一场前所未有的战争。为了能浇上地，大家谁也不让谁，由于缺水，乡里乡亲的也六亲不认了。那几日里，堤坝上除了机器声，就是无休无止的吵闹声。长期以来，水塘的话题一直很敏感，虽然糟蹋得不成形，但那毕竟是个水塘，苗村是个历来就缺水的干旱村。

　　饭后，大家都朝队屋涌来了。

　　苗村的队屋老旧得摇摇欲坠，生人乍一进去，能吓出一身冷汗。这还是老书记李水年轻时盖的房子，至今除了苫房的草揭过换成了瓦，其门窗早日朽败不堪，草草用塑料纸封着。胡富一手支着下颌，一脚踩在一条瘸腿凳上，耷拉着眼睛。他的堂兄胡干一边端茶递烟，一边维持着屋里的秩序。一位精瘦的会计，在桌上漫不经心地拨弄着一颗颗磨得马粪蛋一样光亮的算盘珠子。屋内只听算盘响，不闻喧哗声。胡富说："今天叫大家没别的，就是我早晨在喇叭上喊的几句，三处塘坝叫行。"于是一声令下："开叫！"

三处塘坝由会计写在黑板上，每口塘都标明了最低价码。鳖顶子那口塘最大，地势最高，约能浇500亩园，它的标价最高：5000元。

这时，瘦弱的李锐第一个站出来说："我叫鳖顶子那口，6000元。"

另一个汉子站起来说："我也叫这口塘，7000元。"这汉子是胡干的哥哥胡必。

一时，队屋沉闷，落尘有声。胡干不动声色地扫视着众人，一边按按兜里的一万元钱，硬硬的还在。这是胡富昨晚给他的。

屋内又一阵骚动，李水的儿子李冰站了出来，心直口快地说："7500元，我叫了。""8000元我叫了。"胡必痛下决心地说。屋里又一阵鸦雀无声。

一句粗壮的几乎竭尽全力的声音冲出李水的喉咙："10000元，我叫了！"

李水就像清楚自己的儿子李冰一样清楚那口水塘，那是他带领全村男女老少在冰天雪地大干一冬挖出的水塘。那里曾洒下他的血汗，埋葬过他的青春；最让他刻骨铭心的是李锐的父亲因去看一颗哑炮，而炸得血肉横飞。如今，每逢想到这些事情，他就觉得愧对羸弱多病的李锐，对不起他的父亲。

胡富破天荒地讲话了："大叔，这10000元吐唾沫是钉子，可得当场兑现，立马签约呀！"

李冰走上前去，说："不行呀，爹，今天早上我和娘借了好几家才凑了7500元，多一分也没有了。"

"不行的话，就把我没兑现的养老金补上。"李水看看胡富说。

"那可不行，不能用旧账抵顶，必须当场兑现。"胡干急火火地过来。

过了一会儿，看大家面面相觑，各怀心事，胡富就胸有成竹地说："我看时候不早了，再吵下去也没用，价码就定10000元，我数十个数，看谁能把10000元送上来，我叫给谁。"

村长喊："一！"无人回应。

……

村长又喊："二！"无人回应。

"十！"胡干蹿到会计跟前，将一沓厚厚的钞票撂到桌上，重重地说："数数，看看是不是10000元，这行我叫了。"

转眼就到了春耕大忙季节，胡干将水塘看得紧紧的。众人心明眼亮，知道这塘是胡富叫的，让胡干出面，只不过是遮人耳目。自去年大旱以来，胡富早对这口塘垂涎不已。他深知这是一棵摇钱树，尽管豁出10000元，但舍不得孩子套不着狼。靠着这棵摇钱树，那钱就像秋天的落叶一样，一会儿就能扫满他的口袋。果然，苗村又遇上了春旱。花生等着下种，地瓜等着插秧，一等天无雨，二等天还无雨。胡富的水塘边拉水的拖拉机排成长龙，提水的担水的川流不息。水塘如今是胡富的，雁过拔毛，来者只好留下买水钱。当然这些事都不用胡富出面，胡干就足以与众人斤斤计较，争得面红耳赤。当天晚上就有两个蒙面客，去胡富水塘边的小屋里，将胡干揪出来臭揍一顿。第二天。人们见胡富的塘坝旁站着两个全副武装的民警。一春下来，胡富的收入超过万元，远远超过其他两口池塘。

转眼就到了夏天，人们春上泼死泼活下的种子和秧苗，一瞬间都长成通绿的地毯。也许是去年旱了一年，今年又旱了一春，夏雨绵绵无尽期，潮湿得人们心中都起了绿苔。

雨把田野润肥了，胡富的塘也逐渐丰盈起来，就像他那日渐丰满的衣兜。胡干被暴怒的夏雨赶出了坝旁的小屋，只好和胡富一边在家里搓着麻将，一面埋怨老天不长眼。偶尔，他也去坝上看看，他多么希望再来一场秋旱呀！

然而，夏雨不止，绵绵无期。已是风烛残年的塘坝终于禁不住这无尽的肆虐，坝堤破裂，露出一条狭长的缝子。胡干一溜小跑到家告诉胡富，胡富摇了摇头，说，天很快就会放晴。说完，又和胡干放倒了麻将桌。

缝子一寸寸拉长，天仍不见晴。胡干一趟趟地向胡富禀报，不得已胡富去了队屋，打开喇叭：大家注意了，鳖顶子塘坝被雨水冲开了一条缝，各家各户有劳力出劳力，有麻袋出麻袋，有石头出石头，赶快到坝上抗洪！

村民被喇叭声吵醒了。大家发着牢骚：决了更好，再叫他娘的挣我们庄稼人的血汗钱。胡富嚷了足有一个小时，堤坝上只来了两个人，一个是李水，一个是李锐，随后赶来的是回村叫人的胡干。

胡干跑回村叫人，大家都不理他，他只好丧魂落魄地跑回来，像只落汤鸡，悻悻地说："冲了更好，淹死他们。"李锐说："放你娘的臭屁！"这时，喇叭里的喊叫一声比一声急，喊声终于惊动了村民。有人挈妇将雏，向全村最高的山顶跑去。很多人向堤坝跑来。胡干磕头作揖地对众人说："谢谢大家了！"李水冷冷地说："用不着你谢，如果冲你，大家绝不会来的！"说完，招呼大家一起对付大水。水势激荡，情况危急，已过花甲的李水唰地把身上的衣服脱掉，就要跳到水里堵坝。李锐急忙上前拦住："大伯，这怎么能行？你年老体弱，还是我来吧。"说毕，李锐倏地跳下水去。别看这人表面弱不禁风，但他一身好水性。他一个猛子扎下去了，察看了一下地形，又蹿上来说："往下掀石头。"李水和胡干搬来大石头，就向下扔去。在水下，瘦弱的李锐竭尽全力，把大石头推到坝根堵上，又二次跃出水面。这时风高浪快，暴雨如注。李锐那瘦弱的身体已有些招架不住，他两手卷成喇叭，向岸上的胡干喊去："你下来帮帮我。"胡干赖着不下水，李水一脚把他踹下去。

两个头顶在水中漂了一阵，就同时沉了下去，约有十分钟光景，再没见他们上来……

两天后，大水退了，人们从坝缝找到李锐、胡干的尸体，两人死死纠缠在一起，掰都掰不开。

面对着平静的水塘，大家的心情无论如何不能平静。

黄昏走失一只鸡

临近年关时节，奶奶说，把那只老母鸡杀了吧，留着她也不下蛋了。老母鸡臃肿、肥胖，神色忧郁安详，就是绣花枕头虚好看，驴粪蛋外面光，她已外强中干了。家里的芦花大公鸡欺负她，她的一些子嗣也赶着她，快走，快走。上哪儿去？老母鸡眼神恍惚，情绪沮丧，慌慌如漏网之鱼，急急如丧家之犬，冷不丁地被胡同头蹿出的一条大黑狗一吓，她倾尽了全力飞上墙头。

墙头有毛毛草，头重脚轻根底浅，已是深冬了，但它们还是晃动着头颅，热切地等待着春天的到来。老母鸡蹿上了胡同的院墙，一览众山小。她悠闲地在院墙上踱着方步，胜似闲庭信步，她用那黄黄的小嘴啄着毛草籽，那样子就像去赴什么大餐盛宴。我和弟弟在下面拼命地喊，快下来，快下来。鸡不理不睬，依旧低头啄食，无暇旁顾。奶奶急了，她进屋抄出一把玉米，就顺手撒下。鸡连看都不看一眼，她从墙这头走到墙那头，又从墙那头走到墙这头，过去是二十步，过来也是二十步。她尽管步履蹒跚，老态龙钟，老气横秋，但一会儿眉飞色舞，原来她发现了一条僵死的小虫子；一会儿高视阔步，原来她看到一户人家喷香的炊烟。这家晚饭做得够早的了，只听砧板响，可能又在包饺子，那是书记的家。鸡往那边望望，可能闻到了香味，但她富贵不淫，威武不屈，贫贱不移，她向那边只淡淡地望几眼，宛如柳下惠坐怀不乱。她永远不会忘记，一次她跑到书记的院子，为争一片烂白菜叶子，被书记的老婆打得头破血流，好在，那次她是跟着大芦花公鸡去的，她亲眼看到芦花公鸡欺负了书记家最俊的小母鸡，然后又强盗一样窜了出来，身手敏捷，就没挨上书记老婆一顿揍。还算出了气。

这时书记老婆出来了，她臀部浑圆，肩部溜圆，胸部挺圆，她阔着嗓门大喊，谁家的鸡上墙了，也不管一管。这一喊不要紧，如河东狮吼。老母鸡一看大祸临头，一翅飞到她家的屋脊上。老母鸡很生气地刨着她家屋脊，咕咕叫着，那意思是说，就你坏，就你坏，我叫你坏，我叫你坏。茅草被纷纷扬扬地扒出了一些。那时的夕阳温暖娴静，淡淡地像水银一样镀在我家老母鸡的身上，把老母鸡的鸡冠染得通红。她身上的羽毛金黄高贵就像皇宫里的袍子，咄咄逼人。鸡在房顶居高临下地看着书记的老婆进了茅厕，两片肥胖的臀花瓣一样开放。看她家预备过年的柴火码得很整齐，看到整捆的大刀鱼晾在屋檐下，看到一个人扛着一个血淋淋的猪头进来了，看到火红的柿子在屋檐下闪烁。一串串红辣椒，一把把的大葱，尤其看到她的伙伴——那一只只被扒得精光的鸡，我家的老母鸡黯然神伤。她默默地数着院中的鸡，一只，两只，三只，四只，五只，七只，只只健在，一只没少，包括芦花公鸡欺负的那只小母鸡，又俊又俏，就像书记的公主，总着紧腿裤，秀发披肩，吃饭一小口一小口的，温文尔雅。老母鸡仿佛知道了那些光腚鸡，就像无头猪一样，是给书记进贡的。她看到那些伙伴凄凄惨惨戚戚，挂在屋檐下，隐私暴露，灵魂缺失，眼看成为人家的盘中餐，老母鸡浑身长满了鸡皮疙瘩。她看到黄昏的夕阳，如离人的泪，点点滴滴都是愁。

我们在下面放声呼唤着那只越来越远的鸡，她鸡头昂扬，鸡步傲慢，鸡声高亢，从一个屋脊到另一个屋脊，波浪一样越推越远。手中无米，叫鸡鸡不理。奶奶干脆拿出雪白的窖藏的大米，架起梯子，让我爬到墙上，一粒粒把珍珠样的大米撒在院墙上。我们的呼唤就像炊烟散播到黄昏中，鸡头不抬，眼不睁，就像一个蒙面侠士一样，潇洒而去。看到她蹁跹而逝的身影，我倍感凄凉。昔时，用她的蛋，给我买过多少支铅笔，多少个本子，是数也数不清呀。我的第一支钢笔，是用她的十枚蛋换的。唉，卸磨杀驴，过河拆桥，奶奶干吗要杀她呢？一想到这，我希望她赶快逃出这个火海深宅中。可她是我们的伙伴呀，毕竟三年了，朝夕相处。晚上奶奶总要嘱我们摸摸鸡窝门关了没有；早晨当看着它们被一一放出来后，就像完璧归赵，如释重负。鸡带着恋恋不舍的神情逃逸了，就像我家的一只猫逃到了青纱帐，我家的一只鸭消失在水塘里，春天我家的一只鸡雏被黄鼠狼叼走一样，老母鸡消失在鳞鳞屋瓦迷蒙冬季里，西天晚霞如血。鸡的尾巴最后跳下那家屋脊，像一面旗帜一样，猎猎而去了。

我和弟弟清晰地看到，她消失的那个屋脊，是月儿姐家的房子。月儿姐长我们几岁，她的皮肤透明白皙，像缎子一样光滑，玻璃一样璀璨闪烁。我们来到她家的门口，月儿姐高出我们半个头顶，鬓影如水，月儿姐知道我们自小没母亲，就直拉我们进屋，上了几截台阶，进了她家。她家宽绰，干净，一尘不染，就像月儿姐的皮肤一样高贵光洁。月儿姐说，干吗哭兮兮的？月儿才知道我家的母鸡走失了。弟弟抢着说，不，上房了。月儿姐说，不急，不急的，鸡上房，猫跳梁，急啥子吗，急啥子吗——鸡走丢了，我赔你们一只就是了。月儿姐声音清幽幽，脾气温吞吞，不紧不慢。她说，我给你们找糖吃。这是月儿姐的柔性子，到这个时候还知道找糖吃呢。说完就掀开一个神秘的搪瓷罐子，给我们拿出一把糖，然后又清晰地阖上。月儿姐的手脖真嫩，一节嫩藕，十指尖尖如笋，我想月儿姐的身上更白，腿更白吧，

有时我做梦都这样想。月儿姐说，我出去搬梯子，咱们上墙瞧瞧，也许她还
在呢。月儿姐说鸡就像人一样，她恋家呢。其实，我们就是失去了一个童年
的伙伴，不是村里有找驴的，找狗的，找马的吗？我们就在找这些伙伴。记
得村头李明家的一头驴没有了，找了三天不见影儿，李明妈就疯了，后来那
头驴还不是好端端的从羊角畔回来了。畜生在家呆久了，也会串门儿。月儿
姐告诉我们，它们还会约会呢。

　　梯子搭在墙头上，可月儿姐只上了两登，就气喘吁吁，两颊飞红。她周
身的圆润与丰满是无可挑剔的，就像刚下山的玉米棒子，水嫩嫩的，圆鼓鼓
的，一掐就冒汤儿；就连那呼出的气儿，也水蒙蒙的湿漉漉的，那气儿就像
喷香的牛奶，让人闻了就眩晕。现在再难见到这样的人儿，那么清纯的少女
呀。月儿姐上气不接下气地说，我恐高，还是你上吧。我"噌噌"地蹿了上
去，东看看，西瞅瞅，就没找到那物，只听她"咯咯"的依稀朦胧的叫声。
月儿姐笑语盈盈，低低地说，她还在，不远，就在不远，你下来吧，咱们慢
慢找去。

　　我们就来到与姐姐家相邻的一座房子。看人家黑漆大门紧闭，墙上毛草
痴长，无人问津，听不到鸡畜声，人语声。门上大锁锈迹斑斑，一看就知道
这家的房子好久无人住了。姐姐轻声说，这是吊死鬼的房子，这是老地主的
房子，前几年他被整得凄惨，晚上就房梁上吊死了。死后这房子变成民兵岗
屋，民兵晚上也不敢呆在这里，天天闹鬼呢，就搬了出去。如今这院子全是
死猫赖狗，黄鼠狼一群一群的，狐狸成帮结伙的，晚上那眼睛眨得，色迷迷
的像手电筒一样。我们三个人踯躅在门前，不敢前进半步。这时我们看到胡
同头上小生远远地晃着膀子过来。小生曾公开发布，这村他最喜爱的女人就
是月儿姐，非她不娶。有几次小生从房后扒窗看月儿姐的闺房，被月儿姐的
爸爸拖下来臭揍一顿。人们问他，你看到什么了？就看到了那膀子，真亮真

白，还有那通红的裤头儿，小生总在比画。自从出那事后，月儿姐看到小生就低头红脸。小生其实人长得还算可以，只是略微有些粗鲁，就像一头发情的公牛，两眼血红血红的，看看能吃人似的。他对我说，你们在看什么？我怯生生地说，我们在找鸡。找什么鸡，过年了，杀吃算了。说完一推一搡，来，我给你们找。院子里有黄鼠狼，你敢进去？月儿姐说。我是黄鼠狼他爹，我进去管管这些家伙，看把我小妹妹吓得，来，向我这边靠靠，小生拿眼斜睨着月儿姐。月儿姐心软了，小生你不要进去，让吊死鬼吃了咋办？我是吊死鬼他妈，说完一个鲤鱼打挺上了墙，只听"噗通"一声，进去了。堂屋门发出"吱吱嘎嘎"牢骚满腹的叫声，接下就从院墙上蹦出几匹黑亮的大猫，没看见黄鼠狼。哎呀，我的妈，吊死鬼伸出了血红的舌头，小生在里面喊。月儿姐软瘫如泥，低声呼喊，小生，快出来吧，吓死我了。里面扬出很高的尘，两只酒瓶从墙头上长出，就像两把光亮的榴弹。月儿姐说，小生，求你了，别吓我们了。小生在里面装出黄鼠狼的叫声，姐嘀咕我们快跑。小生听到了，说，还想跑，跑了和尚跑不了庙，今晚我就领着吊死鬼上你们家闹你们。我们三个像一群刺猬一样抱在一起，大气不敢出，不敢越雷池半步。月儿，在下面听好了，接着我，小生傲慢地说。月儿瑟缩肩膀说，我不敢，你不要吓我们了，你只要不再吓我们，我就接你。只听"噗通"又一声，小生掉进月儿姐的怀里，把月儿姐撞倒在地。月儿姐费力把黏黏糊糊的小生推开。小生说，你身上真软，像棉花，絮床被多暄腾。月儿姐羞红了脸说，你再嚷，我就喊我爸，我爸在邻家干木工活儿，用大锯锯你。小生自那次最怕月儿姐的爸爸。哪你今晚在家等着，我去找你。我们拿石子打小生，他拿着两瓶酒，吹着口哨，欣喜若狂地飞了。

天渐渐黑下来，炊烟袅袅，像一层薄帷一样罩着天空。家家传来烧柴的毕剥声，孩子放学后在胡同不停的跑动声，谁家妈妈柔媚风情地呼唤儿子回家吃饭的声音，牛进栏前的哞叫声，畜栏里散发出的青草的香味，掺和着炊烟的香味，让人闻起来特别温暖。可今天我和弟弟的情绪特别低落，以前我们和月儿姐趴猫的草垛，仿佛像寂定的老僧一样禅化了。今天，我家的一只母鸡，走失了，走失在薄薄的黄昏中。先前还听到她那独特的叫声，如今仿佛她那叫声也变得越来越渺远。小巷里货郎鼓的叫声，渐渐远去，就像晒在老棉鞋里的阳光，是一种老去的回忆。听到唤鸭的声音，原来是五奶奶的鸭子从水塘回来了，身上还淋着水。五奶奶开了门，鸭子就从门槛上跳过去；五奶奶刚要关门，月儿姐赶快挤门缝问道，五奶奶，你没看到一只鸡？啥鸡？我家没养鸡，全是鸭子，这不，全进家了，一个都没少。只见五奶奶大门两侧的对联非常醒目："四海翻腾云水怒，五洲震荡风雷急。"门楣上是"光荣人家"。五奶奶是烈属，她的丈夫抗美援朝时就牺牲了，无儿无女，古里古怪。五奶奶的街门很沉重地关上了，她就那么大门不迈，二门不出，整天守着一口天井，坐井观天。院子里有一棵大梧桐树，哗哗啦啦，叶落是秋，叶生是春。梧桐树罩住了半个院子的荫凉，她就在这荫凉里想着往事，想着心事。可现在是深冬，梧桐树光秃的枝干伸出墙外，铁一样伸进胡同。梧桐树上半片叶子也不见，别说是鸡，整个五奶奶的宅院里，连鸭叫也沉落，陷落了。只听鸭栏被啪嗒关上，五奶奶家的灯突地亮了。

　　凄凄清清，寻寻觅觅，我们沿着半条街在走，从一条胡同到另一条胡同，从一家到另一家。牧童赶着一群羊进村，一个个在山里吃得肚儿圆。牧童是孤儿，是我们上山拾草的伙伴。我和月儿姐急急地问，你没见到一只鸡？牧童鞭杆一挥，遥指杏花巷。杏花巷，无疑栽着许多杏树。夏时枝叶茂盛，果实累累，牧童常常爬树给我们摘杏吃，一次到底被人家的狗咬了腿，半月没再放羊，好心的月儿姐天天给他送饭吃。牧童说的杏花巷是条死胡同，最深处是照壁，据说那照壁上曾吊死一女人，所以晚上孩子大都不敢进那胡同。然而，牧童敢，他回家草草吃块地瓜，就领着一大群孩子爬墙登树，不玩到半夜不散。他们站在墙头往人家尿尿，冷不丁尿到人家女人的腚上，原来人家女人正上茅厕，就惹来一阵大骂。女人提着裤子出来时，牧童领着那一大群孩子早翻到照壁后面去了。牧童把从山里偷来的东西全放到照壁后面，谁也不敢去翻。牧童放羊入栏回来时，我们让他到照壁后看看那鸡是否藏在那里，牧童应声而去。蹭了一鼻子灰说，什么也没看到，这么晚了，鸡大概早藏起来了吧。

月亮上来时，周遭水样的清凉。清凉凉世界里，月儿姐的皮肤冷冷泛着白白的光华。一条游狗钻进草垛，一条腿站着尿尿。白花花的月光，照着白花花的街面，有的人家开始吃饭了，灯影里看到彼此交头接耳，欢笑声震得窗纸不时呢喃呻吟。些许的人间温暖，在我们身上半点找不到，我们三个好像掉魂一样，就像街上遗弃在月光下的一块大石头，滑溜溜的，孤单冷清，孤立无援。弟弟哭了，这哪里是失去一只鸡，分明走失的是另一个小弟弟。人家的鸡早在屋下睡着，可我家的鸡沦落街头，沿街乞讨，她在哪里睡觉呀？

这时街面传来"吧嗒吧嗒"的声音，声音一起，月光一颤，声音又一起，月光更颤。是人走路的声音，父亲来了，他那魁梧的身影，给了我们泰山般的依靠。父亲说，不用找了，鸡可能去了后街，听那面的人家讲，有人见到她。后街在哪里？后街是在杏花巷的后面，照壁的那面，那面对我们来说，是另一个世界。那面的人也仿佛又高又大，狗长得像小马儿，猪浑圆仿若五百斤，活了五百岁。这里与那面就像东半球和西半球，就像中国和美国，看那里的人，就像看高鼻子洋人。我小时候，可叫那里的人吓了一跳，他人高马大，领着一条大黑狗，来我家借锯。他说他们那里有一棵百年大树要伐了，奶奶说，这锯不能借，百年大树有魂的，能成精的，怎么说伐就伐

呀。你们也太粗疏了。于是找来父亲，父亲拿锯去了，一看那树还活着，仍
是枝繁叶茂，遮住了两家的屋檐。其实两家人家都无错，小的时候都爬过那
树，都借那树荫长大，都听到那树叶晚上"哗哗啦啦"海潮一样的笑声。父
亲也不敢锯树，只是把那些树枝修剪一下，两家屋檐清了，叶落归根。奶奶
夸父亲很会办事，那树不能锯的，一锯她会哭还掉眼泪的。从此，我对后街
倍感神往。月儿姐的姐姐嫁到后街时，我们还小，仿若到另一个村，另一个
大城市。对后街，我们是鸡犬相闻，老死不相往来。

　　父亲说，月儿你回去吧，只要鸡还在后街，没出这个村子，我就有办法
把她找回。月儿姐说，大伯，鸡没有了，我们家有，你随便挑是了。弟弟埋
怨说，就是不该杀她。月儿惊讶地说，大伯，你要杀她呀，我们家的鸡只会
老死，从不杀的。一听到要杀老母鸡，月儿姐落泪了。月儿姐家的一只鸡养
了十年死了，她们全家不吃她的肉，给她起了一小坟堆。我随口对父亲说，
爸，不要杀那只鸡了，她也像那大树一样，会哭的。这时，我们仿佛听到鸡
叫声，那是街那面的，声音很模糊，很含蓄，仿佛远处渺茫的歌声似的。那
可能就是我家的老母鸡，她太孤独，上哪去睡觉呀？就像我小时候去姑家，
晚上总睡不着，泪水打湿了枕头。

　　鸡撕破夜幕在叫，一块完整幕布仿佛用刀在割一条口子，整个世界随
着月光一起震颤，啜泣。月儿姐轻盈地跨上台阶，她的后影真好，凄美。月
儿姐的鬓影水花一闪，玉颈似雪，大门关上了。从门缝泄出温煦的亮光，白
瓷罐里放着糖，她的家真香，满是糖味，月儿姐的白皮肤发糕一样的香。满
街真香，煳地瓜的香味，晚饭了。还呆在街上干什么呢，回家吃饭吧，父亲
说。

　　吃了饭，我和弟弟趴在被窝里，想那鸡，想一阵子就一串泪，串糖葫芦
似的。鸡声远了，我们蒙眬入睡。只听父亲和奶奶在窸窸窣窣地说着话儿。

奶奶说，找人掐掐吧。掐掐就是算算的意思。父亲找了对门的寥二伯，算了那鸡在后街的一家院墙上过夜，挺好的，就是孤单点，露水打湿了她金黄的羽毛。睡梦中，大锯锯断母鸡的头，激起我浑身冷汗，冬夜漫长。

我父亲在村里算上个聪明人，他会有办法的。第二天，晨光熹微，我们还没起来，街上行人寥落，父亲就和寥二伯手拿渔网，在一家人家的院墙上找到那鸡。她可能累了，正在瞌睡。寥二伯手起网落，鸡入网中。那鸡在网里扑腾几下，就回家了。

寥二伯会掐，父亲手巧，二者珠联璧合，没有办不到的事。清晨，我们看到鸡回来了，在院子里撅着腚吃食，奶奶眉梢弯弯的很快乐。月儿姐，身穿月白小袄儿，也来了。奶奶就说，那两个还在炕上睡呀，你掀开被打他们腚去。光赤的我们两个，赶忙把头从窗口移开，钻进了被窝。月儿姐只在我们的被上轻轻一拍，声音比棉被还柔："弟弟们，起来看看那鸡吧，她串门儿回家了。"月儿姐朱唇轻启，声音甜丝丝的，张口就带糖味。那么甜的一个女人，站在被里赤身裸体两个光腚男人跟前，太醉人了。知道鸡逃脱了杀身之祸，月儿姐看似比我们还高兴三分。

那鸡在我家又活了些年岁，寿终时五岁零八个月，也算高寿了。

牛事笔记

牛庄，村不大，二三百户，家家养牛。

这天，村长牛二汉去了趟镇里，说是开了么子养牛表彰大会。回来时夹着一个红彤彤的大镜框。村长的女儿牛小嫚就那么红彤彤地接了，一壁挂到了队屋，红彤彤在墙上。牛小嫚是村里的牛医，兽医学校毕业，人长得就像旱地的一棵剥了皮的大葱，瓷实、雪白、疯野、葱嫩。村长问女儿："嫚儿，你说咱村这600多头牛，入夏还能下多崽儿？"嫚儿长长的黑睫毛一扑闪："大概有50头吧。""这不行，如果到了秋天呢？""也最多100头吧！""就不能再多点儿。""这得……"嫚儿欲言又止。"嫚儿，你是兽医，就不能让它们多下几个崽子。"嫚儿大眼瞪得像枚黑棋子："爸，你这是在难为女儿，那牛和人一样，并不是每个都能怀孕呢。""那好，那好，你就尽量为它们多撮合撮合，让牛们多亲近亲近。"女儿嗔怪地剜了父亲一眼，心想："你咋不给俺再生个妹妹？"

这年秋天，镇长又把牛二汉叫去，问："你庄的牛有多少头了？""大概650头吧？""不要大概，准确点。""少说也得650头吧。""不要少说，要多说。""多说？咱就没准了。""县上要到你庄去检查，请你准备准备，这次咱向县上报了一万头。"牛二汉的脸立时煞白："镇长，要命我也弄不来这么多的牛。""你真是榆木疙瘩不开窍，你放心回吧，到时我自有办法。"二汉一径回来，无话。

看看到了秋天，天高地迥，视野辽阔。村长正在地堰丛玉米秸，就看天边公路烟尘斗乱，一辆辆锃亮的汽车，挟着一路咄咄逼人的气浪鱼贯而来。村长思忖：大概检查团来了。想着就不寒而栗，一个趔趄，差点栽到堰下。

说话间，嫚儿风摆杨柳地飘来，上气不接下气："爸，赶快回村，检查团来了。"

牛二汉和女儿一路忐忐忑忑回了村，看村头卧着十几辆小轿车，心里就嘀咕开了：少说也有50人吧？这午饭咋办呢？女儿看出父亲面有难色，就问："爸，是愁饭的事吧？镇长早就吩咐我找人杀牛了，他说今天中午来一个'全牛宴'。"二汉这才一块石头落了地。

二汉见过镇长，镇长说："二汉，牛都哪去了？""都在山上吃草。"于是车就满山遍野地开去，四处寻牛。其中一个戴墨镜的，姑且称为"牛经纪"吧，说："还是把牛召集在一起，我要训话。"人们吃吃地笑。这位拿着尚方宝剑的"钦差大臣"，是在秘密执行一个任务，那就是把该镇上报的带有大量水分的万头牛，一头一头地数清摸细，不差分毫。于是匆忙改口："我要数牛。"于是一头头卸了套，下了山，发了情的牛，全都规规矩矩地站在村里的操场上，牛模牛样地瞪着这群不速之客，以待检阅。好歹这牛不是"三军仪仗队"，颇难驯服。孙老大的一头牛，雄赳赳、气昂昂地站了出来，一副一夫当关万夫莫开的架势。驼背的孙老大赶忙前去打圆招架："各位领导、爷们，不要惊慌，我的牛已患了单相思，他的伴儿被你们拉去刀砍斧凿，牛二汉，你可得赔我的牛钱呀！""这是怎么回事？大煞风景。"镇长怒气冲冲地瞪着牛二汉。"孙老大的牛钱，我们这就付，这就付。"牛二汉不迭连声。

牛经纪派人前去数牛，另一个灯草胳膊麻秸腿样的瘦子站着记数。牛小嫚温柔地抚摸着牛儿们。时间一分一秒地过去了。温馨的牛肉香随着"哞哞"的牛叫也幽幽地在村里荡漾开来，几乎征服所有人的食欲。

午餐在学校的桌椅板凳上举行。牛肉肆无忌惮的香味，像一群群亮丽的蝴蝶从教室的窗口络绎飞出。孩子们伸长脖子，踮着脚，朝窗内望，恰巧一块牛骨无意中飞到一个孩子的额上。孩子的母亲一臂把他牵走，愤愤地说："没吃过牛肉，还没看过牛走路！"

"全牛宴"一直进行到下午三点，教室里留下一大片狼藉的碗碟和阵阵难闻的酒气。孩子放了半下午的假，快活地捡着牛骨，准备去小店换糖。这时，他们看到门口站着一头牛，雄赳赳、气昂昂。孩子们几乎吓瘫了。孙老大把孩子一一搀起，涕泪滂沱地说："孩子，别怕，它这是来给伴儿送行的。"

村里的账面早就一分钱没有了，无可奈何之时，嫚儿对牛二汉说："爸，就把咱那头黑犍子给孙老大，免得他天天嘟嘟囔囔，嘴上吊着油瓶子。"黑犍子，力大，腿健，周身膂力。然而两头叫驴怎能拴到一个槽上？孙老大得便宜欢喜不到两天，那两头牛就打得鼻青眼肿，南北不认识了。嫚儿用物理学解释说："同性相斥，异性相吸，孙大叔别太害愁，过几天它俩你制服不了我，我制服不了你，慢慢就会和好的。"

总算把孙老大安抚住了，村长牛二汉暗暗捏了一把汗。

检查团又要准备去与牛庄一河之隔的小囤子村。深更半夜，牛二汉被紧急召见。镇长严肃有余："二汉，明天清晨五点前，你迅速把本庄680头牛全部赶到小囤子村。"牛二汉丈二的和尚摸不着头脑："镇长，你又在兜啥圈子？"镇长"嘿嘿"一笑，阴险狡诈："听我的没错。""是的，我听，镇长识字懂文，站高看远。"黑灯瞎火，牛二汉深一脚浅一脚地回到家里，冷汗热汗一溇溇，见妻子和女儿已等得好苦。小嫚问："爸，镇长又发啥号令了？"二汉说："叫把牛赶到小囤子村，这咋办呢？都这年月了，哪个村民听咱使唤。"小嫚机灵率真，眼珠一转，说："这还不容易，就说县上派人给牛打预防针呗。"牛二汉一拍大腿："好！这招真妙，不愧牛家的女儿，好种！"

第二天，天还蒙蒙亮，牛庄的喇叭就醒了。村民纷纷把牛从栏里牵出，缕缕行行蜿蜒到小囤子村。小囤子村，才五十号人家，没一家养牛的。他们使唤牛耕牛驮，都是去牛庄借，因为两村一河之隔，唇齿相依，总有沾亲带故的。小囤子村，弹丸之地，那牛黄蒙蒙一片立着，喧宾夺主。小囤子村的人小巫见大巫。小囤子的孩子，更像是在看"牛运会"，纷纷的，你挤我拥，水泄不通。

八点钟，检查团姗姗而来。还是那几辆轿车一字排开，闪闪发着贼亮的光，把小囤子村的人们唬得直喘不过气来。依旧是镇长，牛经纪，瘦麻秆，迈八字步，操官腔。还是数牛，记账，摸底子。咳，也就怪了，不多不少整680头。镇长、村长，冷汗热汗顺腔淌，都暗叹一口气，总算过了这座火焰山。

中午，小囤子村发动全村百姓，搜遍全庄，抠几遍鸡窝，也拿不出几样上好的菜肴招待这些贵客。无奈只得又开杀戒。孙老大眼明手快，第一个把他的两头牛牵走。人问："你不打预防针了？""不打了。"众人似乎皆悟，也都纷纷把牛牵走了，最后只剩下牛二汉的十头牛，全都精神抖擞，忠心耿耿地站在一起，等候主人的发落。在劫难逃，牛二汉的又一头牛赴汤蹈火了，小囤子村上空飘着一股诱人的香气。

小囤子村在一片如痴如醉的深秋里酣酣午休。牛二汉伤心地吃着心爱的牛肉，老泪婆娑。回忆着心爱的牛对他的毕恭毕敬，鞠躬尽瘁，死而后已，他的心坎上就像撒了一把盐，比咸鱼还难受。

　　度日如年，好歹挨过这个中午，牛二汉又被叫去了。镇长睡眼惺忪地说："明天，再把你村的牛赶到牛根树。""这个……"牛二汉犹豫了一阵。"这个什么，你是一个非常听话的村长，就照我的办。""是的，镇长识字懂文，我听。"不容说，第二天牛二汉又依靠女儿，使出浑身解数，把牛和养牛人熊到了牛根树，不过这次只赶了679头。好在牛根树还养了12头，也就没露破绽。不过，这次却没有前两次顺利。当牛经纪再站到这些牲畜面前，牛庄的牛确实是可忍，孰不可忍。它们全都奔拉着眼睛，滴溜溜地交换着复仇的眼神，伺机叛乱。孙老大那头黄犍牛，更是桀骜不驯，早已身在曹营心在汉，它发出一阵凶狠的哞叫，朝着戴墨镜的牛经纪就蹿过去，吓得牛经纪魂不附体，落荒而逃。众客哗然，毛骨悚然。镇长和村长一前一后前来解围。孙老大奋力拽住牛缰，仍无济于事。解铃还须系铃人，千钧一发，小嫚一个箭步上去，在牛腚上轻轻一拍，那牛就如听军令，温文尔雅地站住了。经过这一次人牛大战，牛经纪好生平静了一会，才命令把牛数下去。数到傍午，共入账691头。

　　时已深秋，草木摇落，山峦清廓，远山传来清脆的羊叫，牛经纪深情地看着那些拖着大肚子的山羊。镇长心领神会：秋深羊肉肥。急忙上前搭讪："牛局长，今天咱们是不是换个口味，再来个'全羊宴'。"局长会心一笑，点头称是。

　　牛庄的牛这一次幸免于难，但他们已嫁祸于羊，是牛尾续羊了。日午，这些经几日"拉练"已累得溃不成军的牛，各自屁颠屁颠地返回老巢。

　　随着数牛会战日甚，牛庄的牛在半个月的时间竟巡视12个乡村，行程百公里。这些牛可谓周游列国，眼界大开。但愈是去的村庄多，牛二汉为村民许的愿愈多，心事愈重。牛儿们经半个月的蹭蹬，也许是水土不服，思乡心切，个个都精神不振，士气涣散，牛威锐减！这都是牛庄的牛，养牛大庄危矣！

牛庄的牛屡屡顺利出师"异国"，招摇撞骗，而每次都能蒙混过关，金蝉脱壳。这可让牛二汉和女儿绞尽脑汁，费尽心机。许愿也逐渐升级。先向村民许过打预防针，又许添加饲料，还许磷酸二铵，再许……

这些许愿如能如愿还好，端的是画饼充饥。养牛状元牛二汉由从前的传经送宝，取信于民，落得欺上瞒下，众矢之的，他真想一头撞到牛犄角上，了此一生。

然而，戏还在演，不演不行。

数牛会战已近尾声，镇长略一思量，踌躇满志，侯待邀功求赏。谁说我浮夸？谁说我虚报？这就是领导的艺术！

数牛会战总结大会隆重召开，自然由牛经纪主持，瘦麻秆宣读总结。当他读到经这次清查摸底，全镇的牛整整9890头，与上报的一万头还差110头时，镇长脸色蜡黄，会场鸦雀无声。就在这紧要关头，在这次数牛会战中立下汗马功劳被镇长看好准备提拔为镇妇女主任的牛小嫚，第一个站出，声音悦耳清脆："还有100头牛崽在牛妈妈肚子里，不久将要陆续落草。""这也算数？哪还差10头呢——"牛经纪长腔大调。会场又是一阵哑言，落根针都可听见。这时，拿着牛比女儿还金贵的牛二汉蓦地站出来，因为他有块心病不得不一吐为快，他声泪俱下地说："你们……还吃掉……10头呢？！"

马戏团进村

　　八十年代初，王家庄刚分了责任田，马戏团就进村了。马戏团进村时，是一个黄昏后。王家庄的大片玉米地正由碧绿变得金黄继而灰暗下来。村庄静悄悄的，只有几只游狗进进出出，那些破败院墙上的猫，望着西坠的落日，神情专注。

　　春儿吃了饭，就把过年的衣服拿了出来，比画比画，大摇大摆地穿了出去。春儿的衣服是蓝格格的，那在当时的王家庄也算较高贵的了。

　　马戏团在老白果树下支起帐篷。那棵老白果树有四五百年的历史，从春儿的爷爷的爷爷起，它就那么静静地立着，把时光一代代地延续下来。到春儿这代，王家庄已折腾得不成样子，以至于年年连场电影都放不起，要不是分了责任田，春儿这件想了好几年的蓝格格袄儿，不知猴年马月才能穿上呢。人逢喜事精神爽，俏姑娘春儿圆脸生辉，居然轻轻地哼起《甜蜜的事业》里的主题歌。

　　春儿的母亲死得早，只和父亲过，父亲是个倔老头，就知干活儿，一天也不闲下来，不过今晚他也突然含着烟管，来马戏团看戏了。然而父女俩各走各的路，父亲是朝那帮老头堆里扎过去，春儿就挤在叽叽喳喳的那帮少男少女中。春儿个儿小，但周身很圆活很玲珑，就像一条鱼儿游了进去。

电灯亮起来，幕布拉开，马戏开始了。

一男子头扎羊肚手巾，手拿一块红布，在台上甩来甩去，一会儿甩出一串噼啪作响的爆竹，一会儿甩出一团美丽的鲜花，忽而甩出一只"咯咯"叫着的大公鸡，真绝了！春儿在台下和她的伙伴起劲地拍着巴掌，掌声很响，如晴天霹雳，那只鸡受惊，打一声鸣，像一粒子弹一样射到春儿父亲的烟管上，站住了。众人瞩目，春儿父亲的烟头就像一粒火星，开放在稍微有些凉爽的秋天里，父亲那布满老茧的手，一把就把这只大公鸡抓住了，抓住了就不放了。

马戏团的人走过来，要那只鸡。春儿的父亲大言不惭地说，这鸡是我的，落在我身上就是我的，是它来找我的，我又有什么办法？咳，说得蛮在理儿，真是无理搅三分呢。

在那边少男少女堆里的春儿，看着厚颜无耻的父亲，就羞羞答答地低头回家了。那只鸡也终于被父亲带回家。春儿说，爸，你蛮不讲理，那鸡分明是马戏团闹着玩的，你扫了大家的兴。父亲不以为然，这位一向深居简出的老农，觉着今天没有白搭时间，顺手抓一只鸡回来，也蛮够本的。自从分了责任田，春儿发现父亲变了，看到什么都想占有，眼里总是射着攫取的光。父亲不会出海，只会土里刨金，看着那些年年都是万元户在海里捞金的男子汉，春儿看到父亲的眼圈儿都红了。

父亲把那只鸡放到鸡窝里，只听里面马上发出勾心斗角的声音。猛然闯进一只不速之客，纵然是晚上，鸡们也在纷纷地下着逐客令。

第二天，马戏在白果树下如期举行。

春儿又去了，春儿头一天晚上就发现，马戏团的一位小伙子，在偷偷觑她。她总觉着自己没什么好看的，可那家伙的眼睛就像探照灯一样，老是在她身上扫来扫去。春儿第一次遭遇这种火辣辣的目光，是站也不是坐也不是，芒刺在背，坐立不安。歪打正着，那鸡飞了出来，惊破春儿的春梦。可也别说，父亲将鸡据为己有，众目睽睽下，真给她解了围。

今天的马戏如昨天的一样，依旧重复。其实，世上的好多喜事奇事，也都在不停地重复。依旧是一块大红布，拉来扯去，一只公鸡又"咯咯"飞了出来。演马戏的人说，昨天让老农抢去的那只鸡，今天又变回来了，你看就是它，大红的冠子。这演员向下面扫一眼，又说，那位老农还在吗？上来认认，还是不是它？

依旧在下面噙着烟管看戏的春儿父亲，大失所望了，怎么这煮熟的鸭子又从桌上飞了呢？他原本是来守株待兔的，等着另一只鸡飞到他的身边，再一次满载而归。其实，他想着要有这么两只，就足够过年卖掉，给春儿扯件红花袄儿，那蓝格格袄儿不时兴了，看人家马戏团的女孩子穿得多艳丽。

说真的，春儿被马戏团那小伙盯得真有点魂不守舍，她无暇左顾右盼，浑身就像通了电流一样，麻酥酥的。昨天晚上，她和父亲吵了一架，她多么希望父亲只是开个玩笑，把这只鸡送回去呀？狡猾的父亲说，没多大关系，第二天，他们就又变出来了。但今天这只变出来的鸡，只待在舞台中间。那位盯着春儿不放的小伙过来了。泥塑木雕一般的春儿，猛一愣怔，就被马戏团的小伙子牵手上了舞台：你看看这鸡是不是昨天那只？似曾相识，春儿左端量右端量，脱口而出：就是那只！

下面的观众瞠目结舌了，那只鸡不是被春儿的父亲顺手牵羊拿走了吗？怎么又物归原主了呢？人们惊叹马戏团的魔力，掌声雷动，经久不息。其实春儿父亲拿去这只鸡，王家庄的人并没责怪这倔老头，没有了道具，无米下锅，还等着看马戏团的笑场呢。谁知道今晚，那鸡又回来了，这是精明的王家庄人始料不及的。这一突如其来的事变，也让春儿大惊失色，仿佛让人从头到脚扒光了，放在舞台上晾晒。春儿脸红耳赤，语无伦次，差点晕过去，被那小伙扶着送下舞台。整个过程，就是演戏。春儿稍微镇静下来，抬头向舞台瞄去，看到那小伙仍在盯她，春潮澎湃，心旌摇曳。

春儿的父亲可待不住了，他拉开双腿，像贼一样溜回家，拉开鸡窝一看，数了又数，点了又点，确认那鸡不翼而飞了。原来是一个谎蛋，春儿父亲愣怔在鸡窝旁，半天回不过神来。真是偷鸡不成，白蚀一把米。马戏团的锣鼓正密如春雷，一声接一声，清脆，干练，诱惑。

马戏团给这个小村带来很多惊奇，人们纷纷猜疑那只鸡怎么在春儿家仅待了一个晚上，就又跑到了马戏人的手里。王家庄有很多酒鬼，他们也想着能不能让马戏人变出几瓶酒来，也好一醉方休。这天晚上，马戏团就一连变出了几十瓶酒，让打赌的犟汉们喝了一个晚上，一个个酩酊大醉，东倒西歪，他们将船上刚捕到的几筐大鱼，全都贡献给了马戏团。

马戏团在王家庄逗留数日，春儿与马戏团里拿眼直盯她的锤儿混熟了。锤儿说，你跟我走吧？春儿说，咱们这是野合，老爸不会同意的。

为了讨好春儿的父亲，锤儿就拼命地帮着春儿家收拾庄稼。当时中午天热，锤儿就给春儿的父亲变了一顶帽子，戴在头上。春儿的父亲是个喜占小便宜的人，有这顶帽子戴着，他就不再想那只公鸡的事了。

王家庄的栓柱儿是个愣头青，眼看自己暗恋的春儿，被锤儿勾走了，就气不打一处来，这几天，他算气昏了头，正伺机报复。他制了一鱼钩，早上趁马戏人睡懒觉不注意时，就把那只芦花大公鸡钓走了。马戏团就这么一只鸡，钓走了，晚上他们就没辙了，丢了脸面，村人非砸他们的戏台不可。

从早晨到黄昏，栓柱儿一直在盯着这只大公鸡。晚上锣鼓紧密，马戏又开始了，栓柱儿用一筐子扣上，就又踅出家门。他是王家庄一个耐不住寂寞的小伙儿，特别一到晚上，他就整夜逡巡不已。他不偷不摸，只喜欢听人家墙根，偷看人家娘儿们或女人在河里洗澡。那些娘儿们一听到放哨的孩子报信，就一头扎进水里，待栓柱儿走过去后，再钻出来。春儿洗澡时，早已被栓柱儿周身盯了个遍，可栓柱不敢下手，只能远观不能近视，他有贼心没贼胆儿。最窝他心的，就是这个马戏团的锤儿。锤儿人高马大，小推车一手就可举起来，在戏台转个圈儿又放下。栓柱儿不敢与锤儿正面磕碰，只好迂回曲折，耍些巧儿，去偷人家大公鸡。

随着台上锣鼓点儿炒豆般紧密，栓柱儿又情不自禁地来到马戏场。他明着在看戏，实际早在拿眼儿满场溜瞅着春儿。

这时，那块大红布又被拉了出来，左拉右扯，一只大公鸡"咯咯"叫着直直飞到栓柱儿那乱草窝一样的头上。栓柱本就胆儿小，拉开步子就跑，那鸡用嘴在他头上生生啄出几个大疙瘩，又忽地飞到戏台上，旁若无人。

栓柱威风扫地，一路踉踉跄跄地跑回家，揭开筐子一看，那鸡早不见踪影。今天这个落魄相，他最怕春儿瞧见。锤儿没来时，他在王家庄可是棵高草，别说最俊的春儿，很多女孩都在羡慕他。春儿门口有一块大青石，早在她爷爷那代，就搁在那里，让玩耍的孩子们蹭上蹭下，磨得溜光。儿时，栓柱儿和春儿穿着开裆裤，天天在大青石上爬上爬下。一次，春儿跌破了头，出好多血。栓柱儿急忙爬上去，给她吮了又吮，吮得溜光，春儿很害羞，一溜烟儿跑回家里插上了门。栓柱儿在门口等了好长时间，小春儿再没露面。

第二天，春儿开门出来了，头上凸起一个大包。

门口站着栓柱儿。

春儿说，我不和你玩了，我怕那大石头。

栓柱说，等我长足力气，我把那东西搬掉。

春儿说，搬哪去？

栓柱不假思索地说，扔到太平洋里。

他刚听大人讲这个词，其实大人说的太平洋，就是王家庄村前浩荡无边的黄海。

那块大青石，成了春儿的心病，她央求父亲搬走它。胡同来了几条汉子，也没掀动它，它依旧那么安然无恙地躺在那里，气死活人。

已抽成榆树一样直条条的汉子栓柱儿，上船出海了，每出一趟海，皮肤回来都黑一层，脸上的络腮胡子就黑压压地生出一层。春儿的父亲羡慕说，是条好汉，王家庄八百年没出这样一条汉子。而春儿的心中就像揣着一只小兔子，发动机一样"突突"直跳，她就怕在胡同碰上栓柱那黑塔一样的汉子，因栓柱曾说过，只要他能搬走那块大青石，他就回来娶她。

栓柱在船上一憋气住了十几年，那天他吃了九九八十一个饺子，重重地放了十几个响屁，就晃着膀子下船了。他气也不喘地来到春儿住着的那条小胡同，朝着大青石拜了几拜，就下手了。

大青石在他那钢筋一般的胳膊下，开始时纹丝不动，但它终于没能抵挡住栓柱儿的臂力，这也许是爱情的力量，几百年的大青石，终于被栓柱儿一个人搬到了膝上，他运了一口气又放下了。他紧拍着春儿家那扇老朽的街门，春儿风风火火地出来了，一看是血红大脸的栓柱儿，吓了一跳，就抿紧嘴唇吐几个字，你怎么来了？

栓柱儿喘着粗气说，那石头我搬起来了，今天你就是我的了。

春儿把高兴和羡慕埋在心中，说，多咱也没说是别人的了。

一席话，让栓柱儿来了激情，我去找马车，把它搬到太平洋里去。

一会儿，烟尘斗乱，马车来了。车上下来几个都是刚吃完鲅鱼饺的小伙。他们争着下来搬那石头，都没搬动，最后还是栓柱儿聚精会神，竭尽全力，把那石头搬到车上。

那几个小伙就像斗败的公鸡，甘愿俯首称臣。

　　这一壮举，让春儿的舌头吐出来，简直没再敢吞回去。栓柱儿挥汗如雨，两颗炯炯有神的大眼睛，直视着春儿。春儿一溜风儿跑回家里，我给你端水去。

　　前些日子，栓柱儿在船上，不知道马戏团进村了，更不知道马戏团的毛头小子盯上了春儿。本想折腾折腾那家伙，让那家伙知道我栓柱儿不是吃软饭喝米醋的，我也是在王家庄西头跺跺脚东头就响的主儿。

　　然而，鸡飞蛋打。栓柱看着那小子，抓着小推车擎在头上，场子上晃来晃去，引得大姑娘小媳妇大眼瞪小眼，就在家里偷偷学起了擎小推车的把戏。他晚上插着门练，将船上的哥们全关在门外，可是几天下来，车把都断了一条，也没擎起一辆小推车。他万万没想到与搬春儿家门口的石头相比，简直小巫见大巫。搬石头全靠着一股真实的劲儿，但擎小推车却凭着一股巧劲。他知道王家庄的女子专羡慕有能耐的男人。栓柱本想与锤儿旗鼓相当地对付，但一看他抢起小推车如转风火轮儿，就蔫了半截，于是想起钓鸡那个怪点子。

　　锤儿是一河之隔的蒋家庄人，八岁上没了母亲，因喜欢看电影，就偷偷跟着放电影的跑了。开始时，放电影的不要他，都因他每去一个庄子吃饭，不管别人动没动筷，上手就抓，人家的馍被他抓了五个指头印，没等大家吃完，他先吃完了。吃完了就去吆喝场子，帮着放映员很卖力地挂幕拉线。有一次，在青纱帐里，他偷吃了一个庄子的苹果，被人围着打，放映员要驱逐他回家。大丈夫能屈能伸，锤儿"唰"地跪下了，眼泪鼻涕一起流，哽咽地说，我不回去，爸爸找了个后老婆，我回去非挨打不可，求叔叔收了我吧。从此，锤儿再也不敢抢饭桌，专等大人吃完了，他才讨一点残羹冷炙。晚上，放映员们睡在人家的火炕上，他就在场院里掏一个麦秸垛，凑合一宿。他天天看电影都看不够，那时有两部电影对他影响很大，一是朝鲜电影《卖花姑娘》，一是中国电影《闪闪的红星》。看了这两部电影，他仿佛一下子长大了，像个大姑娘一样突然腼腆了起来，待人接物彬彬有礼，温文尔雅。荒寒的年月，是百看不厌的电影教育了他。那时的电影非常教育人培养人，像《侦察兵》《渡江侦察记》，他几乎能背上所有的台词，一招一式，惟妙惟肖。看吧，电影还没放，村里的孩子就围住了他。他侃侃而谈，口若悬河。到了晚上八十岁的老奶奶，也让孩子们一手扶了出来，电影场人头攒动，人声鼎沸。那时没有海报，小锤儿就是海报；那时没有文化，看一场电影就是接受文化洗礼；那时缺少教育，电影就在教育人激励人。锤儿那种革命英雄主义和浪漫主义就是由电影慢慢培养起来的。这些英雄主义的思想深深地影响他，使他在任何场合下，都不怯场，临危不乱。

却有那么一天，日头西斜时，锤儿和放映队来到一个村庄。场院里有断续的锣鼓，有一群人围着，里三层，外三层，风雨不透，水泄不通。个子已经蹿起喉结已十分突出的锤儿，一下子就钻进去。原来一个汉子领着一个女儿在耍猴子，猴子一会蹦到汉子的肩上，一会儿爬到一棵歪脖柳树上，你让它作揖，它作揖，你让它参禅，它参禅，一毛，两毛，一块，两块。那时的政策已开始松动，人们已略有节余，拿个一块两块一毛两毛的不成问题，转眼那汉子的帽子满了。夕阳投在汉子茂密的胡子和女儿俊俏的脸蛋上。锤儿感觉这比看电影都有意思。那晚他给房东挑了整整两缸水，用捡电影场的破烂积蓄的钱，给两位放映员买了两包大前门烟，就不辞而别了。炕上有一纸条，上写几个端庄清秀的字：叔叔，谢谢你们这几年对我的照顾，电影教育了我，使我学着如何做人做事，我已经长大了，你们不必再牵挂我了，我走了。我走后，风栉雨沐，你们两个多保重。两位饱经沧桑的放映员，紧紧拥抱在一起，号啕大哭。他们眼前浮现出这个孩子的一些前尘影事。孩子刚来时，每晚电影放完后，都在打扫电影场，每每把捡到的破烂卖了，就到供

销社给他俩买盒烟。他俩吞云吐雾时，锤儿就在煤油灯下不断翻着那些破破
烂烂的书：《金光大道》《艳阳天》《闪闪的红星》《桐柏英雄》。遇到
不识的字，就问叔叔，或者查字典，他在叔叔们吃剩的烟盒里子上，写满大
量成语和歇后语。他读高尔基的《童年》《在人间》《我的大学》，到了走
火入魔的地步。这两位放映员长年在外，撇家舍业，白天常常以书为伴，就
钉了两个书箱，由锤儿挑着，走街串巷，冷不丁让人看着错认为唐三藏、沙
和尚进村呢。日子就这么悄悄地过，从春柳婆娑，到柳暗花明，再到花果累
累，继而白雪皑皑，这位编外放映员与两位师傅寸步不离。那时好多村庄都
有一个铁匠铺，一炉小火，白天晚上亮，特别夕阳即下未下时，他们师徒三
人就进了村，鸡不飞，狗不叫，鸦雀无声，村庄铁匠铺的炉火正旺，与蛋黄
样欲藏还露的夕阳交相生辉。这时的锤儿卸了书籍，就跑到铁匠铺里。不知
怎么，他仿佛总是习惯闻嗅炉火那种独特的香味，总感觉这是一个家，温
暖，煦人，安恬，舒泰。也许在外山里水里漂泊惯了，自小没了家，看到炉
火就像看到家，他总愿意往那里围围。一些俚俗乡语，一些流言蜚语，一些
田中禾，一些瓦上霜，一些秋后蝉，一些丰年或歉年，一些渔猎，一个耙
子，一把铁扫帚，一把锹，一张镢，全在这里淬炼或烈火永生。锄地的锄秃
成兔子的尾巴，拿到铁匠铺钢钢，又是一把好锄；大镢在岩石上崩掉一颗
牙，拿到这里锻锻，又齐整如新。爷爷的锄爸爸的锨，都拿到这里炼了，一
代代影子都沉静到炉火里，暖红的，馨香的，是诱人的锄镰锨镢交响曲。锤
儿喜欢在这里锻造冶炼自己，品尝人间的孤独。也许那张镢刚给一个老人开
了一个圹，那把钻子刚给老人凿了一座碑，那把镢昨天老人还握在手中，那
个钻子，昨天老人还在凿一座石拱桥，今天却在用它造自己的坟墓。不是有
一位名人说过，人人都在亲手挖掘自己的坟，只是有早有晚。这些不会说话
非常听话的农具，第一次、第二次、第三次在锤儿的重锤下叮当作响，呻吟

不止，那也许就是这些农具吟唱的最美的诗。锤儿在老师傅的号令下，一起一落，一落一起，有板有眼，有模有样，钢花热烈锻造着人生，品味人生的酸甜苦辣。那位已下葬的老人不能再回来，但他用过的钻子，依旧被锤炼得完好如新，又被他的孙子拿着去锻造新的桥梁。打铁的人换了一代又一代，但铁匠铺还是那个高高的烟囱，烟囱上挂满剥落的鸟粪，烟囱根是一堆堆的煤灰。铺里的每个角落，都挂着张张蛛网，网上年年灰尘层层加固。制好的铁器，在水中一淬，全都新崭崭地摆在那里，等着主人前来认领。锤儿就是在和这些不说话的农具交流中，真正懂得了人生。他这半个铁匠的编外放映员，由于白天出卖力气而受人尊敬，晚上才能盘腿坐在人家的炕上，大大方方地吃人家的馍，再也不用吃剩饭剩菜。因此各个村的铁匠师傅都在重复一句话：锤儿走了好长时间了吧？

另一个师傅累得上气不接下气：快回来了。他们盼电影的同时，也在盼锤儿，好姑且缓解一下他们的劳累和希冀单调生活里掀起的死水微澜。

锤儿刚跟着放映员跑来跑去的时候，只有个乳名，后来由于喜欢打铁，两个放映员就异口同声地叫他锤儿。叫久了，满世界的人都叫他锤儿。锤儿胳膊上的肌肉，就是这样日积月累地练就的。这为他后来到马戏团打好基础。

锤儿给两位放映员留下条子，就走了，他是跟着耍猴的父女走的。那耍猴的师傅会轻功，后来又教了锤儿轻功。从放映队里走后，他仅带了一套《水浒传》，《水浒传》里他最喜欢的一个人物，就是江洋大盗、梁上君子时迁。每走到一个地方，锤儿就跟着师傅用开山掌劈石头，断砖，上树，飞檐走壁，如履平地，看客场场爆满。如果说看电影时，他仅是个宾，那他在这个三人的马戏团里就是个主，一个登台献艺的主角。后来小小的马戏团在他和师傅师妹的苦心经营下，渐渐滚雪球一样愈滚愈大，他们将庄子里一些

会绝活的人全部收编到团里，然后再瓜里挑瓜，精益求精，逐渐扩展到今天
这30多号人的队伍，有了自己的马车马匹和130汽车。他在团里饲养的那只
大公鸡，几成鸡精。日久天长，他能从一百只公鸡里分辨出它的叫声，隔好
几个草垛，保准找到它。

　　他走过好多村庄，第一次遇上王家庄春儿父亲这么个倔老头，还独占他
的鸡，更是无巧不成书，栓柱儿又钓了他的鸡。然而那鸡叫隔着20里地，他
都能找到。王家庄有这两个怪人在，他真的不想走了。最使他拔不动腿的是
春儿，从来也没见到那么纯真、洁净的眼神，如高天秋月下两泓泪汪汪流动的
深潭，沁人心脾。一向走南闯北的锤儿在小小的王家庄一下子坠入爱河，不
能自拔了。他真想在这个村庄住下，永不拔寨。

　　沉不住气的是栓柱儿，他找到了锤儿，在一条小胡同，狭路相逢。

　　栓柱说，春儿是我的，你少勾引她。

　　锤儿说，怎么说是你的，她喜欢看我，我也看她，就这样。

　　栓柱说，瞪眼儿，谁不会瞪？我们小的时候就瞪过，你不要逼我，逼急
了，我真跟你拼了。

　　锤儿漫不经心地说，我不逼你，今晚大变活人，如我能变出一个春儿，
那女孩就归我了。

　　栓柱不屑一顾地说，别看你能变个大公鸡，变春儿，没门儿。

　　锤儿说，你敢打赌？输了，春儿我可领走了？

　　栓柱说，领走就领走，天底下就一个春儿，谅你千变万化，也变不出第
二个。

　　锤儿说，这可是你说的，后悔药可不好吃哟，晚上见。

　　晚上，栓柱儿吃完饭，就早早像一只跟屁虫儿一样跟上了花枝招展的春
儿。他们肩并肩地站着看马戏，戏台上眼花缭乱，戏台下栓柱儿忐忑不安。

马戏渐渐进入高潮，大变活人开始了。栓柱的两眼像个百瓦大灯泡一样，炯炯有神地射在舞台上，不错眼珠地看。刚才玻璃箱里还是个白胡老头，转眼罩上一块红布，锤儿推着箱子连转三周。栓柱急得脖子伸出二里地，就像拔了鸡毛的光棍鸡，等着那庄严一幕的出现。突然那红布一抽，一个白如粉团、雍容华贵的女孩出来了，是春儿。台下的小伙大声叫着，春儿——春儿——我们村的春儿——

春儿的父亲咧嘴笑了，笑得烟袋锅都颤了起来。

栓柱儿惊魂未定，看身旁站着的那女的，以为仍是春儿，陡然就要搂。那女人翩若惊鸿，抽身蹿上舞台。这女郎正是锤儿的师妹，她和锤儿、春儿三人并排站着，向台下的观众招手致意。

台下的栓柱儿气得七窍生烟，鼻歪嘴斜，他真想把那块大青石从太平洋里搬回来，再放回春儿的门口。

到倪家山去

　　倪家山住着我的七表妹，听说她家养的小猪，被狼叼走了，我们急急赶
去探望。

　　狼这种动物，在人们的记忆中眼看消失了，但倪家山突然又有了狼，这
不仅让我们这些住在海岛上的人深感讶异。

　　小的时候，曾在倪家山住过，与七表妹甚好，我长她一岁，每每有说不
完的话儿。倪家山有不少的山洞，有很多的松树，但我们没看见一只狼，只
是约略见到些野兔。兔子吃了八姑家的大白菜，八姑就给我们一根棍，让我
们整日坐在白菜地旁瞅着野兔，但只见白菜少，不见野兔啥模样，完全一个
菜地的守望者。

　　晚上我和七表妹躺在一铺大炕上，灶里燃着毕毕剥剥的松毛，有说不完
的话。话一多，就像打开的水闸，八姑吹了蜡，说，别唠叨了，狼一会要来
了。八姑说，狼能学着人的样子，在后窗站着，炯炯有神地看着炕上的人睡
觉。我们就钻进被窝，将脸捂得赤红。有时揭开被角瞧一瞧，也不见狼半个
影子，只见疏疏的月光筛着窗棂，听着窗外兀然寂寂的风刮来，像是狼嚎。
其实啥也没有，山野是惨淡的，上面稀稀落落地站着几棵古松，怕有上百年

的岁数。第二天，我和七表妹在清澈的河里洗脸，发现清晰的蹄印。正在挑水的八姑夫说，那是狼的脚印。

星光和月光，均退却了，却升起一抹红日，冉冉的，如盈盈的鸡蛋黄，从山的后面显露，照在七表妹那端庄的银盘大脸上。她那两条雪白的玉腿，比最白的缎子都细嫩，摸上去凉滑滑的，没有一点瑕疵。我们在河边的沙滩躺下了，我枕着七表妹横陈的玉腿，闻着七表妹身上透出的馒头一样的香味。七表妹浑身都像发糕一样绽放，似乎按按哪里都无比暄腾。她那乌黑的头发，在太阳光下形成魔幻般的魅力，两颗大眼睛在鬓影中如梦如幻般地闪烁。此时的幸福将我周身包裹，早忘了狼的事情。

七表妹缠着我讲岛上的故事，一不讲，她就撮起樱红的小口。我讲海上扑朔迷离的烟云雨雾，讲半夜父亲的船网上了一条五百斤的大鱼，那鱼会哭，眼睛眨巴眨巴得直掉泪，岛上的女人心软，就要求男人把那鱼放了。有一年海冻了，海狮子们无处去，就睡在我家的炕上，也会打呼噜呢，它的胡子比家猫的胡子短而硬，有时海狮子大开口，够狰狞的，但不像你们山中的狼，会咬人，它够温顺的了，身上长的每个地方都是那么圆满流畅。海开冻后，那伙海狮就走了，夏天我还看见它们在礁石上晒着太阳，"咕咕"叫着，一晒就是半天。

每每讲到这里，七表妹就"扑哧"一笑，满口的珠贝璀璨闪烁。她的牙齿是细密的，就像鲨鱼的牙。我说，你长了一口鲨鱼的牙？七表妹就不高兴了，你才是鲨鱼呢！我就赶忙哄她，鲨鱼浑身皮肤粗糙，看你这皮肤，多细呀。

我在岛上的梦中都希冀七表妹不要长大，我们永远躺在沙滩上玩，永远十五岁，我知道女人一长大就要嫁人，一嫁给野男人，我就看不见了。

然而七表妹终于嫁人了，但她嫁在倪家山。她和她的丈夫在山上种菜养猪，很是发迹，已不住平房了，小楼都起了二层。

中年的七表妹绿叶成荫子满枝，仍是那么圆润、生动。她每每到岛上来，都给我送些山味、野味，包括她家的黑猪肉。每逢站在海岸上，她就吆我去接她。七表妹的声音，仍像年轻时那么清脆甜润。一听到喊声，我就摇着小船去接她，她不愿坐别人的船，说坐人家的船晕，也不愿坐快艇，说没有韵致，我摇的船温柔娴熟，她常常把两条饱满的玉腿伸进水里。七表妹两条娇贵的腿，保养得出奇的好。我们兄妹俩无话不谈，每每问及保养秘诀，她都莞尔一笑，还不是撵兔撵的，山泉洗的。在我的想象中，七表妹就是一个健美的运动员，她天天和兔子赛跑呢，她的挺拔与豪迈是在与兔子的比赛中而茁壮成长的。然而倪家山突然来了狼，公安的一个分队住进去了，我甚为七表妹捏了一把汗。

多么平静的一块土地呀，篱笆扎得牢，犬儿也放不过。开放多年的倪家山，猪贩子、马贩子、人贩子，终于将狼引了进去。我的七表妹，我的美人儿，你可要多保重呀！

有人见到那只狼，是在黄昏后。那狼站在一棵古松下，骄傲、坦然、大义凛然，仿佛不怕人，人怕它。它沿着一条灰白的山道奔跑，不时回顾。道旁的古松掩着它的影子，时隐时现，欲藏还露，就像欧洲印象派大师的一幅画。狼在山中逍遥着呢。

公安侦察员深入各家猎户、农户、养殖户，在打听狼的下落。

一猎户说，我见过那只狼，只是手中没枪，让那家伙逃了。

另一猎户说，要是当年枪不上缴，我早收拾了那家伙。

总之倪家山上有狼是无疑的，但也有人提出那是不是一条狗呢？

好枪的猎户，希望对倪家山进行军事管制，每人分给一条枪。

那些养狗的农户说，发枪干啥，错打我们家的狗咋办？不许发枪。

七表妹的丈夫李烈山，长得像威虎山的李勇奇，宏声大嗓地说，我需要一条枪，有枪就可自卫。

七表妹的老母猪刚下崽，他们确实需要枪来捍卫她家的财产。

然而，七表妹对李烈山说，不要嚷嚷着要枪，那东西不好玩。"文革"武斗时，八姑父就是被倪家山两派的流弹打死的。

所以七表妹非常赞赏当初把倪家山的所有猎枪收掉，斩草除根。

倪家山人赤手空拳是套不着狼的，狼比人狡猾多了。

公安分队在倪家山布下了天罗地网，可谓五步一岗，十步一哨，岔路、山洞、河汊都安排上了岗哨，然而几天过去，不见狼的半点迹踪。

倪家山人松懈了，也许那狼去远了，是一条流窜狼，就像流窜犯一样流窜盗窃。

倪家山究竟有狼吗？莫不是狗咬死或叼走那些小猪。

狼还待在倪家山吗？是不上了山后或其他地方，或许倪家山就没有狼，是人们穷思所及，把狼神话了。

富裕的人们愈发孤独，孤独时就想点事，来填满空虚，于是想到了狼。李烈山就是一个例子，他年轻时就玩过猎枪，那时很穷，山上山下地跑，半天打不着一只野兔，但只有欲望，总想猎获。倪家山多年植树，山茂盛了，草也没人拾了，枪收走了，野兔横飞，无人问津，几乎没有人再想到用枪猎兔。后来七表妹家草房变瓦房，又变楼房，看看一切满足了，李烈山无所事事，仍深感空虚，山上山下，满世界转，都找不着北了。他又想起了猎枪。

想起猎枪时，狼来了。狼毫不客气地叼走他家的小猪。

李烈山并不懊恼，觉得有点刺激，来了精神。几天来，他领着公安几乎走遍山上的所有山洞，也没有见到一匹狼，哪怕狼的幼崽。狗却见到不少，满山比比皆是，像人一样无所事事。也许是狗一时大意或一不小心，把他的猪崽叼走了，还一路留下一摊摊血。找不着狼，李烈山寻狼的坚定信心也有些动摇，他不再刻意找狼，似乎狼与狗的分界线，在他眼前也一时模糊起来。

人的一生谁见过狼，见过几条狼，即便见过，那到底是条狗还是条狼，谁也说不清。偌大的倪家山，找一匹狼，就好比鸡蛋里寻骨头、大海捞针一样难。李烈山就像泄气的皮球，进门丧个脸对七表妹说，我不找了。

七表妹说，再等等看，看你火上房似的。尽管猪崽一头也可卖几百块钱，可是这几年咱家里殷实，也担待得起。

找狼的欲望淡了，寡淡如水。

明月朗朗地照着倪家山，山里影子厚重，藏狼的地方很多，倪家山睡了，睡得安稳踏实。人们睡在山的阴影里，就像睡在山的皱褶里，一犬吠形，百犬吠声，谁又能分清是狼叫还是犬吠呢？其实，山里人是喜欢睡在模糊的犬吠中，因为那些声音象征着夜深了，梦沉了，是一个太平安谧的倪家山。

这个夜晚过去后，公安分队撤了。

那天一孩子放学后一个人在山道上往家走，她一边走一边吃着母亲给她烙的油饼，就没有注意周边的声音和动静。这时"嗖嗖"的就见灰白一物，猛地向她扑来，咬住了她的手。孩子撕心裂肺的喊叫，惊动了山上的李烈山。李烈山拿着镰刀赶来后，那物就跑了，向倪家山的深处跑去。

李烈山顾不得那物，赶快过来抢救孩子，这孩子是李烈山邻居家的小孩。只见她胳膊上鲜血淋漓，李烈山赶快把她背到当地的卫生室里，进行了简单的包扎后，就被120送往城里的大医院。看来倪家山真的有狼。最重要的是这事过后，李烈山出名了，七表妹家的二层小楼被记者团团围住。七表妹是又炒花生，又爆栗子，洗了上好的红富士大苹果，用白瓷的大盘端上来，一盘一个，用纯净的山泉酿好的茶，也由李烈山一碗又一碗地沏上。这是倪家山的绿茶，莹莹如碧玉翡翠，在碗中绽开，十分诱人。正像倪家山人喝酒喜欢用大碗一样，他们喝茶也喜欢大碗上，大碗喝。采来的山泉，用一口大锅烧，锅底下烧的是松毛，有时也架上树枝或树根，烧得轰轰烈烈，七表妹红头涨脸满头是汗，这山泉就煮好了。

记者喝着七表妹的茶，宾至如归，话语就多。《渔阳日报》的记者首先提问李烈山。

这次，你可是亲眼见过那狼？

是的，它确实是一匹狼，一匹灰白的狼。

看到它，你不害怕，就那么一冲而上？

不冲咋了，当时什么也忘了，救孩子要紧。

李烈山瞪着眼动情地说。

记者动情地问，这是你第几次看到狼？

李烈山十分诚实地回答，第一次。

那你怎么可断定它就是一匹狼？

小时候听过爹爹的描述，觉得那东西就是狼。

又有好奇的记者问，不是狼吧，或许是跑出来的藏獒什么的？

诚实的李烈山抓耳挠腮说，总没有和它近距离搏斗，又没用照相机留下它的影子，我只约略地判断它是一匹狼。

李烈山的事迹在《渔阳日报》和渔阳电台登出来，李烈山的名字家喻户晓。这位像大山一样寂寞的汉子，被人们越传越神话。

七表妹家的门槛被踢断了，连她的黑毛猪，也成了抢手货，价位一翻再翻，一涨再涨。有记者提出这样一个问题，为什么狼专吃七表妹家的猪，就是因为她家的猪肉好吃，香味浓，不吃添加饲料，吃的是山珍海味，喝的是清泉香茗，就连倪家山的空气，也比别的地方清澄透澈，吸一口沁人心脾，特别那黎明前的空气，吸一口百病皆除。

　　倪家山在记者的宣传下，成了旅游胜地，人们纷至沓来。女的，都在找李烈山，把李烈山想象成了杨子荣或李勇奇，都想一睹英雄的英姿，甚至想嫁给他。李烈山本就络腮胡子，这下也懒得拾掇了，致使那胡子比松毛还硬挺，一副英雄的模样。倩女靓女，都拿眼盯他，把七表妹都盯得慌了手脚，她生怕这些女子把李烈山抢去，就像狼叼走她家的小猪一样。于是七表妹油然想起倪家山一些神秘的山洞，她真想把李烈山推进山洞里藏起来，像青年时一样，只有她一人欣赏盯看享受。

　　那时的倪家山人手少，少时她经常和李烈山在山里打猪草。李烈山从小是孤儿，他父亲打山柴滚落山崖，不几日母亲暴病而死。父母死后，李烈山突然长大，他比他同龄的人早熟而又坚强。少时，他是在东家给他一口早饭、西家给他一顿晚饭中长大的。上山打柴时，他和七表妹一起，一个人干两个人的活儿。七表妹坐在河边，伸着两条白腿，给他洗衣服。他就在山顶拾草打柴。山上谁都不敢去的地方，李烈山都敢去。山歌就从山顶上飘下来：

　　俏妹妹洗衣坐河边哟——

　　倔哥哥砍柴山顶上哟——

　　七表妹的歌声随着款款的河水流往远方。

　　一问一答，一唱一和，二人渐成默契。

　　最能点燃天生丽质的七表妹那团青春之火的是西天那一抹蛊惑人心的绯红晚霞。少女之心，就是一道美丽的彩虹，一片艳丽的晚霞。李烈山真正在七表妹心中播下爱的种子，就是这一天晚霞做的媒。

　　那是一个夏天，太阳似火。李烈山打柴来到河边，柴火像草垛一样，比人都高。七表妹站起来看到李烈山肩膀上两道红红的血印，就揪心地问，不疼吗？把衣服脱下来，我给你洗洗吧，看脏成啥样子。

一个五尺高的男人被这温暖的话语爱抚，像一道山间小溪一样穿透了心扉，血往头上直涌。他结结巴巴地说，我只这一身衣服，脱光了咋办？

七表妹鼓励他，大男人怕啥，到一边脱去，我又不看。

女人一席话，男人言听计从，李烈山就到河边的一块礁石旁脱衣服去了。

转眼，衣服扔了过来，李烈山像一道光亮的闪电迅捷地泅入河中。河水湍急，李烈山游技精湛，一个猛子扎出老远。在老远的地方，他那乌黑的头顶就又露了出来，一边向七表妹挥挥手。七表妹那颗鼓噪的芳心像蝴蝶的翅膀一样甚难平复。她十分高兴地给这个野男人洗着酸臭的衣服，河里雪白的浪花飞溅，汩汩鸣叫，生动而白洁，一如七表妹那一会儿平静一会儿喧哗的心扉。世界上再也没有在只有两个人的大千世界里给心爱的男人在河边洗衣的青春少女更幸福了。

七表妹看着心爱的男人在河里沉浮，心里就像十五个吊桶打水——七上八下，难以释怀。

流水哗哗有声，野鸭双栖双游，点点如画，绿草如茵，山花欲燃，七表妹双颊的胭脂，比西天的晚霞都红都烈。

上哪去找这样的良辰美景？如痴如醉的倪家山呀，楚楚的天上又挂着一钩新月，镰刀一样弯曲着，仿佛就要砍掉倪家山上八月里疯长起来的茅草似的。那弯月比哪个砍柴娃的镰刀都亮都快。弯月下的倪家山呀，静得连一声牛的哞叫都难以听到。

河滩就更静了，人影难觅。

倪家山的夜呀，太缜密了，蒸出的鼾声都充满香味。

　　这些情景，七表妹至今想来都觉着无比醉人。人生活在欲望中，这欲望有时黯淡，有时璀璨，就像天上的星星。倪家山来了狼，又重新点燃起七表妹的欲望。她生怕充满雄性的李烈山，被山外狡猾的女人们抢去。李烈山是条活物，凶猛起来比狼都犀利剽悍。

　　李烈山在找狼，他的雄性与狼的兽性似乎交织在一起，究竟他是一条狼，还是狼是他。他找狼，似乎在找一个多年未晤面的朋友，隔山相望的朋友，惺惺相惜的朋友。他想着决斗，与狼决斗。他甚至想着把全家所有的小猪都献给那条狼，把狼喂饱喂肥，与它决一死战。他想着格斗，与狼格斗。

　　李烈山至今也不明白，为什么如今他丰衣足食，什么都有了，却和一条狼过不去呢？就要和狼过不去！在这世界他没有敌人，他的敌人就是那条灰白的狼。在最早的年月，"穷"是他的敌人，后来，他不穷了，"欲望"就是他的敌人，"欲望"使着他盖了平房，盖了高楼，把"穷"赶走，烦恼赶走了，相安无事了。可如今来了狼，狼是他的敌人，不赶走它，国将不国，山将不山，永无宁日。楼再高是死的，可那狼却是活的，来去无踪。征服穷，征服女人，李烈山很有两手，可为什么这么一条穷困潦倒的狼，他就不能征服呢？我老了吗？我不行了吗？李烈山不愿咽下这口气。这山上有埋着他先人的坟，先人躺在里面，总有一天他要加入那个行列，先人在看着他。他不能容忍一条狼在先人的坟上逍遥法外，辱没祖宗。然而李烈山，尽管牙根痒痒，却没有一条枪，他赤手空拳，健步如飞，满山找狼，多滑稽呀？！

　　有狼吗？李烈山不这样认为。梦里梦外一个"狼"字缠着他。人家欧阳海舍身战惊马，黄继光跃身堵枪眼，我李烈山怎么就让一条狼欺负得这样窝囊呢？

　　"狼来了——"突然，一声音从山顶上斜签着身子，匕首一样扎入李烈山的耳朵。如闻其声，如见其狼，狼真的来了，出现在李烈山的视野中，灰白，精瘦。李烈山怜悯了吗？没有，他一跃而起。

硕大的影子像山一样压下，李烈山抱着那条精瘦的山狼，就像抱着一缕灰云，一抹残霞，一道山间小溪，与狼一起坠入九丈深的山崖。

山中传来深沉的声音："狼来了——"

远去的马车

　　刘海很小的时候就喜欢马，老想骑着一匹马到山外面去见识见识。这天他和同岁的丛丛来到村北那条尘土飞扬的马路边，看见一匹枣红色的马拉着一驾马车慢悠悠地走过，马车夫和衣睡在车上，车声辘辘远去。两人的眼睛和心儿一直随着车声爬过山冈，直到马车消逝得无影无踪。那年他们九岁，已到上学的年龄，均是家里的小不点。刘海在家排老八，丛丛排老九，他们的头顶均排满一大群兄姊，把他们压得就像小数点后面的八九位数，可忽略不计。再小的人儿，总有一颗悬着的心儿。从见了那驾马车之后，他们的心儿便已飞得很远很远。

　　刘海再也不愿和姐姐们拉着一床被在光溜溜的炕上滚来滚去，大姐的腿又胖又沉，夜里睡觉不老实，常常压在刘海的身上，让他翻不过身来。有些日子，姐姐们干活累了，晚上睡得死沉，像一根根木头一样。有一晚，刘海就从木头的夹缝中起来，蹦过一根根木头，到门外小了便，接着钻进灶旁的鸡窝里，呼呼大睡。他觉得鸡窝又暖和又舒服，比局促在姐姐们的腿丛中强多了。从此，鸡窝就成了他的第二梦乡。好长时间，才有细心的二姐发现弟弟这个秘密。那天，二姐半夜便急，就在炕下的木盆里哗哗尿了起来，声音溅得很响很亮，惊醒了熟睡的鸡们和说梦话的刘海。二姐小心翼翼来到灶下，猛然发现刘海待在里面，惊奇地说："呦，我说这阵子炕上不挤了，原来你和鸡婆们睡在一起。"

刘海睡在鸡窝里，父母和姐姐们均未当回事。可刘海在憋气的鸡窝里总是梦到那匹马，那驾辘辘的马车，总把他带到老远老远的地方，那里有宽敞得只容一个人睡觉的大炕，那里顿顿都有鸡肉吃……

这天，刘海与丛丛又来到村后面的马路旁，不期然又遇上了那驾马车。他们尾随着马车跑了好久，到了冈顶，看到坡下有一些人家，再往前又星散着几处人家。那些村庄住着怎样的人儿？马车要去哪个村子？一时真是有些丈二的和尚摸不着头脑。他们真想跟着马车一路走过去，可又有些后怕，就一路抑抑郁郁、嘀嘀咕咕地走了回来。

这天已在外面玩了半晌的刘海，像疯了一样跑回来，因为他饿了。不过今天家里很热闹，母亲下了面条，家里来了很多人，炕上坐着一位解放军。父亲和丛丛的父亲正起劲给解放军让酒。最扎眼的是大姐，她本就皮肤白皙、眼珠乌黑、头发乌亮，今天两条黑辫子又扎上了鲜艳的红头绳，脸上正飞着两朵彩霞，别提多漂亮了。刘海吃了一大碗面条，大姐又塞了两块糖，他就一溜烟飞进胡同里，正碰上拿着一摞地瓜干的丛丛，显摆起来："我家来了解放军！""拿枪了没有？"丛丛眼瞪得雪亮。"拿啥子枪，是我姐的对象。"说着就给了丛丛一块糖。后来，姐姐和刘海、丛丛去送那位解放军，路过一条小河，河水清且涟漪。解放军说："你俩快快长大，到外面去看看，外面太精彩了。"丛丛疑惑地问："叔叔，外面有马车吗？""有，有很多很多。"

到了秋天，已是收获的季节，姐姐和父母在山里早出晚归，全忘了家里还有那个小不点儿。这天刘海和丛丛把身上所有的兜兜装满花生，来到村后

的大道，等那辆马车。接近中午，太阳把两个孩子烤得蔫头耷脑，眼看成了
泄气的皮球。正在绝望之际，远处传来辘辘的马车声，蹄声嘚嘚，伴着马脖
子上丁当的铃声，感人肺腑。马蹄如钵，马尾如瀑，潇潇洒洒，渐行渐远。
车夫好像又在车上打盹，刘海和丛丛就像刚看过的《侦察兵》电影里的战
士，一路尾随而行。

　　长槐高柳，林荫匝道。两颗小点，尾随着一驾马车徐徐前行。他们都猫
着腰，肃着脸，仿佛在进行本世纪最大的一次侦探。当他们发现车夫确实睡
着的时候，刘海以迅雷不及掩耳之势爬到车上，刚要俯身往车上拽丛丛时，
一阵清脆的鞭声划破长空，刘海和丛丛两人一愣，同时掉下车。车夫听有什
么响动，就回头看了看，见车上的货物完好，就又和衣而睡。两个孩子拍掉
身上的沙砾，继续尾随潜行，伺机而动。再一次出其不意的奇袭，终于让他
们大获全胜。他们躲在货物后面，看车夫憨憨而睡，就"哧哧"笑着，这时
刘海发现丛丛脸上有一块青，铁青！

　　在车上真好，青山绿水，鲜亮的瓦檐，密集的庄稼，还有桥上的人、桥
下的水、庄稼里晃动的草帽。古老的村庄，渐行渐远，只剩瓦檐一痕，高天
一渺，两个孩子不觉滴下了泪。他们好像动摇了既定方针，但枣红马长蹄飞
奔，疾如秋风。车夫醒了，他仿佛在拼命地赶路。无所适从的两个孩子，也
只好随遇而安了。

　　路正长，车轮滚过中午，滚过下午，不觉逼近黄昏，到了一个马车店，
雪白的窗纸，已晕出一灯如豆。"吁——吁——"马车"咣当"停下，孩子
们醒了。马车夫牵马入店，两个孩子幽灵一样闪到一丛玉米秸秆里。

　　蓝蓝的天幕上，已映出点点星光，让人感伤的夜幕拉上了。两个孩子
第一次离家出走，他们瑟缩在一起。饭香从马车店里飘出，唤醒了他们饥肠
辘辘的胃，今晚的饭也只有靠布兜内的花生了。一会儿，传来猫的叫声，农

家孩子平素对猫叫习以为常，可今晚不知为什么觉得叫声是那样瘆人。两个孩子共同商量，明早一定请求马车夫把他们捎回去。于是，他们硬撑着不合眼，生怕天亮后马车不辞而别。毕竟是孩子，等他们醒来，已是日上三竿，马车早无影无踪。这怎么办呢？他们看看这个陌生的镇子，也不比自己的村子大多少，好不到哪里去，全是急匆匆来来回回收割庄稼的陌生人。丛丛急哭了，刘海咋呼说："再哭你自己留下，我走了。"

两个孩子，在镇里溜达一整天，准备找点东西打打牙祭，可就是不敢下手。于是，他们只希望日头赶快落下，夜色里他们可多做些事情。到了夜间，刘海摸了摸离家时偷出的火柴，打发丛丛到外面的地里偷花生，他则就着地堰，挖出一个洞，就像家里的锅灶。丛丛把拔来的花生摘下，扔进灶里，刘海就把柴草点着了。

花生烤熟了，发出了一股沁人的芳香，两个孩子"毕毕剥剥"地吃着，就忘记了烦恼，也不想家了，丛丛甚至哼起了电影里的一些插曲。刘海说："咱们成个家吧？"丛丛说："我当老婆。"刘海说："我当汉子。"他们就在地沟里铺上山草，当成炕。秋天的山野，高秆作物收获后，显得非常空旷，两个孩子抱在一起，讲着悄悄话："好几天，我都在鸡窝里睡，我姐那腿太沉了。""你还说呢，我常常被她们挤下炕，在鞋窝里睡一宿。""这里真好，就我们两人。"说着说着就睡着了。下半夜，可能是太凉了，刘海起来抱来几丛茅草，盖在他们身上。就这样，他们天当帐子地当床，连续睡了三个晚上，觉得该改善改善生活了。

刘海出谋划策，丛丛言听计从。他们溜进一农舍的后院，几只鸡正在刨食，刘海投进几只蚂蚱，几只鸡抢了起来。说时迟那时快，丛丛上去了，那只胖母鸡，成了他手中的猎物。鸡被他们生生掐死后，就拔了鸡毛，到池塘洗了，等到晚上烤着吃。

可以说，这是他们平生最惬意的一顿晚餐。烤鸡的芳香，激活了他们的胃，大快朵颐。丛丛说："我家非等过年才能吃上一只鸡。"刘海说："我家也是，一只鸡全家人抢，不够塞牙缝的。"他们都蔑视自己的父母，俨然都成了目中无人的山大王。

第五天早晨，两个孩子被冻醒了，生计所迫，逼着他们乔迁新居，他们又来到马车店的玉米丛里。丛丛说："老八，我们该回去了。""是的。""可我们怎么回去呢？"刘海说："很好办，等那辆马车嘛。"但是，他们早等夕等，总不见马车的影子。刘海下了赌注："我敢说，他早晚要从这条路上经过。"

第九天黄昏，远处传来熟悉的铃铛声，他们思念已久的马车终于回来了，还是那匹枣红马，还是那个赶车人。"吁——""咣——"马车在店外停下，接下来店内吐出一粒黄光。

考验两个孩子的时候到了，马车肯定明早起程，而他们如果还在玉米秸里睡过头，就会再错过这个机会。于是二人决定到车上睡。丛丛说："让车夫发现了怎么办？""发现了，咱们就哀求他把我们捎回去。"两个孩子说着便睡在了马车上。夜里，刘海梦见了自己的大姐跟那个解放军走了。肥胖的大姐走了，炕空多了，可是父母的模样怎么也想不起来，遥远如几千年。梦醒后，由于冻人，他把丛丛紧紧搂在身边，迷迷糊糊地说："老婆，咱们明天就到家了。"

第二天，马车夫往车上装草料时，发现了这两个不速之客，就大声吆喝："快下车，什么时候拉来两个小孩子。"刘海和丛丛就懵懵懂懂跳下车，一齐跪在车夫面前："大爷，求求你把我们捎回去吧。"当车夫弄明白事情的来龙去脉后，就痛快地答应："好的，正好顺道。"

傍晌时分，他们终于到达久别的村庄，还是那个模样，但两个孩子都流泪了，激动的心仿佛从嘴里蹦出来。他们兴冲冲跑回家，两家都锁着门，大人上山干活去了。中午吃饭时，家里人若无其事；晚上吃饭时，他们其事若无。晚上睡觉时，刘海挨在姐姐的腿旁，本想把几天来最精彩的故事告诉她，可姐姐搡了他一把："去，臭烘烘的，到鸡窝里睡去！"依旧若无其事。

后记

　　这是我出的第四本书，之前出了两本散文集，一部长篇，这是一本短篇小说集。

　　我这个人可能与一般的作家不大一样，年轻的时候拼命地往报刊上发稿，从市级到省级再到全国级，一步一个脚印，稳扎稳打。我出版的四部书，全是发表的作品，包过长篇，不发表的，我不出书。所以，当我这样的作家很难，我十分羡慕那些靠一部书打天下的作家，我没有那方面的天赋，我喜欢的是积少成多，集腋成裘。在这本短篇小说集里，我选了27篇小说，几乎全发在省级以上刊物。

　　我觉着，写短篇小说，最能看出一个人的文学才华，所以我这辈子把青春的大好时光，挥霍在写散文和短篇小说上。我觉着好的短篇小说，都是好散文。其实短篇小说和散文除在结构上有区别外，在文字上并没有多大分野，好的短篇小说就是一首诗，一篇美文。汪曾祺说："散文化小说是抒情诗，不是史诗，它的美是阴柔之美，喜剧之美，作用是滋润，不是治疗。"我十分赞同，并觉着它更有温暖的一面。从古代的《世说新语》《史记》《聊斋志异》《儒林外史》《老残游记》到现代废名的《桥》、萧红的《呼兰河传》、孙犁的《荷花淀》、汪曾祺的《大淖纪事》，都是经典的诗化的小说，体现了汉语的独特魅力。我集十余年的时间专攻散文，就是为了练笔，为以后写短篇小说打下坚实的基础。因而，我的短篇小说和散文一样，非常讲究语言和意境，讲究诗意和韵味，反之，我就不动笔。有人看过我的短篇，说一点也不在散文之下，有些短篇小说在文字上下的功夫超过散文。

然而，短篇小说毕竟与散文不同，它有缜密的结构，精巧的细节，芳香的诗味，它里面有生活的真谛，也有逻辑学的演绎，甚至还有数学的推理。所以很庆幸我是一个理科学生，玩文弄墨，是我的旁门左道，然而曲径通幽，歪打正着，他山石亦可攻玉，功夫在诗外。更有甚者，我还有家学渊源。我有幸生在一个充满诗味的人家，我自小在祖母的怀里，就听她讲三国，说西游，话水浒，侃聊斋。她的一个侄子官至烟台市人民政府办公室主任，奶奶告诉我，他的侄子自小苦读，上山种地都带着书，干活累了，休闲时，人家嬉闹，他看书。当他看完几箱书，就去城里工作了。二十世纪七十年代初他从烟台来看祖母时，坐的是吉普车，在我的印象里这是我有生以来见到的第一辆汽车——轿车。另外一位就是我的二姑夫，他官至团副政委，最后转业到地方。我毕业以后，每逢星期天或节假日，我们爷俩，一谈就是一个下午，他口若悬河，谈话尽用词，什么成语歇后语滔滔不绝。姑母既干净又利索，还做得一手好菜，我们爷俩边谈边吃，不亦乐乎。曾几何时，他们相继去世了，往事不堪回首，每每想来，让侄儿唏嘘不已。我结婚时，曾在他们家里小住，我妻子生女儿，他们在医院里陪了一宿，可惜我出了四本书，他们均未看到。前尘影事，恍若梦里，那些暖暖的下午，依依的黄昏，至今想来倍感温馨。还有一个人必须提及，就是我的三姑，她在新疆建设兵团工作，好长时间才来一趟家，我们家里的"东方红"牌收音机是她买的。有了收音机，我家就好比过节，胡同里的儿时伙伴，都到我家对着收音机听刘兰芳说《岳飞传》。她和姑父临走时，我和父亲推着车子到镇上送他们，车上一色装满海产品。等车的空儿，我还要缠着姑父到旁边的书店买小人书。姑父每每慷慨解囊，掏空他最后一点盘缠，穷家富路，那时我显得多么不懂事啊！我的大姑是离我家最近的亲戚，也有30华里，我家的洗洗浆浆、缝缝补补，全是她的事，她不来，就打发表姐来。表姐九岁就拐着柳条篓捎山路，给我家送刚下山的鲜桃子，逢上寒冬腊月，就留在我家过了年才走。表姐脑子好使，很聪明，她给我讲了不少山里人的故事，我接触的第一部文学作品《林海雪原》，就是暑假时在表姐家里看的，我永远忘不了那书缺头少尾，是表姐串几家门才借到的。《林海雪原》是我文学创作的入门书，它触发我的作家梦。在烟台上学时，表弟来看我，我无意中流露出要买一套人民文学出版社校勘的《红楼梦》，说者无心，听者有意，第二次来烟台时，表弟就给我带来崭新的两卷本《红楼梦》。我的上一级同学，利用去上海实习的机会，遍寻上海各大书店，给我买来了"三言"。这两套古籍书对我的文学创作影响很大，是在最饥渴的时候给我送来的最佳甘霖，受益终生，至今保存完好。

我们家里人，都有文学或文字的细胞。本书里的《漂向阿拉斯加湾的船》，就是受弟弟的创意和启发，后来这篇小说被《小说月报》转载。二十世纪九十年代末至新世纪初，我和弟弟天天在海边转悠。我俩自小生在海边，长在海边。我们在海边谈人生，谈现实，谈未来，谈着谈着，我就把创作的思路定格到写海上。中国是一个海洋大国，我们这里又是海上丝绸之路的重要驿站，有230公里的海岸线，具有得天独厚的半岛优势。现在看来，我们这种选择是超前的，也是独具慧眼的。我的短篇小说写出来，经常读给妻子和家人听。我讲究语言的韵律，直至读到朗朗上口为之，这也正是我的散文和小说能够选给学生们阅读的强烈理由。由于小时候品尝过无书可读的苦恼，有过程门立雪、凿壁偷光的逆境，所以无论散文、小说自创作伊始，我就着意给孩子们开小灶，创作了部分适合孩子们阅读的诗意小说，如《近乡情怯》《多面手的爸爸》《三棵松》《五里铺》《日暮里》《远去的马车》《晨光》《水塘》《临海的人家》《海边奇遇》《城里来的女教师》《一九七六年的地震》《黄昏走失一只鸡》《马戏团进村》《遗失在时间河床里的钢笔》《鬼子来了》《盗墓者》《谁在敲钟》等等，都是为孩子们准备的精神快餐。刚有电脑时，我的短篇写出来，是我妻子和朋友给我打的。我有几位文学挚友，用现在的话说是铁杆粉丝，他们是我背后的无名英雄，他们无偿给我打字，常常是我的第一读者，亦说是首位评论家，在我寂寂无闻的时候给我无比关怀和鼓励，每每想来让我温暖终生。人生苦短，来去匆匆，我十分荣幸能在短暂的人生里创作几篇能够传世的东西留给后人，也顺便把这种快乐分给朋友一半。

搞文学创作的人应追求三个境界，第一境界是文学，第二境界是美学，第三境界是哲学和宗教。我自豪地认为我达到了文学和美学的境界，哲学正在靠近，宗教遥遥无期。比如这本集子里选的《天净沙的姑娘》《羊角畔的小伙》《黑寡妇》《秋水芦花》《鞋匠与女人》《三棵松》就达到了文学和美学的境界，《自鸣钟》《指南针》《望远镜》《一九七六年的地震》《黄昏走失一只鸡》《漂向阿拉斯加湾的船》在一定程度上达到哲学境界。我有一半求学时光是在"文革"后期度过的，这一段时期我接受的是无神论，直到上高中，我才接受唯物论，结果如获至宝，如虎添翼，所以在少儿时期从祖母那里得到的点滴宗教教育，随着祖母的去世也渐渐随风而逝，漂向宇宙，与唯物论和唯心论交织在一起。

写短篇苦啊，但苦乐相抵，乐而忘忧。当看到自己的作品被联袂转载，有的被译成外文，传到国外时，家人和我一样像孩子一样高兴。刚参加工作时，我仅有三十多元的工资，但月月都拿出部分用来买书，家里只好节衣缩食，光景窘迫，妻子看后，也仅是皱眉而已。每逢进城，都是弟弟带着我逛书店，并屡屡慷慨地给我买一大包书带回家，不厌其烦地开车带着我看遍周边几个沿海城市的所有景观，尝遍所有美味。有了这些必不可少的积蓄，才有文学，人情练达，才有文章。应该说，世上没有什么比书更好的药，能医治我心灵和肉体的创伤。有时遇到不顺心的事，在案上抓起一本书，就饕餮不已，不知老之将至。有人看书少，也能妙笔生花，我没有那样的天赋；有人靠手机和浏览，也能隽言慧语，倚马千言，我没那样的机敏。我喜欢书的馨香与宁静，书的妥帖与庄重，书的文雅与端厚。我的家处处充满着书香，我写的长篇《金沙滩的女人和男人》还有两包，本想着全部发送出去，可妻子阻止了我，她用纱巾蒙裹着，静静地放在那里，就像阿里巴巴山洞里的一件宝贝。我愿与我写的书读的书一起老去。

我十分欣赏德国人的工匠精神，说是造一口锅，可用上百年。我父亲木瓦匠都会，又写得一手好毛笔钢笔字，记过账，干过会计，用双手打过算盘，在农村可算是一位心灵手巧出类拔萃的人。但我发现他干事不专一，总想着面面俱到，免不了挂一漏万，因而浪费了大部分青春时光。我记得小时候，父亲每天中午让我帮他拉锯，做瓦模子，每副瓦模子值四毛钱，这活得偷着干，免得让人怀疑有搞资本主义的嫌疑。拉锯时，我总是想三想四，常常把锯拉偏，跑了墨线，父亲就呵斥我。从这点上，我看到做任何事情必须专一，久久为功。然而，父亲拉完锯后，门口有人吆喝他去苫房子，就又去苫房子了，因为隔壁房顶的瓦漏了，又是个雨天。人的精力是有限的，长此以往，父亲把毕生的精力都浪费在一些琐事上，免不了样样通，样样松。

我接受了父亲的教训，做事比较专一专注，有一种八匹马也拉不动的拗劲。大致上高一时，我就想着当作家，从那时起，我就暗暗发誓，把其他事情都当作自己的副业。工匠都需要品牌，一旦进入文学这扇愚人之门，我就在着力打造"刘水清"这副品牌，其间无论遇到怎样的花花草草，我都心无旁骛，专心致志，小说、散文并驾齐驱。我创造的大量散文、小说，都在一一接受读者的检阅，都在时间这张大网里一一过筛。能否成为百年工匠，能否打造百年老店，读者就是最好的上帝，他们将会看得最清楚。这些年来，我写活了一个人——《干干净净的傅雷》；写火了一条船——《漂向阿拉斯加湾的船》；写红了一群人连同他们祖祖辈辈的黄海金滩——《金沙滩的女人和男人》；写响了与我朝夕相处相濡以沫，面朝大海春暖花开的《温馨祥和海之阳》。面对生我养我的这片土地，我问心无愧，可以自豪地说，我兑现了我少年时就在孕育的文学梦。

前不久，和弟弟驱车去烟台，恰好在当年求学的校门口路过，物是人非，仅剩一座漆满红漆的木楼，楼下一列长长的水泥池子，水龙头在下午的时光里滴滴答答。说实话，当时我看到这光景，黯然神伤，颇觉似曾相识。弟弟说，这不就是你的母校吗？一座老楼，呆然木立，形影相吊。那青春的脚步，仿佛仍在爬满蛛网的木楼上碎响，楼前涛声依旧，日光暖黄，操场上的青春丽影，恍惚仍在闪动，但一声脆亮的汽笛划破下午的寂静，湛蓝的洋面一艘巨轮在缓缓进港，烟台山上的灯塔亮丽生辉。俱往矣，永远追不回的似水年华。

有以上这样的环境和文脉，想不成为作家都难。在此，谨向帮助我的人，提携我的人，启蒙我的人，鼓励我的人，鞭策我的人，一一表示由衷感谢。在这里要特别提到一个人和一本刊物。首先要说的是我写作的启蒙人和领路人——人民日报的石英先生，他和我父亲同岁，多年来把我当孩子一样栽培。我的第一本散文集《山风海韵》有近三分之一的篇目是在《人民日报》"大地"副刊上发表的。石英先生是我们胶东才子，其人品和文品俱佳。由于一出道就遇到这样的好人和恩人，所以我在文学创作的道路上就少走了很多弯路和歧路，囊括了全国最早的第一、三届冰心散文奖，奠定了我在中国散文界的地位。一本刊物是云南的《大家》，迄今为止，我最满意的两个短篇小说《羊角畔的小伙》《秋水芦花》全发在《大家》上，其中《羊角畔的小伙》被当年的《北大评刊》典藏，我清楚地记得那一年典藏的短篇小说也仅十余篇，很苛刻的，能纳入他们的视线很荣幸。

　　谨向读我的书，爱我的书，与我一同在书香沉醉的读者朋友，表示由衷的祝福，愿书香与人生结伴成长，一路同行，走好走远，源远流长，香飘万里。

　　活在书里。

2018年冬于羊角畔